COLLECTION FOLIO

Michel del Castillo

De père français

Gallimard

Michel del Castillo est né à Madrid en 1933. Toute sa petite enfance, jusqu'en mars 1939, il la passe dans sa ville natale, auprès de sa mère, journaliste républicaine. La guerre civile, avec ses horreurs, constitue sa première et décisive expérience. En 1939, après la victoire des armées franquistes, il suit sa mère en exil et mène avec elle l'existence précaire des émigrés politiques. Au début de 1940, il est, toujours avec sa mère, interné au camp de Rieucros, près de Mende, où sont détenues des centaines de femmes, en majorité des étrangères et des militantes politiques françaises. La guerre ne se terminera pas pour lui avec la victoire des Alliés, puisque, rapatrié en Espagne, il se retrouvera, de 1945 à 1949, dans un centre de redressement pour mineurs, à Barcelone, l'Asile Durán, de sinistre mémoire. C'est seulement en 1953 que, franchissant clandestinement la frontière, il retrouvera sa patrie et sa famille paternelle. Il reprendra alors ses études, Lettres et Psychologie, et publiera son premier roman, *Tanguy*, qui remporte un large succès avant d'être traduit en près de vingt-cinq langues. Il ne cessera plus, dès lors, d'écrire, suivi par un public fidèle, et sera plusieurs fois couronné par des prix littéraires.

À la mémoire de Rita et de Stéphane

I

Il est des enfants qui, dès leur enfance, ont réfléchi à ce qu'ils voyaient dans leur famille, qui, dès leur enfance, ont été offensés par la laideur morale de leurs pères...

DOSTOÏEVSKI, *L'Adolescent.*

J'ai rendez-vous avec mon assassin. C'est mon père et il s'appelle Michel.

Tous mes livres, depuis 1973, sont écrits du point de vue de ma mort. Jusqu'alors, je me raccrochais à des fictions pour me donner l'illusion de la vie. Ensuite, je me suis résigné ; j'ai fini par admettre que j'étais mort à l'âge de neuf ans, assassiné. Non pas tué par l'abandon de ma mère ou par l'indifférence de mon père. Assassiné de sang-froid, avec préméditation. C'est, bien sûr, ma mère qui a commis le crime. Elle m'a étranglé dans la honte, étouffé sous l'imposture, empoisonné par la trahison. Peut-être était-elle folle, peut-être jouissait-elle de tuer ? De toutes ses victimes, j'ai été celle qui a mis le plus longtemps à mourir. Les autres, elle les a tuées à distance ; moi, elle m'a regardé mourir. Elle a fait en sorte que je crève en l'adorant. Elle n'acceptait pas d'être une meurtrière. Elle se voulait exemplaire, admirable. Tout en serrant ses mains autour de mon cou, elle pleurait de désespoir. Elle me faisait des leçons de morale, le Bien et le Mal, le cœur d'une mère, un opéra de déclamations. Rien ne l'arrêtait, surtout pas la peur du ridicule.

J'ai mis près de quarante ans à regarder mon assassinat. Je n'osais pas fixer les gestes, suivre leur enchaînement. Je tournais la tête, non par peur, mais par instinct de survie. Accepter de contempler mon assassinat, c'était me constituer cadavre. C'était mourir de ma honte une deuxième fois. Je suis l'enfant d'un monstre ; je porte cette honte en moi, cachée sous la peau. Je ne pouvais pas dire cette ignominie. Les mots s'étouffaient dans ma gorge, s'agglutinaient au fond de l'encrier. J'aurais dû les crier, les hurler, mais qui donc écoute ? Surtout, mon silence était fait d'une complicité veule. Ce monstre, ma mère, je l'ai aimé au-delà de ma vie. Je l'aime toujours, je crois bien. Je l'ai protégée contre elle-même. Pour rien au monde je n'aurais accepté que son infamie apparaisse au grand jour.

Elle n'a pas commis seule son forfait. Un complice se tenait dans l'ombre : mon père. Il m'a regardé mourir sans tenter un geste. Je l'ai appelé, je l'ai supplié de voler à mon secours ; il n'a pas bronché. Il n'a pas participé au meurtre, il n'en aurait pas eu le courage ; il ne s'est rendu coupable que de non-assistance à fils en danger.

Une fois encore, je reprends la route. Je ne vais pas bien loin, de Chevaleret à Étoile. Une vingtaine de stations. À peine le temps de parcourir mon journal. C'est pourtant un très long, un interminable voyage. J'ai d'ailleurs renâclé. Depuis des semaines, j'atermoie, je remets au lendemain. Je me résigne à marcher pour la douleur de la marche. Tant que mes pas scanderont des mots, feront des phrases, je me sentirai vivant. Le jour où je cesserai de marcher, c'est-à-dire d'écrire, je mourrai tout à fait. Je sais tout ça depuis ma petite enfance. À quatre, cinq ans, j'avais compris que je devais parler mon angoisse pour rester en vie. Je continue. Par ce murmure, je ne cherche pas tant à comprendre qu'à bercer l'horreur. Contrairement à ce que tant de gens imaginent, l'écriture ne console de rien. Plus je fore dans les mots, plus mon malheur se creuse. Chaque livre aggrave mon état. On finit par mourir, non de ce qu'on a vécu, mais de ce qu'on écrit.

C'est dimanche, le dernier de septembre 1995. Il fait un soleil tiède, l'atmosphère est sereine, baignée d'une lumière rosée. Je traîne les pieds, je baguenaude, je m'arrête devant les vitrines. Place de l'Étoile, je marche encore. Au sens propre, car je descends à pas lents l'avenue Mac-Mahon. Au sens figuré surtout, je me reproche de céder à ce chantage à la piété filiale ; j'enrage contre moi-même ; je méprise ma faiblesse.

Est-ce la pente abrupte, les ruelles et les escaliers qui, de chaque côté, s'enfoncent dans une pénombre inquiétante, sa longueur trop brève, vite parcourue jusqu'à l'avenue des Ternes, frontière entre deux mondes : malgré ses immeubles cossus, l'avenue Mac-Mahon m'a toujours paru suspecte. À vingt ans, je la remontais avec l'impression de renaître : j'échappais à la villa Niel et à son atmosphère oppressante. Je me hâtais non vers la lumière, mais vers la promiscuité du cinéma Mac-Mahon ; je descendais les marches, me cachais dans la salle. Je retrouvais l'anonymat où j'avais si longtemps vécu. Quarante ans plus tard, je rebrousse chemin. Tout est à la fois semblable et différent. L'après-midi touche à sa fin ; le soleil se couche derrière l'Arc de Triomphe ; les ombres s'allongent. Un beau temps d'automne identique à celui que je trouvai en 1953.

Six mois plus tôt, j'avais été stupéfait de recevoir une lettre de mon père. Quelques brèves lignes. Point de « cher fils », ni de « Michel » ou de « Miguel », non plus que d'embrassades ou autres salutations. En guise de signature, un « M. » d'une simplicité ostentatoire. Michel n'est pourtant pas son véritable prénom, car il s'appelle Gabriel.

Ne sachant pas où me l'adresser, il l'avait envoyée chez ma tante Rita, qui me l'avait remise avec un sourire finaud : « Non, mais qu'est-ce qu'il te veut ? » Je glissai l'enveloppe dans la poche de mon imperméable, bougonnant que c'était sans importance.

Sans importance, vraiment ? Pourquoi garder la lettre, alors ? Pourquoi occulter son contenu à ma tante dont le regard ne me quittait pas ? Pourquoi cet air renfrogné qui, chez moi, traduit toujours l'émotion ?

Fine mouche, ma tante avait éventé la manœuvre, d'ailleurs cousue de fil blanc. Les ruses de Michel n'ont jamais brillé par leur subtilité. Alors qu'il l'avait toujours accablée de son mépris, qu'il la traitait de bonniche allemande parce que, dans sa cuisine, elle mettait la main à la pâte, épluchait les légumes ou faisait des tartes, il s'était soudain mis à l'appeler au téléphone, lui avait donné des robes et des manteaux signés des plus grands couturiers, ayant appartenu à sa défunte femme. Tant d'approches sinueuses amusaient ma tante qui ne manquait pas une occasion de lui glisser quelles merveilleuses vacances elle passait dans ma maison, près de Nîmes. Faisant semblant de ne rien comprendre à ses allusions, elle le contraignait à formuler la question. « Mike ? », criait-elle, jouant de sa surdité. (Saurai-je jamais pourquoi son mari et elle m'ont toujours appelé ainsi ? Quand elle a rencontré mon oncle, en 1928, à Paris, elle ne parlait pas un mot de français, et lui pas davantage l'allemand. De toute ma vie, je n'ai rencontré l'amour que dans un brouillard d'école Berlitz.) « Mike ? répétait ma tante avec gourmandise. Il va très bien, il a beaucoup de travail. » Elle comptait les points. Dépité, il raccrochait pour revenir peu après à la charge. À ce jeu du chat et de la souris, Rita prenait un plaisir cruel, l'un des rares que sa dépression lui laissât. « Qu'est-ce qu'il espère ? », se récriait-elle.

Son espoir, elle autant que moi le connaissions. Elle pour s'en offusquer, moi... j'aurais été bien incapable de démêler mes sentiments. Je le savais malade, sans le sou, seul depuis la mort de sa femme. Je ne ressentais aucune pitié, du moins tentais-je de m'en persuader. Je l'imaginais dans l'appartement de la villa Niel devenu soudain trop vaste, plus sombre qu'il ne l'avait jamais été, juste un rayon de soleil en début d'après-midi.

Nous en étions là, lui à tourner autour de ma tante, elle à lui planter des banderilles dans le cou qu'il tenait, depuis l'enfance, presque enfoncé dans les épaules. De cette attitude sournoise, toutes les photos que je possède témoignent ; dès l'âge de trois ans, il regarde par en dessous, ses longs cils filtrant le regard de velours noir qui plaira tant aux femmes, à commencer par ma mère. Ces yeux charbonneux dans un teint mat lui donnaient un air irrésistible à cette époque, 1925-1935, où les jeunes femmes se pâmaient en écoutant les rengaines de Damia et de Fréhel. Elles faisaient des rêves niaisement pervers : un amant qui les méprise, qui les bat, mais qu'elles couvrent de bijoux parce qu'elles l'ont dans la peau. Michel avait le physique de l'emploi, il se coula dans le personnage.

Une génération de jeunes bourgeois s'étourdissait de vitesse et s'enivrait de cocktails exotiques. Ils revenaient de loin, ces jeunes gens aux cheveux gominés. Écrasés sous les croix de bois, bercés dès l'enfance par les mélopées de Verdun, abrutis de messes et de neuvaines, écœurés de voiles et de crêpes noirs, quelle place restait-il à leurs vingt ans ? Ils s'échappèrent dans les marges. Leurs divagations s'arrêtaient toutefois à Montparnasse et à la butte Montmartre où ils côtoyaient avec un frisson les artistes et les mauvais garçons.

« Ces "années folles", écrit Paul Morand dans *Venises*, frappent aujourd'hui par le nombre de leurs victimes, les suicidés, les désespérés, les déserteurs, les ratés. »

Michel n'était ni suicidaire ni désespéré.

L'enveloppe renfermait un billet laconique, rédigé, voulais-je me persuader, dans la gêne. Du moins dans un certain malaise. De son écriture racornie, étroite et pointue, à grand renfort de paragraphes, de *a*, *b*, et *c*, le cher homme m'informait que, devant remplir des dossiers pour son admission dans une maison de retraite, il avait dû signaler mon existence aux organismes sociaux. À quatre-vingt-sept ans, il s'apercevait qu'il avait un fils. Mieux vaut tard que jamais ; est-ce si sûr ?

J'ai peut-être ri, très jaune. Sa caste ne renonçait pas, fût-ce en des circonstances aussi suspectes, à manifester l'excellence de ses manières : il ne souhaitait pas, m'assurait-il, que j'apprisse la chose par des voies officielles. Il vêtait ses calculs de tweed anglais.

Estomaqué par un tel aplomb, je m'en ouvris à Patricia que son métier d'avocat a rendue circonspecte devant les épanchements familiaux, surtout tardifs. Haute, énergique, d'une beauté saine, ma candeur l'étonne autant qu'elle la touche. Comment peut-on se montrer si lucide et si pénétrant en tant de domaines et si naïf dans les détails pratiques ? Je lisais la question dans son regard ; je la déchiffrais d'autant mieux qu'elle ne cessait de me tarauder. Depuis l'âge de neuf ans, il n'y a pas un panneau dans lequel je ne sois tombé. Ne les aurais-je pas aperçus, ces obstacles, j'aurais l'excuse de la bêtise. Hélas, je les distingue de loin et n'en fonce pas moins. Chaque fois, je me trouve d'excellentes raisons d'agir sottement.

Je marche à tous les chantages au sentiment.

Amie sincère autant que conseil respectueux, Patricia me questionne après avoir dépouillé le billet de ses chamarrures : « C'est clair, il t'annonce que tu devras régler une pension alimentaire. Ce qui m'importe est de savoir ce que toi, tu veux. » Que peut-on souhaiter quand le dégoût vous étouffe ? Une pension alimentaire à qui vous a abandonné, laissé crever de faim ; à qui ne s'est, de toute sa vie, manifesté que pour... ?

« C'est ignoble, dis-je. — C'est assez répugnant, oui, concède Patricia. Surtout quand on connaît l'histoire. Mais ça n'a rien d'étonnant. Je vois ça dix fois par mois. Je vais demander à ma sœur de vérifier la jurisprudence en la matière. Je suis sûre que tu ne lui dois rien dès lors qu'existent les preuves d'un abandon manifeste et réitéré. L'obligation faite aux enfants de subvenir aux besoins de leurs parents ne s'impose que dans la mesure où il y a eu réciprocité, c'est-à-dire si les parents ont eux-mêmes rempli leurs devoirs vis-à-vis de leur progéniture. Si ton père t'écrit, c'est qu'il n'est pas sûr de son affaire. Il tâte le terrain. Je te conseille de ne pas lui répondre. » Je réussis à bredouiller un merci et à répéter que non, en aucun cas, ça suffit comme ça.

De son côté, Patricia se penche sur le dossier ; le cas est limpide, je ne dois pas m'inquiéter. J'acquiesce en évitant son regard. J'échappe à l'obligation, mais à l'*intention* ? Je l'imagine en train de peser les mots, d'en biffer un, d'encercler ses *a* et ses *b*. Il s'est toujours pris pour un esprit supérieur, clair et rationnel. Combien d'heures pour accoucher de ce torchon ?

Nous déjeunons Aux Ministères, rue du Bac, à deux pas du bureau de Patricia. Dehors, on respire cette douceur alanguie des automnes parisiens, quand les beaux jours se prolongent. J'observe la rue, son mouvement, je remarque le moindre détail dans la salle. Dans le même temps, les mots s'enchaînent dans ma tête, s'articulent en phrases, se dévident en paragraphes. Je ne m'indigne plus de ce dédoublement. Je connais la partition, la mort du père, une figure de rhétorique avec ses morceaux d'émotion rude. Mais quelle mort du père entonner quand le père n'a jamais existé ? Le plus simple serait de m'en tenir à la règle d'or de l'écriture, la sincérité. La difficulté provient du fait que la sincérité ne se trouve nulle part. Des sentiments contradictoires m'agitent : la colère, la rage, la honte, le mépris. Un sentiment plus trouble également : la pitié. Toute ma vie j'ai traîné l'illusion que les hommes ne peuvent pas être si bas, qu'ils finiront par ôter leur masque et découvrir leur véritable figure.

L'ennui est qu'ils ne tombent pas le masque et qu'ils savent parfaitement ce qu'ils font, même s'ils s'inventent d'excellentes raisons de l'avoir fait.

Après avoir raccompagné Patricia jusqu'à la porte cochère de son immeuble, je profite de l'après-midi automnale. Je longe les quais, depuis la rue des Saints-Pères jusqu'à la gare d'Austerlitz. Je me mêle à la foule en m'arrêtant aux étals des bouquinistes. Je m'étonne de ce divorce entre la mélancolie de mes livres et mon aptitude au bonheur. Dans ma vie, j'ai su capter chaque instant. Je n'ai négligé aucune des moindres joies de l'existence. Peut-être est-ce à ma mère que je dois l'électricité de mes nerfs. D'une amoralité tranquille et redoutable, capable du pire, jusqu'au crime, elle possédait cette énergie farouche dont je ressens en moi les effets. Ce qu'elle ne m'a pas légué, ou alors par réaction, c'est l'obstination, l'exigence de la tâche bien faite, un goût maniaque du détail.

Ni ce sens du devoir poussé jusqu'à l'absurde et dont je ne songe pas à me vanter, puisqu'il ne résulte pas de la grandeur ou de la noblesse de mes sentiments. En toutes choses, je me sens condamné à aller jusqu'au bout. Ma vie s'encombre de fardeaux. J'avance chargé de responsabilités dérisoires, et je les porte sans joie.

J'ai toujours marché, je marche encore.

J'arrive devant la gare d'Austerlitz où je débarquai en septembre 1953, portant une valise en carton bouilli. Sale, haillonneux, maigre et fiévreux, je me revois dans le flot des voyageurs. Cette nuit-là — vingt-trois heures passées —, je ne distingue, je n'entends rien. Je flotte dans une brume d'épuisement. Je me laisse porter. Je me demande si mon père sera au rendez-vous. Si tel n'est pas le cas, que ferai-je ? Je crois bien que c'est l'unique question que je me pose. Je scrute chaque visage ; je retiens mes élans pour ne pas me jeter dans les bras du premier inconnu, car j'en suis là, le cœur en écharpe, la gorge remplie de déclamations pathétiques. À vingt ans, je n'ai toujours rien compris à rien. Depuis des années, je me raconte que son silence provient d'un malentendu. Il n'a sans doute pas deviné, il ne pouvait pas imaginer. Désarmante jeunesse, si lente à se résigner !

Dans mon trouble, j'appelle « papa » l'homme grand et chauve, mis avec élégance, qui, le premier, me demande si je suis bien Miguel J***. C'est Maxime, un cousin. Il l'a échappé belle ; une seconde de plus et je lui sautais au cou. Il s'empresse de me détromper : mon père me cherche dans le hall. Je le suis, ma valise toujours à la main. Je la porte depuis l'âge de six ans, de ville en ville, de pays en pays, d'un bout de l'Europe à l'autre. Elle ne contient que ma vie. Ça ne pèse pas lourd, la misère, ça prend peu de place. Et puis, à vingt ans, pour épuisé qu'on soit, on garde des ressources. Je vais en avoir besoin.

Pordiosero : le mot, craché dans un espagnol sans accent ou presque, me brûle la joue. Il contient l'idée d'indigence, de saleté, une nuance aussi de crapulerie. Une parfaite entrée en matière pour des retrouvailles que je me suis imaginées mouillées de larmes. Ça m'apprendra... Quoi, au fait ?

Son regard très sombre exprime la colère et l'écœurement. Pour atténuer tant de bienveillance, il maugrée qu'il se demande pourquoi il a répondu à mon télégramme, il ne sait même pas si je suis ou non son fils.

On pensera que, cette fois, j'ai compris. C'est ignorer la candeur de la jeunesse, notamment de la mienne. Pour autant que je puisse me rappeler, le sentiment qui l'emportait alors chez moi était le soulagement. Aimable ou blessant, cet homme était là et c'était mon père, ce que son cousin Maxime, choqué par ses propos, lui répétait en protestant qu'il suffisait de me voir pour être frappé de la ressemblance. Je lui sus gré de son humanité, même si je doute aujourd'hui que ses paroles fussent un compliment. Malgré toute ma naïveté, un mot de réconfort ne m'aurait pas fait de mal.

Que renferme ma valise ? Du linge sale, deux ou trois livres. « Des livres ? », ricane-t-il et, pour la première fois, je rencontre la suffisance bourgeoise. Les pauvres lisent-ils ? disent ses lèvres serrées. J'ai failli me fâcher. J'avais à l'époque la colère prompte et brutale. Elle me soulevait, m'aveuglait. Je devenais fou de rage. Une teigne.

Son mépris venait de toucher mon point sensible. Je ravalai ma colère ; je n'étais pas en situation de me montrer susceptible. Ni d'aucune humeur d'ailleurs. Onze années d'errances, d'enfermement, d'un combat acharné pour survivre pesaient sur mes épaules, pas très larges ni bien solides, moins de cinquante kilos pour un mètre soixante-dix. Un gringalet à l'aspect sévère, taciturne. Une boule de nerfs aux réactions imprévisibles.

Ce soir-là, mes nerfs étaient à plat. J'avais fourni un effort au-dessus de mes forces. Un lit : je ne rêvais que de me glisser dans des draps propres, de fermer les yeux et de dormir, dormir sans fin.

Je l'observe alors que nous marchons vers sa voiture garée dans la cour. À quarante-sept ans, il porte encore beau, même si son crâne commence à se dégarnir. Plutôt grand, le teint mat, olivâtre, le mégot collé à la lèvre, il avance d'un pas résolu. Je remarque son agitation. Il parle par saccades, affectant un accent aux intonations canailles. Je découvrirai plus tard son engouement pour les mauvais garçons et les voyous au grand cœur. Il aime s'éprouver simple, proche du peuple. Tout en gardant ses distances, ainsi qu'il se doit.

Le costume est l'uniforme de sa caste : veste sport de bon tweed anglais, pantalon de flanelle grise, chaussures Weston, chemise en oxford bleue et cravate rayée. L'imperméable de chez Burberry's, usé, taché, ainsi que le feutre de chasse cabossé expriment l'aisance négligée. Dans les tics du langage comme dans les détails vestimentaires, il témoigne d'un laisser-aller distingué. Il s'abaisse, aux sens propre et figuré, car il marche voûté, faisant tinter dans sa main les clés de sa voiture.

Jusqu'au parfum de sa traction avant, mélange de lavande anglaise, de tabac noir, avec, sur le siège arrière, dans les poches des portières, un désordre de papiers, de bonbons à la menthe, de poils de chien sur la couverture écossaise pliée. C'est le chic débraillé.

Il tombe une pluie fine, la douceur de la température me surprend. Par la vitre baissée, je hume l'odeur des pavés mouillés, des feuilles mortes pourrissantes, j'observe le mouvement de la foule sur les trottoirs de Montparnasse.

Venant d'un monde où les voitures étaient rares, la circulation me paraît étourdissante. Les témoignages iconographiques viendront plus tard infirmer mon impression, sans toutefois entamer mon sentiment, qui était double, le trafic certes, mais plus encore le manège de l'amour que mon désir flairait partout. Je voulais aimer, je souhaitais être aimé : chaque visage me paraissait aimable.

Assis tous trois à la terrasse bondée du Select, mon père m'interroge du même ton rogue, tirant nerveusement sur sa Gauloise. Mon histoire l'impatiente ; il n'y comprend rien, lâche-t-il. Il a des excuses ; je m'y suis moi-même perdu. Il me questionne sur ma mère, veut savoir ce qu'elle est devenue. Qu'aurais-je pu répondre ? J'en sais moins que lui. Je lui fais la réponse que je fais à tous depuis des années : elle est morte durant la guerre. Un mauvais point pour moi. Il la sait en vie, l'ayant croisée rue de Rivoli, ce qu'il se garde bien de me dire. Il m'évalue, me jauge. Qui donc est ce fils qui débarque à vingt ans dans son existence avec, pour tout bagage, un peu de linge sale et trois ouvrages de Nietzsche et d'André Gide ? Il se demande quoi faire de moi. Très vite, il m'informe qu'il a rompu avec ma mère en 1940, qu'elle a refusé de me confier à lui et qu'il s'est dès lors désintéressé de mon sort. Je suis payé pour le savoir.

Si j'ai faim ? Un peu, dis-je, conscient que le

mot lui paraîtrait inconvenant. Je n'*ai* pas faim, je *suis* faim. Je dois me satisfaire d'un sandwich au jambon et d'un demi. Je mange en m'efforçant de cacher le tremblement de mes mains, bois avec circonspection de peur que la tête ne me tourne.

Maxime, le cousin, m'observe à la dérobée, m'adresse des sourires désolés. La hargne de mon père le choque plus qu'elle ne me blesse. Maxime est un homme délicat ; ce ton dédaigneux lui semble dépourvu de tact. Ma maigreur, mon épuisement lui inspirent une pitié mêlée de gêne. Plusieurs fois, il regarde ailleurs.

Il y avait près d'une semaine que je n'avais rien mangé. Je ne fus pas loin, à Saint-Sébastien, de mourir d'inanition. Je dormais dans une cabine de plage, sur la Concha, tremblant d'être découvert, rossé, renvoyé en prison. J'étais à bout de forces, je songeais à me suicider. Le projet demeurait vague, trop pathétique pour engendrer une résolution. Mes précédentes tentatives avaient été assez molles, sauf une qui aurait pu m'expédier dans l'au-delà ; je m'étais jeté dans l'Èbre sans penser que je risquais moins la noyade que de prendre froid, ce qui pourtant arriva. J'en fus quitte pour une pneumonie.

À Saragosse, d'avril à septembre 1953, j'avais été dix fois près de lâcher prise ; dans un ultime sursaut, je me traînai jusqu'à Saint-Sébastien où je ne connaissais personne, mais la ville se trouvait près de la frontière. Je déambulais sans but, à la lisière de la prostitution ; n'importe qui aurait pu m'acheter pour un dîner. Les sourires de l'indigence et de la solitude effraient plus qu'ils n'attirent. Des vieux — ils devaient avoir trente ans ! — tournaient autour de moi, engageaient la conversation, finissaient par s'esquiver. Un seul, un jeune Français haut et maigre, poursuivit le dialogue sans toutefois hasarder un geste. Il passait des vacances dans l'un des grands hôtels plantés sur l'avenue, en bordure de la plage. Son père, directeur d'une agence bancaire, habitait boulevard Pereire. Nous discutâmes littérature et il se montra ironique sur mes préoccupations, guère en accord avec mon apparence. J'aurais pu lui en vouloir de ses airs supérieurs : j'étais trop content d'oublier durant une heure ma situation. Et puis il était français, ce qui suffisait à le rendre sympathique à mes yeux.

Jacques, c'était son nom, s'amusait à me faire parler. Combien de mythomanes avait-il dû rencontrer ? Mes fables avaient le piquant de la nouveauté. Un détail surtout le divertissait, l'adresse de mon père, avenue Victor-Hugo. Il me la fit répéter, chaque fois réjoui de ma réponse. « Dans le XVIe, tu en es sûr ? Ne serait-ce pas plutôt à Boulogne ? » J'aurais été bien incapable de situer l'avenue. Pour lui, cette adresse était, quand je la mentionnais, cause d'une intense jubilation. Sans doute savourait-il le récit qu'il ferait à ses amis de notre rencontre et de mes prétentions burlesques. Je n'étais guère crédible ; je ne cherchais pas non plus à l'être. Jacques relevait d'une atteinte de tuberculose pulmonaire ; je décelais en lui une fêlure intime, l'abattement de la convalescence. Sa faiblesse le rendait sensible à ma détresse. Il hésitait cependant à me croire. Trop, c'est trop : mon histoire péchait à ses yeux par invraisemblance.

Plusieurs nuits, nous nous retrouvâmes devant son hôtel. Accoudés à la balustrade, nous devisions en contemplant la mer d'un noir d'encre, piquée de lumières. Je ne voyais rien d'ambigu dans nos rencontres qui m'offraient seulement l'occasion de parler et d'entendre le français. Me donna-t-il un peu d'argent ? C'est possible. Je revois son sourire blessé, ses grandes dents décalcifiées ; j'aperçois ses gestes alanguis, ses attitudes ployées, sa haute silhouette penchée vers moi et, dans l'obscurité, l'insistance de ses yeux, vastes et tristes. Il plaisantait avec humour, mais le bacille avait miné son énergie.

Un soir, il m'annonça son départ, prit congé de moi en me promettant de poster la lettre que je lui avais confiée, la énième que j'écrivais à mon père depuis que j'avais appris son adresse par le consulat de France à Madrid, trois ans plus tôt.

Après le départ de Jacques, je me sentis plus seul, plus abattu encore. J'étais prêt à rendre les armes. J'envisageais de me présenter au commissariat.

Comme par un fait exprès, la pluie se mit à

tomber jour et nuit. La rivière s'emplit de grondements, dévala dans un chaos de troncs d'arbres arrachés aux pentes de la montagne. Le col de mon veston relevé, les mains dans les poches, je restais des heures à contempler ce maelström. C'était bien le moins que le ciel m'adressât ce signe ; ces grandes orgues de tempêtes et d'ouragans accompagnaient à souhait mon naufrage.

Un homme, un « vieux » lui aussi — sûrement la trentaine —, m'offrit la chance que je n'espérais plus. Cette fois, aucune méprise possible : le marché était clair. À la dernière minute, Andrès pourtant fléchit. Sa main vint caresser ma nuque cependant qu'il murmurait : « Sois tranquille, je ne te toucherai pas ; raconte-moi ce qui t'arrive. »

D'épuisement je m'écroulai, fondis en sanglots ; il vint s'étendre tout habillé auprès de moi. Il m'écouta sans ironie ni crédulité. Je mentais peut-être, peut-être non. Dans le doute, il décida de m'aider et, puisqu'il passait chaque jour la frontière jusqu'à Biarritz, où il se rendait pour ses affaires, il m'obtiendrait un laissez-passer et m'avancerait le prix du voyage jusqu'à Paris.

Andrès tint parole et me mit dans le train après avoir expédié un télégramme à mon père : *Arrive à 23 h 21 gare d'Austerlitz. Ton fils, Miguel.*

Je n'en suis toujours pas revenu. Ni mon sauveur, d'avoir été remboursé et remercié. Il me répondit pour m'exprimer son étonnement ; son geste avait été d'autant plus désintéressé qu'il n'avait pas cru un traitre mot de mon histoire. Quatre ans plus tard, lorsque parut mon premier livre, Andrès vint me rendre visite à Paris ; il voulait, me confia-t-il, s'assurer qu'il n'avait pas rêvé. Au bout de cinq jours, il repartit, plus troublé que convaincu. Ma métamorphose cachait sûrement un truc.

C'est ainsi qu'à vingt ans j'ai débarqué gare d'Austerlitz, et retrouvé mon père que je n'avais pas revu depuis 1940. J'avais alors un peu plus de six ans.

Après des conciliabules avec son cousin Maxime, Michel décida de m'installer pour la nuit dans un hôtel au bas du boulevard Raspail. *Wait and see*, devait-il se dire, lui qui a toujours affecté une anglomanie d'autant plus comique qu'il ne parle pas un mot d'anglais. En français, cela s'exprime plus simplement : la nuit porte conseil. Il en avait besoin, d'un conseil.

Maxime prit congé sur le trottoir. Je traversai l'avenue en suivant mon père qui pressait l'allure. L'établissement existe toujours, sous la même enseigne : Hôtel Carlton. En 1953, cet endroit prestigieux ne devait pas accueillir que des voyageurs et des touristes, car le gardien de nuit, avec des sourires insidieux, demanda à mon père s'il prenait la chambre à l'heure ou pour la nuit ; la proposition offusqua mon géniteur, qui se récria d'un air indigné. Le malentendu ne prouve qu'une chose : j'avais bien l'air de ce que j'étais.

Le lendemain matin, je m'offris, ô luxe, ô volupté, un double petit déjeuner, à l'hôtel d'abord, à la terrasse de La Coupole ensuite. Mon père avait réglé la chambre et m'avait passé de l'argent : je me sentais riche. Tout en lisant un journal — lequel ai-je bien pu acheter ? —, je me familiarisais avec la météo parisienne ; alternaient les averses et les éclaircies dans une atmosphère de serre tiède. Malraux n'ayant pas encore fait ravaler les façades, c'est une ville grise que je découvrais, du presque bleu, nuance gorge-de-pigeon, aux reflets d'ardoise sombre. Loin de me rebuter, la noirceur des monuments m'évoquait les ombres magnifiques du cinéma noir et blanc.

Dans les souvenirs et les romans de l'époque, je lis que Paris était sinon pauvre, à tout le moins contrasté, avec, dans ses faubourgs, des poches de misère. On ne s'étonnera pas que je n'en aie aperçu que la richesse. D'abord parce que je remontais de l'indigence définitive pour tomber dans l'aisance ; ensuite parce que, vue depuis l'Espagne franquiste, la pauvreté française avait toutes les apparences de l'abondance. Enfin parce que, avec le bel égoïsme de la jeunesse, j'étais décidé à ne rien voir qui pût troubler mon bonheur.

Les conseils avaient porté leurs fruits ; mon père arriva moins rogue, rasé de près, toujours dans l'uniforme de sa classe, mais rafraîchi. Je me sentis flatté par sa prestance ; celui qui se noie s'accroche à la première planche, fût-elle pourrie. Il m'indiqua les étapes du parcours du combattant bourgeois que j'aurais à faire pour ressembler à celui que j'allais devenir : coiffeur d'abord, avenue Matignon, séance d'habillage chez Old England, chaussures chez Weston. Une courte pause pour le déjeuner, avenue des Champs-Élysées. Il m'accompagna partout, supervisa chaque détail, depuis la longueur de la coupe, oreilles et nuque dégagées, jusqu'au tissu de la veste.

Dans le sous-sol du Colisée, je pus mesurer la transformation. N'étaient ma maigreur, la dure tension de mes traits, la tristesse de mon regard, j'aurais pu passer pour le jeune homme docile que les glaces, au-dessus des grands aquariums, me renvoyaient. Je mangeais en tentant toujours de dissimuler le tremblement de mes mains. « De la viande rouge », avait décrété mon père, ajoutant : « Tu as besoin de te retaper. » C'était dit avec une douceur qui me fit relever les yeux.

Manifestement, son rôle de père ne lui déplaisait pas. J'étais une page blanche où il inscrirait les codes de la bienséance dont le premier article suppose un corps sain. Le mien, chétif et malingre, lui inspirait de la défiance. Étais-je tuberculeux ? J'avais eu une atteinte pulmonaire, en 1950, oui, à Úbeda, soignée avec la dernière énergie ; il n'en restait qu'une cicatrice au poumon gauche. La syphilis ? Je le regardai, stupéfait. Il devina ma perplexité, trancha que nous serions bientôt fixés ; il voulait me montrer à un médecin de ses amis qui établirait un bilan complet. Il interrompit ses conseils et l'énumération de son programme pour entreprendre une nouvelle diatribe contre ma mère. Deux ans plus tard, j'entendrai, de la bouche de ma mère cette fois, le même air du ressentiment. Ce duo me fera sentir de quelle guerre sans merci j'avais été l'enjeu. Ce jour-là, j'écoute le réquisitoire de mon père, ponctué de la question : « Tu n'as plus eu aucune nouvelle d'elle depuis août 1942, c'est bien sûr ? Qu'est-ce qui te fait penser qu'elle est morte ? » Je comprends qu'il me fait subir un interrogatoire mais je ne lui en veux pas ; après tout, il ne sait rien de moi.

Un orchestre joue *Les Feuilles mortes* dont j'entends des bribes : ... *se ramassent à la pelle*, sans bien comprendre ce qu'on ramasse. Les pas des amants ?

Je me blottis dans ce confort feutré, je rassasie ma faim, je m'abandonne à une sensation de repos. J'écoute sans interrompre, j'opine peut-être, qui sait si je n'acquiesce pas ? Chaque insulte faite à ma mère aurait pourtant dû me soulever d'indignation, et d'abord ce mot, dix fois martelé : putain. Non que sa vertu fût au-dessus de tout soupçon. Simplement, je connaissais la femme autant que la mère ; toutes deux trahissaient, mentaient, oubliaient surtout. Mais, dans l'infidélité, la femme avait besoin de l'alibi de la passion. Elle était de celles qui donnent, non de celles qui se vendent. Je ne réagis cependant pas. Je remâche ma rancune, caché derrière la façade paisible que je sais si bien préserver. Je m'absente, je m'évade et toute la douleur ancienne, si mal cicatrisée, se réveille au son de cette voix abrupte qui est celle de mon père. J'étouffe ma plainte, je ravale mes larmes ; devine-t-il ce que cette femme a été pour moi ?

Il n'en ignore rien, puisqu'il se défend de mon abandon par l'impossibilité où il s'est trouvé de m'en détacher. Il lui reproche sa passion pour moi, morbide et possessive ; il ricane qu'elle me glissait à six ans dans son lit, ce qui est vrai ; que nous dormions l'un contre l'autre, mes mains accrochées à ses flancs. À l'aune des enfances normales, nul doute que la mienne puisse sembler monstrueuse. Comment lui faire entendre que, pour cette monstruosité, je vouais à ma mère une gratitude émerveillée ? J'aurais pu m'amollir ; j'aurais pu perdre toute force et tout courage. Mais, au bilan des pertes et des gains, savait-il ce que j'avais reçu en échange ? La passion de la vie, l'enthousiasme, l'amour des livres et de la musique. J'ai payé le prix ; on n'obtient rien sans rien. Qu'aurais-je appris d'une vertueuse, confite en dévotions, délaissant son chapelet pour la tapisserie ou le tricot ? C'est à peu près ce que je me dis et *qui n'est pas vrai.* En réalité, je défends ma vie en protégeant ma mère. Je ne peux pas reconnaître la vérité, qui me tuerait. J'ai besoin de l'illusion de son amour. Je me persuade que j'ai été choyé, idolâtré. Seule la guerre nous a séparés. Je ne suis qu'à demi sincère pourtant. La guerre est finie depuis huit ans. Si ma mère vit, comment expliquer son silence, comment le justifier ? Que deviendrait le roman qui me maintient debout ? Je refuse d'imaginer qu'elle puisse aller et venir, rire peut-être, aimer. Les propos de Michel m'écorchent parce qu'ils appuient sur les lèvres de la plaie. Je me survis caché dans une chimère. Je suis un miraculé, un rescapé. Je sais la vérité, je suis peut-être le seul à la connaître. Mais je ne puis la contempler en face. Pas encore. Il me faut reprendre des forces, réapprendre à vivre. Consolider l'échafaudage qui cache la ruine de l'édifice. Car je suis détruit, anéanti. Je bouge, je parle, je souris ; je ne vis pas. J'aurais besoin d'un appui. Dans mon cœur, je demande à Michel de me soutenir, de me tendre la main. Mais je devine déjà que c'est la dernière chose qu'il puisse m'offrir, la compréhension. Il faudrait pour cela qu'il s'interroge sur lui-même. Enfermé dans la conviction de son excellence, il ne pense qu'à me faire la leçon. Sa voix, son attitude, toute sa personne expriment la haute idée qu'il a de lui. À ses yeux, je suis un vagabond, un voyou peut-être. Il m'accorde des excuses : je n'ai pas été éduqué. Dévoyé par la mauvaise influence de ma mère, il me trouve des dispositions, une élégance naturelle, consent-il à lâcher du bout des lèvres, croyant me faire un compliment. Je comprends que je la lui dois. C'est mon héritage français. Il ne lui vient pas à l'idée que je puisse, de mon côté, le trouver vulgaire. Depuis notre rencontre gare d'Austerlitz, c'est pourtant sa trivialité qui me choque. Sa manière d'insulter ma mère, son ton de suffisance, sa pédanterie. Il vit perché sur les échasses de sa condition ; il regarde de haut ; il tranche ; il pérore ; il enfile des truismes. J'ai beau tendre l'oreille, que j'ai, grâce à ma mère, musicale : fade est la partition, dénuée de rythme. J'imagine la rage qu'elle mettrait à l'enlever à cette mélasse de bons sentiments. Question de style. Lui donne dans un sublime de poncifs, avec des préciosités de marquise : « Permets-moi, mon cher, de te contrecarrer. » Où donc va-t-il pêcher de telles âneries ? Il ne doute pas de ce qui se fait ou ne se fait pas, de ce qui est convenable ou non. Maniaque des conventions, il s'accroche aux finesses de l'étiquette. Quand j'y repense, je m'étonne de ne pas lui avoir envoyé mon poing dans la figure. J'y reviens : j'étais vidé, essoré, résigné à tout encaisser. Hébété, j'enfouissais dans ma mémoire chaque goujaterie. Au-dedans cependant ? J'apprenais à reconnaître ce que je déteste. J'étais lent, je le suis toujours, mais je retiens bien. La leçon entrait, sottise après bêtise. Était-ce cela, un grand bourgeois français, un catalogue d'idées toutes faites, sans une trace de pensée véritable, sans un sentiment authentique ?

Avec toutes sortes de précautions, mon père finit par lâcher le morceau. Il s'est remarié en 1943, à son retour d'Espagne (?). Une femme du meilleur monde naturellement, hollandaise pour moitié, qui ne demande qu'à m'aimer. Elle a deux enfants, nés d'un précédent mariage, Mathilde et Pierre ; la première, veuve d'un hobereau normand tué dans un accident de la circulation, demeure au foyer. Je ferai le soir même sa connaissance, car je suis *invité* à dîner dans l'appartement, non plus celui de l'avenue Victor-Hugo, qu'il a dû *lâcher* (sic) mais villa Niel. J'ai par ailleurs une chambre réservée dans un hôtel de la place Pereire, à deux pas de son domicile. L'arrangement prévoit que je prendrai mes repas à l'appartement et dormirai à l'hôtel, en attendant…

Je ne réponds rien, je n'ai rien à dire. Je lui emboîte le pas. Je suis condamné à marcher.

Je reçus une note de Patricia, accompagnée d'une étude de la jurisprudence : tous les jugements, depuis des années, dégageaient les enfants abandonnés ou maltraités de l'obligation alimentaire. J'étais content que la loi rejoignît le sentiment de la justice. Je ne devais rien à mon père. Je rangeai ce dossier au-dessus de la bibliothèque qui courait sous la baie vitrée devant le square d'Héloïse et d'Abélard. Il y resta longtemps, sous l'une des chouettes que je collectionne. Il m'arrivait de la soulever pour relire tel jugement, en méditer les attendus. Combien d'existences ruinées derrière ce jargon ?

Ces papiers dormaient là, pour le cas où... Parfois, une bouffée de colère me brûlait le visage. Je me promettais d'archiver ce dossier, de l'oublier au fond d'un carton, parmi d'autres. Jusqu'à l'âge de quarante ans, j'avais vécu sans mémoire. Ni lettres ni photos, rien qui rappelât des souvenirs sordides. Je faisais plus que mépriser ces témoignages, je feignais de les haïr. Je ne manquais pas de raisons pour expliquer mon aversion.

La mort de ma mère avait ramené à la surface les débris du naufrage. Je ressentis le besoin de scruter ce visage et je rassemblai ses photos, à tous les âges de sa vie ou presque. Je voulus ensuite étudier les visages de ses victimes, les deux fils « laissés » à Biarritz à l'âge de trois et deux ans, les amants et les maris. Je recherchai les lettres, les manuscrits. Ayant mis le doigt dans l'engrenage, je ne pouvais plus m'arrêter. Les portraits, les documents s'entassaient, couvraient les murs, s'empilaient sur mon bureau. Je découvrais une histoire que j'avais à peine comprise, dont le romanesque suspect dépassait tout ce que j'aurais pu imaginer. J'avais ouvert les vannes ; l'eau se déversait dans un roulement terrible. Je m'apercevais de la manœuvre que j'avais adoptée pour n'être pas emporté ; j'avais édifié un barrage avec chaque livre, contenant le courant, le déviant, ménageant un système d'écluses. Maintenant, je pouvais lâcher les eaux qui se précipitaient, écumaient, faisaient des remous et des tourbillons. Assis sur la berge, je ramassais les épaves entraînées par ce torrent de mots.

Mon père était un des affluents, l'un des plus mystérieux. Dans mes bons jours, je rêvais de son enfance avant que des accidents de terrain n'eussent entravé son cours. N'y a-t-il pas, pour chaque homme, un commencement d'innocence ? Question biaisée qui induit une stratégie d'explications psychologiques. L'enfance n'est pas une nature fixe. Le dogme de sa pureté vaut ce que valent tous les dogmes. Il arrive que l'enfance se révèle rusée, perverse, corrompue.

Les premières photos que j'ai de mon père ne montrent pas une nature mais un conditionnement. Il porte des robes, il a les cheveux longs et bouclés. Sous de larges chapeaux, une ombrelle à la main, sa mère, Claire, affiche ses prétentions. Très droite, le maintien souligne la minceur de la taille, prise dans la gaine et le corset ; une génisse aux yeux pâles, le menton dur, la bouche serrée. Les uniformes de ses enfants, une fille et trois garçons, constituent la réplique de ses toilettes. Dès sa naissance, mon père appartient au glorieux régiment des bourgeois riches.

Plus tard, Michel pose avec ses deux frères, Stéphane et François, dans le parc d'un château, en Normandie, où la famille passe ses vacances. Les frères sont affublés de vestes courtes, à l'anglaise ; des cols amidonnés leur relèvent le menton. Coiffés de canotiers à rubans, ils tiennent chacun un vélo. L'aîné, les oreilles décollées, sourit avec confiance à l'objectif que le cadet, François, fixe d'un air calme. Gabriel-Michel, lui, garde la tête baissée, avec son drôle de regard en dessous.

Au jour de sa première communion, dans

l'uniforme de collégien, vareuse sanglée à col remontant, la chaîne de la montre gousset bien en évidence sur sa poitrine, avec son large brassard et son missel, son charme s'affirme. Il a toujours son air sournois.

Les décors, eux, peignent une toile de fond immuable, tapisseries, meubles XVIIIe, balcon ouvert sur la Seine et la place de la Concorde. C'est l'appartement du quai d'Orsay, aujourd'hui Branly, au second étage d'un immeuble tarabiscoté, presque à l'angle du boulevard Saint-Germain. La famille y habite depuis 1908 : Gabriel-Michel avait alors un an. Ses souvenirs d'enfance se réduisent au spectacle, magnifique pour un gosse, de la grande inondation qui transforma en lac la place de la Concorde ; ou encore de la messe dominicale à Sainte-Clotilde, leur paroisse, les enfants marchant à la queue leu leu derrière leur père, coiffé de son melon, gants et canne, l'air de dignité qui convient à sa position sociale.

Ce que les documents ne montrent pas mais laissent pourtant deviner, c'est la froideur. Claire a son jour, ses valets à chiffre, son équipage, ses réceptions. Elle a surtout ses confesseurs, une armée de religieuses et de curés. Elle entend chaque matin la messe, fait des neuvaines. suit des pèlerinages, brûle, sur son secrétaire Louis XVI, des cierges pour le mariage de ses filles, la sienne, Charlotte, et celle issue du premier mariage de son époux, Adélaïde.

Chaque fois qu'un prétendant *convenable* se présente, Claire allume le cierge ; sans résultat. La Providence semble impuissante devant la disgrâce physique.

Elle prend parfois ses fils dans ses bras, ou plutôt les tient serrés contre sa jupe, pour la pose. Toute la vie est faite d'images qui délivrent des attestations d'ordre.

Le collège Saint-Thelme, à Arcachon, tenu par les dominicains. C'est la guerre, la grande, les bourgeois éloignent de Paris, menacé par la grosse Bertha, leur progéniture, et le climat du Bassin est réputé bénéfique pour la santé. Un uniforme, bien sûr, avec sa casquette de matelot russe. Pour la première fois, Gabriel-Michel subit une humiliation. Piètre cavalier, il se tient mal en selle, la tête plus courbée que jamais. Il essuie les sarcasmes de son maître écuyer. Il prétendra qu'il avait des furoncles dans le cou.

De la terrible boucherie, les deux frères — Claire a gardé le cadet auprès d'elle — ne verront rien ou presque. Pendant leurs vacances normandes, un brouillard de voiles noirs, de crêpes, de rosaires et de messes, liturgie funèbre qui les brouillera définitivement avec la religion. À table, ils étouffent sous les récits des rescapés de Verdun qui agitent leurs moignons.

Pour échapper à cette atmosphère funèbre, Gabriel-Michel adopte la stratégie de la fuite. Il s'éclipse, il s'évanouit.

Les anecdotes ne signifient rien, elles révèlent

cependant ; pour caractériser son cadet, Stéphane contera souvent la même, qu'il a gardée en mémoire pour ce qu'elle représente :

Les trois frères roulent à vélo dans une forêt de Normandie. Soudain, François tombe, gît à terre en gémissant. Les deux autres accourent, constatent que le petit est blessé et que sa jambe saigne abondamment. Stéphane lève la tête pour demander à Michel de courir au château prévenir leur mère. Stupeur : Michel a disparu ! Alors, l'aîné s'en retourne seul et, entrant dans le salon, découvre son frère, la joue posée sur les genoux de leur mère, un air de parfaite innocence.

Tous les portraits de leur père montrent le même visage lourd et sévère. Il ressemblait à Clemenceau, moustache incluse. Jamais il ne sourit. Il pose avec tout le poids de sa réussite. Président d'une vingtaine de sociétés, il a des intérêts partout, jusqu'en Algérie. C'est dire qu'il a peu de temps à consacrer à ses fils, qu'il ne voit qu'en de rares occasions : baptêmes, mariages, enterrements, repas de famille. S'il les convoque dans son bureau, il ne peut s'agir que d'une réprimande, toujours laconique, le doigt pointé sur le carnet scolaire. L'économie est d'ailleurs le trait dominant de François-Xavier. Ses fils ne reçoivent que peu d'argent de poche, et doivent en justifier le bon usage. Au-dehors, on montre, on exhibe ; au-dedans, on compte sou à sou ; on ressemelle les souliers, on use les vêtements jusqu'à la trame.

François-Xavier vient de Saint-Étienne et de Lyon, plus de la seconde que de la première. Ses deux sœurs, la majeure partie de sa famille vit à Lyon. Mais c'est à Saint-Étienne qu'il est né, qu'il a vécu son enfance et son adolescence, qu'il a étudié, enfin, à l'École des mines dont il est diplômé. Le mutisme, c'est à Saint-Étienne qu'il prend racine, face à une mère sourde-muette.

Il a été marié une première fois à une comtesse polonaise dont il a eu Adélaïde, que les autres enfants traitent de Slave parce qu'elle se montre moins guindée, plus spontanée. Toute fantaisie semble inconvenante dans cet univers renfermé.

À dix-sept ans, Claire a été choisie par un prêtre parmi des dizaines de prétendantes, à cause de ses origines évidemment, de sa dévotion, de ses bonnes manières. Retirée du couvent où elle apprenait son métier de femme et de mère, on l'a couchée dans le lit du veuf, de vingt-sept ans son aîné. Personne ne lui a demandé son avis. Claire est à peine une personne, tout juste une fonction. Elle ne manquait pourtant pas d'une certaine sensibilité, pour la peinture et la musique notamment. Goûts refrénés, canalisés. Ingres pour le dessin, Debussy pour la musique.

Catholique par tradition, François-Xavier appartenait au versant républicain du conservatisme, celui des Eiffel, des bâtisseurs et des ingénieurs. Il avait foi dans le progrès, croyait à la civilisation, appuyait le colonialisme, qui le lui rendait bien. Ses opinions se lisent dans les manuels et les atlas des années 1925-1930 : les jolies couleurs de l'Empire faisant de larges taches sur les cinq continents.

La guerre a passé et les deux frères reviennent à Paris où ils sont inscrits au collège Stanislas. Déjà leurs différences s'affirment. Stéphane, dont les grandes oreilles s'écartent toujours du crâne, sourit avec une timidité crispée ; ses yeux de cocker regardent avec bonté. Ses résultats scolaires ne sont guère brillants : il va bientôt échouer au baccalauréat. Il souffrait, expliquera-t-il, de myopie, il a passé sa seconde assis au fond de la classe, sans voir ce qui était écrit au tableau noir. Plus sûrement, il n'a pas fourni beaucoup d'efforts depuis que la discipline du foyer, avec la maladie de son père, s'est relâchée. Du reste, il suffoque dans cette atmosphère. Sa carcasse ne cesse de pousser, de s'élargir. C'est un sportif à la carrure haute et puissante ; il a besoin de grand air et de mouvement.

C'est un tendre aussi. Il a souffert, à Arcachon, de son enfermement et s'est consolé avec l'une de ces amitiés de pensionnat qui, filtrant au-dehors, a scandalisé Claire. Charlotte surtout déteste le mauvais esprit de ses frères. Comment ne les haïrait-elle pas de vivre quand la guerre a tué tous les jeunes gens ou presque de son milieu, la condamnant à rester vieille fille ?

Ouverture et jansénisme : chaque fois que l'un de ses fils se présente au bac, François-Xavier le convoque, l'emmène avec lui dans son automobile qui s'arrête devant un hôtel de la plaine Monceau. Sans un mot, le père confie son rejeton à une tenancière qui choisit parmi ses pensionnaires celle qui devra déniaiser l'adolescent. Ni à l'aller ni au retour le père ne parle, impassible sous son chapeau melon, les mains resserrées autour du pommeau de sa canne. L'hygiène sexuelle relève de la nécessaire éducation d'un adolescent, mais le silence, lui, vient de plus loin, de Saint-Étienne et de l'austérité d'un foyer sans paroles.

Stéphane se renferme un peu plus. Derrière la magnifique charpente, une faille ne cesse de s'élargir. Ses médiocres performances scolaires renforcent un manque d'assurance en le persuadant qu'il est bête. À vingt ans, son père le fait embaucher chez un de ses cousins, agent de change ; le jeune homme se sent à la fois humilié et flatté. Fier d'entrer dans le milieu de son père, abaissé par ses échecs. Très droit, portant beau, un léger sourire de supériorité autour de sa bouche, toujours il flottera.

Sa faille, la passion du jeu va la combler. Dans les cercles, les tripots et les casinos, il passera des nuits blanches ; il hantera les champs de courses, échangera des tuyaux crevés, pariera sur tous les tocards. Baccara, courses et poker seront cependant une évasion. Il y côtoie une autre humanité, équivoque sans doute, mais spontanée, vivante. Du reste, il ne joue pas pour gagner mais pour *se refaire*, autant dire pour quitter le tapis vert lessivé, avec la gueule de bois du camé.

Michel ne réussit pas mieux que son aîné dans ses études. Lui aussi rate son bac, sans que l'idée l'effleure qu'il puisse se représenter à l'examen. S'obstiner serait déchoir. Le diplôme ne sanctionne pas un travail, il ratifie l'élection. Et puis, il a pris conscience de son charme. Les femmes le trouvent irrésistible : tel aussi il se verra, en beau ténébreux. Encore choisit-il ses conquêtes : intelligentes et jolies, mais d'abord riches. Qu'on doive aimer une femme pour se l'attacher, l'idée lui semblerait extravagante. N'est-ce pas un privilège que de jouir de lui ? Ses conquêtes rêvent d'un amant fatal ; elles seront servies ; il se montre mufle à ravir. Elles font des scandales, veulent se suicider. Du mauvais roman, mais il n'a pas un goût très sûr. Toute l'époque, taraudée par une angoisse sourde, est avide de jouir après le carnage. On court de plus en plus vite, on s'étourdit, on boit. Michel suit le mouvement. Il pose devant sa décapotable, sanglé dans un costume à veston croisé, les cheveux gominés, la cigarette aux lèvres, les mains dans les poches, mi-fils de famille mi-apache, avec un sourire gouailleur. Un caractère ? Un genre plutôt.

Quai d'Orsay, c'est la confusion. Atteint d'un cancer, François-Xavier ne quitte plus son lit. Tout l'édifice familial reposait sur la personnalité du malade. De sa vie Claire n'a pris une initiative sans le consulter. Ses filles le vénèrent, ses fils le craignent. Avec lui, c'est l'autorité qui s'effondre. À peine la cérémonie de l'enterrement accomplie, les frères demandent et obtiennent du notaire une avance sur la succession. Les voici libres ! Ils se déchaînent au milieu des cris de Charlotte qui les attend à l'aube, cachée derrière la porte, pour leur assener des coups de canne.

Stéphane rejoint, par la fréquentation des salles de jeu, une humanité peu conventionnelle ; Michel, lui, adopte les tics de sa génération. L'un s'humanise, l'autre se fossilise. Il y a chez l'aîné une candeur bienveillante ; on trouve chez le puîné une arrogance où l'amertume fermente. Stéphane plonge dans une pénombre équivoque, son teint verdit sous l'éclairage des salles de jeu. Michel s'embarque pour une croisière en Méditerranée avec les fils des administrateurs des sociétés de son père. Accoudé au bastingage, il pose en costume de tussor blanc. Naples, Chypre, Istanbul, Alexandrie : il prend le large, mais avec, en poche, une assurance tous risques. Sa première liaison avec une femme peintre le conduit pareillement aux lisières de la bohème. Martine a toutefois de la fortune, ce qui réduit l'audace. Il fréquente les ateliers de Montparnasse, rencontre Foujita, croise Matisse. Il ne leur achètera rien, fût-ce un dessin.

Avec le plaisir, Martine lui ouvre aussi la route des voyages. La Sicile, l'Algérie, le Maroc. Encore voit-il ces pays dans l'éclairage de ses préjugés. Il évoquera Rabat, le jardin des Oudaïa, mais pour préciser d'un ton de regret que « les Français étaient alors des seigneurs », traités comme tels.

Martine a l'idée saugrenue de se faire épouser. Un homme comme lui marié à une artiste ? Il la plaque.

Ces images, ces documents ne m'apprennent rien. Je ne me demande pas ce que Gabriel-Michel pensait. Je connais ses idées, tirées de sa garde-robe bourgeoise. Seuls le style, la manière de les endosser, le distinguent de ses semblables. De l'enfance à sa mort il n'a guère changé ; c'est toujours le poltron qui s'évanouit à l'heure du danger et qu'on trouve blotti contre sa mère, le regard angélique. Je le dis sans joie : c'est mon père et je ne tire aucun plaisir à le fixer tel qu'il est.

J'ai déposé ma valise dans la chambre d'hôtel, place Pereire. Je me suis couché sur le lit, tout habillé. En ce temps-là, je dormais quatorze heures par nuit. Je me lovais dans le sommeil, je m'y cachais. Je ramenais les couvertures au-dessus de ma tête. Menton contre les genoux, je soufflais pour me réchauffer. J'avais toujours froid. Un froid intérieur, disais-je, coulé dans mes os depuis la guerre. J'oscillais entre vie et trépas, de mauvaises grippes en bronchites. Le gosier en feu, je buvais trois litres d'eau dans la nuit. Une soif douloureuse. Ça venait de loin, ça aussi. Du plus loin de l'enfance. Avec la faim, plus supportable pourtant que la soif et le froid.

J'ai oublié le décor de la chambre. Je me souviens de mon soulagement après que mon père fut parti. Je ne le détestais pas ; je voulais même l'aimer ; je me persuadais que je finirais par l'aimer. Je ne le haïssais pas mais j'avais du mal à supporter sa présence. Je n'analysais pas mon malaise. Un poids dans la poitrine, une sensation d'étouffement. Je ne pensais guère au passé, à ce qu'il avait fait ou, pour mieux dire, à ce qu'il avait refusé de faire. L'interminable voyage avait pris fin. Rien de pire que ce que j'avais connu ne pouvait m'arriver. Du reste, me disais-je, rien de mauvais ne peut m'atteindre à Paris. Ces rues, ces façades, cette place, ces squelettes d'arbres, ils n'étaient pas pour moi une idée. Paris m'offrait un corps chaud, je respirais son haleine. Mon regard avait accroché dix regards, ma bouche avait bu des sourires. Je brûlais de me jeter dans la cohue. La liberté, c'était ce désir partout présent, désinvolte, moqueur. Il me suffirait de tendre la main : ma solitude s'évanouirait aussitôt. Elle reviendrait, bien sûr, elle ne me quitterait jamais. Du moins connaîtrais-je l'illusion de la vie. C'est de ce bonheur-là que je rêvais en Espagne, suspendu au-dessus de l'abîme.

Le téléphone sonne ; mon père m'attend dans le hall. Je le rejoins aussitôt. Son regard m'inspecte de la tête aux pieds. Il semble rassuré ; je dois avoir l'air présentable. Nous remontons l'avenue Niel. J'éprouve toujours le même malaise ; j'ai la gorge nouée. Peut-être m'entretient-il de la chasse, sa passion. De leur enfance et de leur éducation, les trois frères ont conservé l'amour de la campagne, des bois surtout. Durant des années, j'ai rêvé de forêts, moi aussi. Dans mon imagination, la France, c'était d'abord une haute futaie. Je n'associais toutefois pas les bois de mes rêves aux hécatombes de gibier, ni aux fusillades enthousiastes ; la guerre m'avait dégoûté des armes et des détonations. Mes songes étaient faits de balades paresseuses, d'odeurs puissantes, de rêveries lentes sous les frondaisons. J'écoutais avec indifférence les récits d'affûts, de rabatteurs et de battues. J'ignorais qu'un bourgeois dût avoir sa chasse, que la gibecière fît partie de sa panoplie. J'ignorais à peu près tout de ce qu'un bourgeois devait avoir pour se sentir exister.

Nous sommes arrivés dans la villa Niel. Un immeuble 1925, de belle allure. Le hall me paraît immense. La loge de la concierge, à gauche, derrière une double porte vitrée garnie de rideaux ; deux ascenseurs, assez vastes pour contenir chacun six personnes. Pourtant, mon père se plaint. Il juge le quartier médiocre. Ah, si j'avais connu l'appartement de l'avenue Victor-Hugo ! « À Boulogne ? » J'ai posé la question innocemment, sans réfléchir. Il se fige, me toise, se récrie d'un ton ulcéré : « Comment ça, à Boulogne ? À deux pas de la place Victor-Hugo, le plus beau quartier de Paris. Deux cent cinquante mètres carrés, des parquets à la française, marquetés, des plafonds de trois mètres cinquante, ornés de moulures. J'ai dû le *lâcher*, je te raconterai. » Je devine que *lâcher* contient une injustice. Michel n'est pas chanceux. Je pense aussi que mon malaise provient de cette incompréhension ; nous ne parlons pas la même langue. Ce qu'il dit ne me choque pas, me révolte à peine. Cela ne m'intéresse tout simplement pas. Il habite un pays exotique, aux mœurs pour moi plus étranges que celles des Papous. Ce ne serait rien s'il n'était persuadé qu'il n'existe aucun pays comparable au sien, qu'il n'y a nulle part de civilisation plus raffinée que la sienne. Il vit dans une bourgeoisie idéale.

Suis-je impressionné par le décor ? Sûrement oui. Il m'inspire aussi un sentiment moins avouable, une fierté imbécile dont je rougis aujourd'hui.

Dans ma petite enfance, à Madrid, j'avais connu les fastes ensevelis dans la poussière et la saleté. Ces suites de salons longtemps entretenus par une armée de valets et de femmes de chambre, la révolution, qui interdisait aux gens du peuple de travailler chez les bourgeois, les avait plongés dans la désolation. Tapis roulés entassés dans les recoins, meubles ensevelis sous des housses, bibelots jetés dans des cartons. Ma nourrice, Tomasa, qui, contre tous les mots d'ordre révolutionnaires, refusait d'abandonner les lieux, plus encore de m'abandonner, moi, Tomasa eût été bien incapable de remédier seule à ce délabrement. Elle n'y songeait d'ailleurs pas, négligeant de passer le plumeau sur le piano à queue dont l'acajou était maculé de traces de doigt. Tout poissait, les rideaux comme les tentures ; tout exhalait une odeur de moisissure. Où que je portasse mes mains d'enfant, je les retirais noires de crasse. Comme Tomasa semblait avoir renoncé à me les laver, comme j'ignorais qu'on pût les laver soi-même, j'allais, fait comme un charbonnier. Se fût-elle souciée d'hygiène que Tomasa n'aurait pas pu aller bien loin dans ses nettoyages ; l'eau manquait, le chauffe-eau ne fonctionnait pas, ni le chauffage central, ni l'ascenseur.

Malgré sa dégradation, ce décor avait imprimé dans mon esprit la conviction d'une élection. Quand tout viendra à me manquer, quand je ne serai plus qu'un corps misérable et tremblant, je me raccrocherai avec l'énergie du désespoir à cette mémoire de grandeur. Illusoire ou vraie, seule compte la certitude de n'être pas n'importe qui. C'est bas, c'est trivial, je l'admets. Si la vulgarité aide à faire reculer la mort, qui songerait à me la reprocher ?

Ma chance fut peut-être d'entendre, autour de ma mère, un langage plus rude. Ses amis, pour la plupart des communistes, sortaient du peuple. Ils avaient dû lutter pour s'arracher aux pesanteurs sociales, ils continuaient de se battre pour sauver leur peau. Je ne me demande pas si leur cause était juste ; je remarque qu'ils devaient tenir un autre langage. J'étais, à trois-quatre ans, assis entre deux lexiques, ce qui brouille peut-être les idées, mais ébranle les certitudes.

Dans les années d'exil en France, au camp

de Rieucros, durant toutes les années de guerre, puis après mon retour en Espagne, la langue de la révolte ne cessa de retentir autour de moi. Si je l'ai moi-même parlée, c'est secondaire ; elle fut mon école de grammaire.

Ma mère cependant continua de s'exprimer et d'écrire dans son idiome originel, d'autant plus châtié que les circonstances devenaient plus précaires. Il ne lui restait rien d'autre que ce qu'on appelle l'« éducation ». Encore son code différait-il radicalement de celui de mon géniteur. Je n'ai pas souvenir qu'elle m'ait cherché noise sur l'étiquette. Que je m'adresse pourtant à un inférieur d'un ton sec, que je néglige de remercier le serveur au restaurant, la sanction tombait ; je devais me lever, présenter mes excuses. Pour celle que Michel traite de folle, l'éducation, c'était l'attention accordée aux autres, c'était le refus de montrer, en aucune circonstance, une supériorité. Servitude, le travail méritait le respect. Y voir une infériorité de *nature*, c'était pis qu'une faute : une bassesse. Pas surprenant, avec de telles leçons, que les contorsions de Michel me parussent comiques.

En entrant chez mon père, ce soir d'octobre 1953, je suis soulagé de sentir tous mes préjugés renforcés. C'est le théâtre de la bourgeoisie dans son illusoire splendeur ; un vestibule encombré d'une armoire sculptée, un vaste salon rempli de lumières, décoré d'une tapisserie, une grande salle à manger où Mathilde dort, la chambre à coucher enfin. Tout est en ordre ; je peux rejoindre mon histoire telle que je me la suis racontée pour échapper à la noyade. Que je valusse mieux que ces fastes, je ne le concevais pas. Je me sentais dévalué depuis des années, pitoyable, méprisable. La scène sociale faisait à présent de moi un personnage.

Soudain, la femme de mon père, Anne, fait son apparition, venant de la chambre. Haute et blonde, l'œil bleu d'une intensité terrible, elle marche vers moi, un sourire sur ses lèvres coupantes. Mise avec une élégante discrétion, parfaite de manières et de ton, son aspect témoigne d'une éducation soignée. Un délicieux babil tissé de « mon biquet », « mon mignon », « mon chéri », de « ravissant » et autres « exquis ». L'art d'éviter toute friction, de dévier les conversations périlleuses. Aucun fond mais de façon préméditée ; le fond remue la vase et trouble la surface. Parler pour ne rien dire, ne rien avancer qui puisse choquer. Une navigation toujours dans le vent. Sa blondeur permanentée, le rouge cuivré de ses ongles et de ses lèvres, la délicatesse de son parfum, l'aigu de sa voix flûtée, son rire perlé, tout en elle est *charmant*. Pour émettre ses gazouillements, elle rejette la tête en arrière, montre sa denture, elle aussi parfaite.

À peine entrée dans le salon, elle essuie une larme discrète, prend mes mains entre les siennes, m'assure qu'elle sera pour moi une seconde mère. Pas une faute de goût : une interprétation juste.

De quel regard devais-je l'observer, moi qui avais grandi dans le tumulte, les rires et les larmes, les maquillages agressifs, les toilettes extravagantes, les chapeaux coiffés de fruits et de bouquets ? Chez Anne, appelée je ne saurai jamais pourquoi *Anoff*, des bibis exquis, posés de travers ; le chic des robes de Christian Dior dont chaque pli tombe avec exactitude. Derrière son babil, les yeux pourtant m'évaluent. Dans ce regard d'oiseau de proie, tout entre dans une comptabilité stricte. Sa mondanité dissimule une économie de comptoir colonial.

J'ai su très vite que je ne ferais pas le poids. Dans un premier temps, la séduction, vite abandonnée : le courant passe mal. Sa voix sonne faux, m'écorche les oreilles. Si encore elle savait se taire ! Mais non, il faut qu'elle roucoule et se pâme. Sur quoi d'ailleurs son silence se refermerait-il ? Il n'y a en elle aucune part d'ombre, rien qu'une transparence de glace. Elle glisse dans l'appartement avec la majesté tranquille d'un vaisseau de la Compagnie des Indes.

En passant à table pour le dîner, Anoff se sent sublime dans le rôle de la belle-mère qui recueille dans son foyer le fils prodigue, condamné par les affreux désordres d'une mère indigne aux vagabondages de la misère et de la solitude. Car l'histoire est simple : le *pauvre Michel*, victime d'une intrigante dont il a beaucoup souffert et qui l'a *empêché* de s'occuper de son fils, ouvre ses bras à l'enfant perdu. Nos retrouvailles sont une scène biblique.

À deux ou trois reprises, elle porte son mouchoir à ses yeux pour nous prendre à témoin de l'émotion qui la submerge. Chaque fois, elle s'excuse de sa trop vive sensibilité et chaque fois le *pauvre Michel* touche sa main, ému à son tour. Je devrais fondre en sanglots si je n'étais occupé à examiner la décoration raffinée, la vaisselle, les allées et venues de Concha, la bonne, qui me tend les plats d'un air revêche. Ses yeux noirs me disent avec un sourire de mépris : « Tu peux bien te faire saumon, carpe tu es et carpe tu resteras. »

Face à moi, Mathilde, la trentaine, encore accablée par le deuil qui l'a frappée, se montre discrète, effacée, gentille bien sûr ; tout le monde est gentil, tout est ou exquis ou ravissant, à moins que ce ne soit bouleversant. Outre la perte de son mari, Mathilde a toutes les raisons de se montrer modeste : quelle place pourrait-elle bien prendre quand sa mère la remplit toute ?

Après le dîner, nous retournons près de la cheminée où brûle un feu de bois. Avec tact, Anoff s'éclipse, non sans m'avoir demandé l'autorisation de m'embrasser. L'aurais-je refusée qu'elle s'en serait dispensée. Pour n'être pas en reste, Mathilde revient de la salle à manger, portant entre ses mains un manteau qui a appartenu à son défunt mari. Elle le brandit avec l'expression du sacrifice ; son geste est salué par Anoff et par le *pauvre Michel* avec des exclamations d'admiration. « Elle ne pouvait rien te donner de plus précieux », me déclare mon père lorsque nous nous retrouvons en tête à tête.

Tout le monde a tenu son rôle, y compris Concha. Une répétition réussie. Sauf que je ne connais pas le sujet de la pièce, non plus que le texte : pas de souffleur pour me tirer d'affaire. La fatigue appuie sur mes épaules, pèse sur ma nuque, fige mon sourire. Enfoui dans son fauteuil, mon père me parle tout en caressant Ami, un cocker baveux aux yeux chassieux. Il s'exprime dans un espagnol truffé de mots d'argot, qu'il prend plaisir à étaler devant moi. « Tu vois, moi aussi, je connais la vie », semble-t-il me dire. Je n'en doute pas.

Je ne tarde pas à connaître la source de son vocabulaire des taules ; en 1941, envoyé à Madrid par Michelin, où il occupait un poste important, les autorités espagnoles l'avaient jeté en prison ; il était soupçonné d'espionnage au profit des Alliés, activité dont le *pauvre Michel* paraît bien incapable. Sa mission consistait à tenter de sauver les usines du groupe d'une réquisition. C'était l'époque où le régime franquiste louvoyait, ne sachant trop de quel côté pencherait la balance. La capitale fourmillait d'Allemands qui n'avaient pas dû voir d'un très bon œil les démarches et les fréquentations du *pauvre Michel.* Il était resté détenu près d'un an, dans les pires conditions. Cet épisode devrait me le rendre proche. Je ne fais qu'enregistrer le fait. J'apprends de même qu'il a failli mourir d'une pneumonie.

Tout en attisant les braises et en flattant la tête du cocker, il en revient toujours à 1940, au moment où ma mère a été arrêtée dans un hôtel de Clermont-Ferrand et internée à Rieucros. Il va dans sa chambre d'où il ramène une liasse de lettres, écrites du camp. Il les parcourt distraitement, s'absorbe dans une rêverie renfrognée. « Elle a toujours eu la manie d'écrire, lâche-t-il d'une voix fâchée ; des lettres interminables, remplies de pathos. Certaines fort belles, corrige-t-il d'un ton adouci. Des lettres d'amour passionnées, contenant des poèmes dans la veine de Lorca. » Il me les montrera un jour.

Il me la décrit assise dans son lit, un châle autour de ses épaules, couvrant de sa grande écriture des pages et des pages. Je m'aperçois que l'Espagne, ses paysages, ses villes habitent la mémoire de mon géniteur. Pour les évoquer, sa voix s'étouffe. Il veut savoir si j'aime le flamenco, si j'ai assisté à des corridas. Mes dénégations le déconcertent. Il a du mal à comprendre que j'en ai soupé de l'Espagne et de son folklore. Je désire oublier quand il aimerait se souvenir ; nous n'avons pas connu le même pays. Je me sens découragé par ses efforts. Comment lui dire que la complicité qu'il tente d'établir entre nous, il ne la trouvera pas dans l'Espagne ? Je la connais pourtant mieux que lui, je l'aime peut-être davantage, mais...

Il en revient à Clermont-Ferrand, à la guerre, touche, en parlant, les lettres. Je flaire un malaise à la profusion de ses explications ; s'il n'a pas répondu à ses lettres, dit-il, c'est qu'il ne les a eues qu'à son retour d'Espagne. D'ailleurs, n'est-il pas venu nous chercher à Marseille, en mars 1939, lorsque ma mère est arrivée en exil ? Il n'a rien à se reprocher. « Elle s'était mise du côté des communistes, tu te rends compte ? Elle écrivait dans leurs journaux, parlait à leurs micros. — Je ne pense pas qu'elle ait été communiste, dis-je avec douceur. — Non, c'est vrai, elle n'était pas communiste. Elle avait vécu en France, à Paris où je l'ai rencontrée. Elle avait appris à aimer la liberté, la république. C'était une femme évoluée. »

Ses yeux retournent aux braises, sa main se promène sur le crâne pointu du cocker, Ami, lequel me fixe avec colère.

Derrière les rideaux couleur saumon, j'entends le grattement de la bruine. Autour de la cheminée, l'atmosphère se fait plus intime. Je m'enfonce dans une torpeur somnolente, j'écoute sans réagir.

Cette fois, il les a bien reçues, les lettres, mais il a refusé de répondre à leur appel ; je m'en doutais. Le choc m'atteint à peine, amorti par ma lassitude. Je revois les baraques ensevelies sous la neige, les châlits où des centaines de femmes croupissent, emmitouflées dans des lainages informes ; je vois la folle courbée au-dessus du papier qu'elle remplit nerveusement de sa grande écriture ; je me revois, moi, glissant les lettres dans la boîte… Prise au piège, la malheureuse se débattait. Croyait-elle qu'il aurait pitié ?

« J'en avais par-dessus la tête de ses agitations, dit-il avec rage. Je vous avais installés dans un hôtel du Mayet-de-Montagne, près de Vichy. Tu étais souffreteux, maigre, je pensais que l'air de la campagne te ferait du bien. J'allais vous voir chaque fin de semaine. »

Je me rappelle : j'étais las, capricieux, boudeur. Je refusais de manger. Au restaurant, je renvoyais tous les plats. À peine remis d'une grippe, une pneumonie me fauchait. À six ans, je portais sur mes épaules trois années de famine et de froid, d'insomnies et de cauchemars ; je m'habituais à mourir.

« La propriétaire de l'hôtel m'a appris que ta mère t'enfermait pour courir à Vichy. Une nuit, tu t'es réveillé, tu as trouvé le lit vide, la porte et la fenêtre barricadées. Tu as crié, hurlé. On a dû appeler les pompiers qui t'ont délivré avec la grande échelle. À partir de ce jour, j'ai refusé de la voir. Je ne sais ce qu'elle a fait, je crois qu'elle est allée vivre à Vichy.

« Il a fallu qu'elle rapplique à Clermont, dans un hôtel louche, le Terminus, poursuit-il avec une fureur sourde, qu'elle se montre partout, qu'elle fasse du tapage en racontant que je ne lui versais pas sa pension alimentaire, alors que je lui avais donné une grosse somme pour ton éducation. J'ai gardé le reçu, je te le montrerai… Chez Michelin, j'avais une excellente situation. Elle risquait de tout compromettre. C'était une folle, incapable de tenir en place. »

Folle, oui. Elle ne tenait pas en place, sauf que, pour une exilée sans papiers, la place n'était pas facile à trouver. Imprudente, maladroite, ne comprenant pas ce qu'il attendait d'elle : se tenir coite, se cacher dans la campagne, se faire toute petite, ainsi qu'il sied à une émigrée. C'était bien ce dont elle était incapable, cette furie, se faire oublier. Elle était allée le provoquer sur son terrain, espérant le tirer de sa réserve. C'était mal le connaître. Un taureau brave eût fait face ; le *pauvre Michel* n'était pas brave, il ne l'a jamais été.

Dans son récit, mon père omet cependant le début, qui contient la suite.

Il avait quitté Madrid fin 1935 ou début 36, à la veille de l'insurrection franquiste, pour dénicher un travail, louer une maison, organiser notre venue. À cette époque, il écrivait, téléphonait ; à partir du déclenchement de la guerre civile, il ne donna plus aucun signe de vie, laissant sans réponse les lettres, les télégrammes, les appels au secours de la folle qui ne savait à quel saint se vouer.

Chaque nuit, dans l'appartement de sa mère, la folle s'asseyait au piano et, entre un morceau d'Albeniz et une partita de Bach, interprétait *Les Yeux noirs*, accentuant chaque effet *fortissimo*. En amour, elle avait toujours eu le goût le plus déplorable. Ses déclamations n'en cachaient pas moins une détresse réelle. Ses relations, ses amis, ses amants, sa mère appartenaient tous au camp le plus réactionnaire ; ses sympathies la portaient vers la république. Un pied dans chaque camp, elle risquait fort de trébucher. Elle se cramponnait donc au *pauvre Michel* qui ne redoutait rien tant que les responsabilités. Elle espérait qu'il allait la tirer de là ; n'est-ce pas la preuve qu'elle ne l'avait jamais compris ?

À Paris, dans le même moment, certains membres de la famille adressaient à mon père des exhortations fondées sur des considérations morales. Jean de M., notamment, auréolé aux yeux du *pauvre Michel* des prestiges d'un mariage avec l'une des plus riches héritières, Jean de M., chrétien strict, le rappelait au sens du devoir. Il tombait mal : le mot devoir n'appartient pas au vocabulaire de Michel.

Le *pauvre Michel* ne ment pas. En un sens, il n'a rien fait : il s'est seulement défilé. Il a passé sa vie à se défiler.

Tard dans la nuit, nous marchons jusqu'à la place Pereire, par la rue Pierre-Demours. Nous ferons des dizaines de fois ce parcours ponctué de stations ; j'apprends à inspecter les crottes du cocker, opération minutieuse destinée à s'assurer qu'Ami est exempt de vers. Du bout d'une badine, mon père retourne les excréments, les défait, se baisse, flatte le chien.

Un léger brouillard se dilue en bruine. Ce quartier dont j'apprends la géographie, depuis l'avenue Niel jusqu'à la rue de Courcelles, autour de la place Pereire, dessine, à la lumière des réverbères, un périmètre onirique où je tournerai souvent, engoncé dans le pardessus du défunt mari de Mathilde. De jour en jour je m'enhardis, pousse jusqu'au parc Monceau, jusqu'aux Champs-Élysées. Je ne cesse, une nuit après l'autre, d'élargir mon territoire.

Je ne suis pas mécontent de loger à l'hôtel, d'y disposer d'un coin bien à moi où je peux rêvasser, lire. D'où il m'est facile surtout de m'évader. De quoi ai-je donc l'air, silhouette frêle et menue, si sombre que des amis me surnommeront « le Chat noir » ? Du chat, j'ai en effet la démarche ; j'avance dans les rues sur la pointe des pieds, l'œil aux aguets. Aux jeux de la chasse, je ne suis pourtant pas un gibier farouche, je vais volontiers vers les guetteurs. Car — faut-il le préciser ? — l'amour est ma principale activité nocturne, à tout le moins le plaisir que je n'ai jamais pu séparer du premier, ce qui me vaudra pas mal de bleus au cœur, muscle chez moi peu exercé. Entre déceptions et désespoirs, je fais l'apprentissage de la volupté.

Le bilan médical n'a rien diagnostiqué de sérieux ; je ne suis ni tuberculeux ni syphilitique, je souffre d'une grave anémie qui, à vingt ans, conduit rarement au cimetière. Je mange jusqu'à plus faim, avec une sorte de rage. Concha me regarde engloutir avec un sourire narquois. La vieille faim espagnole, la *gana*, cette démangeaison permanente, elle la reconnaît.

Malgré son antipathie, j'aime l'heure du déjeuner où nous nous retrouvons seuls, elle et moi. Anoff et Mathilde sont à leur travail chez Dior, avenue Montaigne, où la mère est vendeuse à la boutique cependant que la fille s'échine dans un bureau, au quatrième. Ma belle-mère a passé son adolescence près du couturier, voisin et ami de ses parents ; ils ne se sont jamais perdus de vue : Anoff n'oublie pas ceux qui peuvent lui être utiles. Quand sa situation est devenue plus précaire, le couturier l'a engagée, à des conditions amicales naturellement, c'est-à-dire médiocres. Anoff lui sert de mannequin mondain et de rabatteuse. Elle exhibe ses toilettes dans les salons, rameute des clientes parmi ses relations fortunées. Le bridge, qu'elle pratique avec assiduité, reste son meilleur terrain de chasse.

Mon père, lui, s'exténue dans une petite usine

qu'il a créée du côté du Pré-Saint-Gervais. Il y fabrique du matériel de bricolage. Sans grand succès, ce qui le rend d'humeur plus aigre encore. L'idée n'était pas mauvaise, en avance sur son temps, une sorte de Bricorama avant l'heure. Il a appelé son affaire « Au Palais du bricoleur », ce qui n'est pas la preuve d'une imagination débordante. Comme il puisait à pleines mains dans les caisses pour maintenir son train de vie, la trésorerie finit par s'essouffler. Le *pauvre Michel* a beau se démener, la chance ne lui sourit pas, se lamente Anoff.

Follement éprise de lui, elle lui tient la bride sur le cou, jalouse de toute femme qu'il croise et même de son passé, surtout de l'Espagne, qu'elle abhorre. Elle tient les Espagnoles pour des créatures inférieures, des gitanes criardes, sans éducation ; à ses yeux, il n'est d'élégance que blonde. Elle prête à Michel une intelligence supérieure parce qu'il lui fait chaque matin la lecture du *Figaro*, commentant les nouvelles de ce ton docte que je commence à connaître. Assis près de la cheminée, mon géniteur s'élève aux plus hautes spéculations géopolitiques. Aucune question ne l'impressionne. Assises autour de lui, Anoff et Mathilde boivent ses paroles. C'est un augure. Comment un esprit si vaste peut-il ne pas rencontrer le succès ?

Suspendue au téléphone, Anoff bat le rappel de ses amis, ameute ses relations, se lamente sur les difficultés que rencontre son *pauvre Michel* — l'expression revient dix fois par jour et se gravera dans mon esprit. Rien n'y fait ; les sommes récoltées d'un côté filent aussitôt de l'autre. Réduire les frais ? Anoff ne le conçoit pas. Habituée depuis l'enfance à dépenser sans compter, comment pourrait-elle changer ses habitudes ? Une chasse en Sologne, le golf, les parties de bridge, les toilettes et les bijoux, les fourrures et les chapeaux, la femme de ménage et la domestique : où couper dans cet indispensable ? Anoff soupire, gémit, plaint le *pauvre Michel.*

Je suis avec paresse les épisodes du feuilleton. Mon père m'a conduit dans son usine et, depuis un bureau aux parois de verre j'ai regardé l'atelier, aperçu les ouvriers qui levaient la tête pour examiner le fils du patron. Pensaient-ils que je songeasse à succéder à mon père à la tête du Palais du bricoleur ? J'étais à mille lieues de ce décor. Je serai écrivain, aucune hésitation là-dessus : écrire pour survivre, pour recoller les morceaux. Je ne pense pas en avoir jamais parlé avec mon père, qui m'imaginait diplomate. Du moins haut fonctionnaire. Lui-même, dans ses rêves, se voit ministre des Affaires étrangères ; s'il ne loge pas au Quai d'Orsay, c'est que le socialisme a infiltré tous les rouages de l'État.

Anoff et lui restent des heures courbés au-dessus des deux bibles, Gotha et Bottin mondain, épluchant les généalogies, discourant des alliances et des parentèles. C'est à qui prendra l'autre en défaut d'une cousine au troisième degré de Mme de X, née Y.

Que dirait le *pauvre Michel*, s'il lisait dans mes pensées ? Moins que la futilité de ces divertissements, c'est leur ridicule qui me frappe. Mon grand-père paternel a beau avoir été un homme d'affaires avisé, il n'en reste pas moins que leur patronyme est celui d'une honnête bourgeoisie de province. Rien là que de très estimable. Mais quand je l'entends s'offusquer avec Anoff d'une mésalliance *proprement scandaleuse*, j'ai du mal à réprimer mon rire. Ne dirait-on pas qu'ils descendent tous deux du Grand Condé ?

Le piège a été tendu dans un élan de générosité sublime, qui a bouleversé Michel. Anoff, me dit-il, ne supporte pas de me voir, chaque soir, regagner mon hôtel. Elle a plusieurs fois pleuré en me regardant repartir seul dans la nuit. En un geste dont la grandeur ne m'échappe pas, elle m'ouvre son foyer. Je me serais bien passé d'une telle magnanimité. Les grands sentiments habillent aussi les petits calculs ; on économisera, par la même occasion, le prix de la chambre. Je dormirai au salon, sur le canapé. J'ai beau me montrer stupide : cette fois, j'ai flairé la manœuvre. Anoff a trouvé le moyen de m'acculer en se donnant l'air de m'adopter. Nos regards se disent chaque jour un refus définitif. Mes yeux la transpercent. J'ai connu un égoïsme autrement monstrueux, j'ai entendu des calculs mille fois plus durs et plus cyniques. À côté, les astuces d'Anoff me semblent puériles. On lit en elle à livre ouvert. Parfois, je m'amuse à les mettre face à face, Cándida et elle. Je comprends vite que le combat tournerait court. Cándida n'aurait pas un regard pour cette grande bringue aux cheveux platinés, aux minauderies affectées, aux propos vides. « Une idiote », trancherait-elle. Oui, mais l'idiote *garderait la place*. C'est la force d'Anoff, sa superficialité. Derrière son gazouillement, les yeux montrent la force terrible de celles que rien n'ébranle. Elle occupe tout le terrain. Elle pompe l'air, empêche de respirer. Son babil installe une mise en scène sociale où chacun se sent contraint de tenir son rôle. Des répliques attendues, toujours dans le ton. Elle possède à fond le répertoire. Impossible de l'en déloger, à moins d'interrompre la représentation. C'est ce qu'elle attend, que je me lève et que, à bout de nerfs, je fasse un scandale. Elle m'a jaugé, elle connaît les limites de ma résistance. Il ne lui reste plus qu'à guetter l'incident en se donnant, déjà, le beau rôle. Elle me couve de regards enjôleurs, elle me ligote avec des sourires. Elle est parfaite et je serai, fatalement, le goujat, le fils de ma mère. C'est finement calculé.

La nuit, sous le tapis d'Aubusson, face à la cheminée où les braises rougeoient, je tente d'apaiser mes nerfs. Ne trouvant pas le sommeil, je m'éclipse en silence. J'arpente les rues, je marche jusqu'à l'épuisement. Je rentre moulu et comblé. Le plaisir me fortifie dans mon corps. Nuit après nuit, ma peau se réchauffe aux baisers. J'existe, puisque je suis désiré.

Je commence à recouvrer mes esprits. Je suis toujours confus, la tête prise dans un brouillard, mais l'angoisse desserre son étreinte. Mes papiers sont en règle, je mange à ma faim, je dors à m'en abrutir. Je prépare mon bac dans un cours privé, au fond d'une impasse boisée, entre la rue de la Pompe et l'avenue Victor-Hugo. Je me suis fait deux amis, Alain et Perceval, naturellement d'origine étrangère, fils de parents divorcés. Dans cette institution, il n'y a que des adolescents empêtrés dans des situations inextricables. J'y découvre une autre forme de malheur, plus ténu. Certains ont des noms à rallonge, ils habitent, entre Passy, le Trocadéro et la place Victor-Hugo, des appartements richement décorés. Ils disposent, pour leur argent de poche, de trois fois le salaire de leurs professeurs. Ils s'habillent à la dernière mode, possèdent des électrophones perfectionnés, ils chevauchent des Vespa et des Lambretta, conduisent des MG décapotables, organisent des surprises-parties. Leurs parents leur donnent tout afin d'en être quittes. Aussi ces jeunes bourgeois ont-ils la richesse triste. Certains cachent à peine leur désenchantement. Nous nous choisissons par nos fêlures. Elles nous ont mis dans cet hôtel délabré où des professeurs mal payés ont, eux aussi, échoué. Sous leurs blouses grises, sous leurs bérets crasseux, l'aigreur suinte. Ils enragent d'enseigner à ces fils de famille indolents et prétentieux qui croiraient déchoir en travaillant. Ils ne tardent pas à me remarquer, puisque j'apprends avec ténacité. Je ne le fais pas exprès ; j'aime étudier. Mais cette passion, si insolite en ces lieux, me retranche des autres. N'ai-je pas toujours été séparé ? Aux récréations, nous nous retrouvons à trois dans l'étroit jardinet, devant le perron coiffé d'une marquise. Nous poursuivons nos discussions, échangeons des livres et des disques. Nous nous invitons tantôt chez l'un, tantôt chez l'autre ; nous allons ensemble au cinéma. Nous nous serrons, nous nous tenons mutuellement chaud.

Les jours, les semaines passent. Je me love dans la routine. La grande ville ne me fait plus peur. J'y ai désormais mes repères, les Champs-Élysées, ses cinémas, Saint-Germain-des-Prés. Je deviens français, ou le redeviens. Encore n'est-ce pas sûr : je *m'imagine* le devenir. Mon teint sombre, ma chevelure noire et ondulée : mes amis du cours Montespan n'avaient jamais vu d'Andalou, et c'est ce que j'étais à leurs yeux. Ils me jugeaient bizarre, solitaire et farouche. Quelque chose m'éloignait d'eux, un rien qui était l'épaisseur d'une vie. J'avais beau tenter de me fondre dans le groupe, en adopter tous les tics, suivre la mode : à mille détails, je ressentais le décalage. Je me montrais irritable et soupçonneux. L'uniforme me pesait. Je rêvais de l'arracher. Mais pour quelle tenue ? Les idées que j'apprenais à mettre en forme, dissertations en trois points, je les vomissais parce qu'elles étaient celles de mon géniteur, d'une rationalité féroce. J'avais été à l'école de Nietzsche et de Dostoïevski, je voyais trop bien de quels ingrédients cette bouillie était faite. Ce refus de ce que, avec mon consentement, j'étais en train de devenir, réveillait chez moi une obsédante nostalgie de l'Espagne. Non du pays, mais de sa part la plus osseuse : la Castille. Je me réfugiais dans son orgueil. N'est-ce pas ce fond de sauvagerie que mes camarades flairaient en moi ? J'avais l'air doux, poli ; sous la surface, le feu couvait. Un désespoir rauque agitait ma voix. J'avais fui l'Espagne mais ne l'avais pas reniée. Elle me causait une douleur violente, la souffrance d'une amputation. Je lui demeurais fidèle dans ce qu'elle a de plus rébarbatif : la foi. Depuis mon arrivée en France, je poursuivais une correspondance avec un curé de campagne que j'avais connu à Huesca, Joaquín, homme fruste, d'une grande générosité et d'une vraie délicatesse. Il m'avait aidé, soutenu durant des années. Je me sentais son débiteur et je m'apercevais que chaque pas fait dans ma nouvelle vie m'éloignait un peu plus de lui. Je vivais cette séparation comme un reniement. J'aurais voulu concilier l'adolescent désespéré qu'il avait aimé avec le jeune bourgeois que j'étais devenu. C'était impossible, je le savais. Je ne m'en obstinais pas moins. Je me raccrochais à la conscience morale. Je me complaisais dans le remords et la culpabilité. N'imaginant pas que je pusse me tirer du piège où je m'étiolais par la fuite en avant, je retournais par la pensée vers un passé insupportable, mais cependant propre. C'est bien le mot : les propos d'Anoff et de mon géniteur me salissaient. Une poussière de médiocrité se déposait sur ma peau, obstruait mes poumons. Je me méprisais de consentir à cet avilissement. Pourquoi est-ce que j'acceptais d'écouter sans réagir un tel amas d'inepties ? Qu'est-ce qui me retenait de leur crier mon dégoût ? La colère échauffait mon sang. Sans m'en rendre compte, je haussais le ton. J'atteignais la limite, j'allais basculer.

Pour ridicule que cela paraisse, je me reprochais ma dureté. Je me sentais coupable de ne pas aimer mon père. J'avais beau me répéter que père, il ne l'avait jamais été, je butais contre le mot. Un père n'est pas une personne réelle, du moins pas seulement : contre ce mythe mon cœur se cognait. Renier ce géniteur que j'étudiais avec découragement, c'était renoncer à mes chimères d'orphelin. Et puis, pourquoi le cacher : il y avait en moi, depuis la petite enfance, un inconsolable besoin d'aimer et d'être aimé. J'avais un cœur d'artichaut, un mot de douceur me faisait pleurer. Or, j'étais bien obligé de m'avouer qu'à sa manière mon géniteur s'était attaché à moi et qu'il suivait un programme parfaitement conçu pour faire de moi un homme. Il avait commencé par s'occuper de ma santé, par me redonner une apparence humaine, il tentait de m'installer dans ma nationalité française, il m'accordait la chance de poursuivre des études. N'étais-je pas ingrat ? Il y avait erreur sur la personne, certes, et ce programme qui aurait convenu à un adolescent normal devenait, dans mon cas, comique. J'étais fou, j'avais les nerfs brisés. Le *pauvre Michel* manquait trop d'imagination pour seulement deviner ma fêlure. À ses yeux, il n'existait d'autre modèle d'humanité que le sien. Ma vie avait été dure, il l'admettait ; elle finirait par se couler dans le moule. Ayant remarqué ma passion des livres et ce qu'il appelait mon intelligence, il en retirait une fierté stupide. De qui, sinon de lui, aurais-je tenu ces dispositions ? Il trouvait plaisir à discuter avec moi, m'emmenait dans ses voyages. Aux vacances de la Toussaint, je l'accompagnai dans les Landes où il se rendait une fois par mois pour acheter du bois. Quatre ou cinq jours en tête à tête : nous filions sur les routes, dormions dans des auberges. Une sorte d'intimité finit par s'établir entre nous. Assis au volant de sa traction, le mégot aux lèvres, je devinais chez lui un sentiment voisin du bonheur. Il n'avait qu'un fils, moi. Pierre, son beau-fils, ne l'appréciait guère, l'estimait moins encore. Il venait d'ailleurs rarement villa Niel, et uniquement à cause de sa mère. Quant à Mathilde, elle était en admiration devant lui, mais c'était une femme et Michel conservait un fond de misogynie que ses succès n'avaient pu que conforter. J'étais l'unique part de lui dans laquelle il pût se reconnaître. Ses ratages l'incitaient à imaginer une revanche ; je le vengerais de ses échecs. Aurais-je été conforme, j'aurais pu entrer dans ce rêve. J'ai du reste tenté de m'y glisser. Le costume ne m'allait pas. J'y étouffais. Mais je ne m'aimais pas non plus assez pour penser que j'eusse raison de l'écarter. Je m'éprouvais difforme, contrefait. Dans le programme établi par mon géniteur, la perspective d'un beau mariage entrait nécessairement. Avec Anoff, il combinait des rencontres, arrangeait des sorties, sollicitait des invitations. À ces soirées et à ces bals, je me retrouvais, dans mon smoking neuf, pis que déphasé : grotesque. Quant aux jeunes filles avec qui je dansais, je ne songeais qu'à les fuir après leur avoir écrasé les pieds. Cette indifférence, mon géniteur l'expliquait par mon adolescence solitaire et blessée. Le temps, pensait-il, arrangerait tout. Il était naturel qu'ayant manqué d'une famille, je veuille rester villa Niel plutôt que de m'étourdir avec des jeunes de mon âge. Plus finaude, Anoff avait flairé la vérité. Elle feignait d'abonder dans le sens de son *pauvre Michel*, tout en guettant le dérapage. Il n'existait, entre mon père et moi, pas l'once d'une confiance : comment aurais-je pu lui avouer mes préférences ? Il était mon père et il ne m'était rien. Mais ce qui nous séparait n'était en réalité qu'un fil ; il aurait suffi d'un geste, d'une parole. Mais où donc les aurait-il trouvés, ces mots ? Il parlait en formules apprises par cœur et qui d'ailleurs *étaient* son cœur.

Un soir, sa vérité m'aveugla. Anoff avait organisé un bridge ; cinq ou six tables avaient été disposées au salon, un buffet dressé dans la salle à manger avec deux extra en veste et gants blancs. Il y avait partout des lumières, des fleurs ; le décor resplendissait. Anoff arborait une toilette de chez Dior, superbe ; Michel avait passé un costume sombre. Tous deux circulaient parmi les invités. J'ignore pourquoi j'étais resté, peut-être par curiosité. Je contemplais le tableau, non en spectateur, mais en écrivain. Depuis l'enfance, je n'appréhendais la réalité que par la littérature. J'écoutais moins une description qu'une interprétation. Je voyais la satisfaction de mon géniteur, le plaisir qu'il tirait à saluer, serrer et baiser des mains. Aucun recul, nulle distance ; il faisait corps avec son personnage. Il ne percevait pas non plus l'ironie avec laquelle les invités le considéraient. Eux se trouvaient là pour Anoff qui incarnait la puissance de la fortune et des alliances. Le *pauvre Michel* n'était que la tocade de cette femme éblouissante qui méritait certainement mieux que ce raté. Rien n'était dit, mais ça crevait les yeux. Avec ses ronds de jambe et ses courbettes, Michel avait l'air d'un larbin. L'assurance d'Anoff provenait de la conviction inébranlable d'être ce qu'elle paraissait. Mon géniteur, lui, en rajoutait, il en faisait des tonnes, me décochait des regards complices : tu vois, voilà le grand monde ! J'apercevais surtout l'aspect dérisoire de la comédie. Jamais encore sa médiocrité ne m'avait à ce point sauté aux yeux. Et c'est à ce pantin que je devrais ressembler ?

Il pouvait pourtant se montrer sous un jour différent. Il arrivait, dans l'intimité, que le masque s'abaisse. Il tenait des propos plus simples, intelligents. Il oubliait son personnage pour devenir un homme. En l'entendant, j'étais remué malgré moi. Je me demandais : que s'est-il donc passé pour qu'il se soit lui-même perdu de vue ? Je remarquai que son indulgence, sa fatigue n'étaient pas sans rapport avec Martine, sa première maîtresse, ni avec ma mère dont il ne pouvait s'empêcher de parler avec une rage suspecte. Ces deux femmes avaient du caractère. Elles l'avaient tiré hors de son milieu. Anoff l'embaumait dans la nostalgie de son enfance funèbre. Même ses échecs résultaient de cette dictature. Jour après jour, elle défaisait ce qu'il peinait à faire. Bien entendu, cette démolition ne se serait jamais produite s'il n'y avait consenti. Anoff incarnait un très ancien rêve, celui de la femme belle et insouciante, légère et munificente. « Les femmes que j'ai aimées ont toujours été dépensières », me confiait-il avec un rire sec. Il oubliait qu'Anoff ne dépensait que pour la frime. Ce qu'elle lui offrait en échange, c'était la mise en scène de leur reconnaissance sociale. L'autre Michel, celui des longues nuits de bavardages et de confidences, n'était que le spectre de celui qu'il aurait pu devenir. Aurait-il ignoré cette coupure, je n'en aurais pas été troublé. Mais il en avait conscience, ce qui la rendait, à mes yeux, énigmatique. Sous mes airs de faiblesse, je cachais une telle force, une si furieuse obstination, un sentiment si puissant de mon individualité que je n'imaginais pas que certains hommes fussent incapables d'être eux-mêmes. Or le *pauvre Michel* ne savait que mimer. Peut-être son attitude sournoise montrait-elle une peur d'être ? Il ne concevait pas de gagner ou de mériter. Tout ce qu'il avait obtenu dans la vie, il l'attribuait à ses relations ou à des jeux d'influence. J'écoutais les récits de ses stratagèmes. La combine était son élément ; il jouait par la bande, fuyait le corps à corps et la mêlée. L'action, me disais-je, l'effraie. Il vit terré dans sa ruse. Il n'existe que dans sa livrée de bourgeois.

Assis près de la cheminée, devant le feu, il me questionne sur ma vie en Espagne, secoue la tête, désolé. Il me donne alors l'impression de saisir quelque chose. Il paraît ému et même accablé. S'il n'a pas répondu à mes appels, dit-il, c'est qu'il était persuadé que je ne pouvais être qu'un voyou. Je pourrais lui rétorquer qu'il lui était simple de s'en assurer en venant me voir en Espagne. Il croyait, ajoute-t-il, que ma mère se cachait derrière moi et il ne voulait pas avoir affaire à elle. Pourtant, le père Prados, directeur du collège d'Úbeda, lui a écrit pour lui peindre la situation où je me trouvais. Il n'a pas davantage donné suite à sa lettre. Mon demi-frère lui a envoyé un long courrier : même silence. Le consulat de France a fini par dépêcher la police à son domicile, avenue Victor-Hugo : sans résultat. Alors que je crevais en Espagne, il a fait la sourde oreille. Huit ans qui, pour moi, ont duré un siècle. Je bute contre ce mystère : un père refuse de répondre aux appels désespérés de son fils. Il continue de donner des fêtes, de briller dans les salons. Je lui ai encore écrit depuis Huesca. « Sur un papier à en-tête, crache-t-il avec des ricanements grossiers, où était imprimé : *Cours particuliers de français*. C'était d'un ridicule ! Comment voulais-tu que je réponde à une pareille faute de goût ? » Sa réaction me fait honte ; il n'a vu qu'un manquement aux convenances là où il y avait un combat acharné pour échapper à la mort. J'aurais enseigné le chinois pour gagner un peu d'argent. Le premier imbécile venu comprendrait cela. Le *pauvre Michel*, non. Il n'a remarqué que l'en-tête. Tant pis pour lui, me dis-je. Tant pis pour moi.

Les bouleversements qui nous affectent passent souvent inaperçus de nous. Insidieux, ils ne s'en révèlent que plus décisifs. Ce fut le cas de ma première rencontre avec mon oncle Stéphane et sa femme Rita. Elle eut lieu une semaine environ après mon arrivée à Paris, dans une auberge à l'orée de la forêt de Rambouillet. Il faisait soleil. Dans tous mes souvenirs, la lumière reste d'ailleurs associée à mon oncle et à ma tante, car ce sont moins les décors qui se gravent dans notre cœur que les impressions qu'ils éveillent en nous. Je revois le sourire malicieux de Stéphane, les yeux doux de Rita. Je ressens l'apaisement de leur présence. Plus haut, plus robuste que mon père, Stéphane se montre plus réservé, timide. Son élocution est malaisée, il trébuche sur les mots, laisse ses phrases inachevées. Quand il est ému, sa voix bégaie. Sa carrure athlétique, une joie de vivre communicative, ses manières directes, tout en lui inspire la confiance. Durant le repas, ses bons yeux couleur d'acajou se posent sur moi avec une expression de tendresse. Je me demande s'il ne se moque pas de mon attitude embarrassée. Je finis par m'apercevoir que ce qui suscite son ironie, ce sont les babillages d'Anoff. Il observe avec amusement mes réactions devant ce déluge de propos futiles. Il hoche parfois la tête, me sourit en plissant les yeux. De son côté, Rita, très blonde, la taille et l'allure du mannequin qu'elle a failli devenir, me considère avec une compassion bouleversante. Elle parle un sabir qui confond les genres, estropie les conjugaisons, ce qui donne des phrases cocasses, proches du surréalisme. Mais *si la soleil etons dangereux*, les yeux d'un bleu limpide disent la tendresse inquiète. Tous deux s'aiment avec une telle force que je me sens presque gêné de troubler leur intimité. Chacun de leurs gestes, la façon de se tendre la main au-dessus de la nappe expriment l'intimité des amants. Ils vivent tournés vers eux-mêmes, repliés l'un sur l'autre. Tout juste déchiffre-t-on dans le regard parfois voilé de Rita une mélancolie vague, celle de la femme privée d'enfants. Ils en ont eu quatre, tous morts de l'incompatibilité de leurs rhésus sanguins, à laquelle la médecine ne savait pas encore remédier. Du coup, Rita reporte sur son mari tout son instinct maternel, ce qu'il fait mieux qu'accepter, il en jouit avec simplicité, l'air d'un enfant ravi de se faire dorloter. Rita le console des froideurs de sa mère, de l'aigreur de ses sœurs, du mutisme de son père, et il s'abandonne d'autant plus volontiers à ses cajoleries qu'il aime la vie avec ingénuité.

Je le regarde choisir ses plats avec une délectation de gourmet, étudier la liste des vins, dévorer avec un appétit jovial, commenter chaque saveur, échanger des bouchées avec Rita. Le repas est pour eux plus qu'une nourriture ; ils se dévorent l'un l'autre en mâchant. Face à Stéphane, Anoff engloutit, s'extasie, roucoule, mais ses yeux de banquise se gaussent des manières de son beau-frère et de sa belle-sœur. Par-dessus l'assiette, Michel échange avec elle des regards entendus : quels rustres ! Non que Rita et Stéphane se tiennent mal, ou que leur attitude manque d'élégance ; c'est de faire corps avec leur joie qui paraît indécent à mon géniteur. Bien se tenir, c'est affecter une distance que son frère et sa belle-sœur abolissent. À son habitude, Michel, une main sur la table, disserte avec enflure. Bouvard et Pécuchet en une seule personne, il distribue les pensées les plus vastes. Anoff enfourche d'énormes morceaux de faisan, avale de grands verres de vin tout en s'extasiant devant l'éloquence de Michel. C'est son beau-frère qui invite, sa gourmandise s'inquiète du dessert. Jamais Anoff ne fait le geste de vouloir payer, cachant sa lésinerie derrière le privilège réservé aux femmes du monde. Il n'y a pas de petits profits ; Stéphane se lève-t-il pour acheter des cigarettes, elle s'aperçoit que, *justement*, elle en manque aussi : « Sois gentil, mon biquet, veux-tu me prendre ?... Tu es un amour !... » J'observe le manège et, voyant que j'ai saisi la ruse, mon oncle sourit, l'air de dire : elle est comme ça. En effet : calculatrice et minaudière, toujours à l'affût d'un petit avantage.

Nous marchons dans la forêt de Rambouillet. J'ai offert mon bras à ma tante qui le presse, me chuchote des mots tendres. J'ai si peu l'habitude d'être câliné que j'en ai les larmes aux yeux. Mon amollissement me fait enrager. Je pressens trop les dangers de ma faiblesse. J'éprouve cependant une sorte de délivrance. Mes nerfs se relâchent. Je réussis à balbutier un : « Je t'aime bien, moi aussi » — formule qui se voudrait restrictive alors qu'elle exprime ma peur d'une désillusion. Qui voudrait aimer l'écorché vif que je me sens être toujours prêt à rentrer dans ma coquille et à me retrancher derrière une bouderie ? Je me passe très bien de toute affection, grimace ma bouche, alors même que mon cœur cogne à mes tempes. Préparé à recevoir un nouveau coup, j'affecte l'indifférence. Je me veux blindé, mais mon armure est fendue de partout.

Dans la voiture, au retour, j'écoute les médisances d'Anoff et du *pauvre Michel*. Ils se moquent de l'affreuse vulgarité de Rita, de son épouvantable jargon. « Cette malheureuse n'est pas montrable », lâche Anoff avec dédain, cependant que mon géniteur surenchérit : « C'est une bonniche allemande, la servante de Stéphane. Elle est issue d'un milieu épouvantable. Une Boche, ricane-t-il, qui, les mains moites, braille du Wagner. » Satisfait de sa formule, il se retourne pour vérifier que j'en ai bien saisi tout le sel. J'observe ces deux bouches qui ne s'ouvrent que pour lâcher des insanités. La méchanceté les soude dans un baiser d'aigreur. Le dégoût me submerge.

Quand ai-je fait le premier pas, furtif et prudent ? Le prétexte était tout trouvé : le domicile de Stéphane et de Rita se trouvait à dix minutes du cours Montespan. Il me suffisait de suivre la rue de la Pompe. Puisque tous deux me répétaient de venir quand je voudrais, sans attendre d'être invité, pourquoi ne pas oser ? Je pénètre avec méfiance dans la cour de ce bloc d'immeubles construits dans les années trente. Je monte dans l'ascenseur, je sors au cinquième, appuie sur la sonnette. Je rencontre le même regard bleu, mouillé de tendresse, le même sourire doux. Une joie radieuse se lit sur le visage de Rita qui me prend dans ses bras : « Mon chéri, c'est *merveilleuse*, c'est si *gentille* d'être venu ! » Je revois la lumière qui coule à flots dans ces deux grandes pièces dont les fenêtres regardent, par-dessus le palais de marbre rose, les frondaisons de l'avenue Foch que Rita continue d'appeler du Bois. Je m'assieds sur le canapé garni d'une cretonne à fleurs, j'écoute la chanson de Trenet, *L'Âme des poètes*, que ma tante passe et repasse sur son électrophone. Le soleil caresse mon visage, je respire à pleins poumons ; je réponds aux questions de ma tante qui veut savoir quels plats j'aime. Cuisiner, c'est pour elle matérialiser son affection. Elle y met des soins inquiets, une passion bizarre. Je l'entends aller et venir dans sa cuisine, au bout du couloir, tout en fredonnant : *Longtemps, longtemps*. Ces bruits routiniers, cette voix de soprano qui chantonne, cet univers tranquille et ordonné : depuis que je suis né, je n'ai jamais imaginé qu'il pût exister. Je n'ai connu que la guerre, les privations, l'angoisse, les séparations et la misère. J'ai rencontré chez mon géniteur une médiocrité guindée. J'aperçois soudain une autre vie possible, détendue, harmonieuse. Et moi qui, à soixante ans passés, abhorre les bons sentiments, exècre la sentimentalité, je suis contraint d'avouer que j'ai été sauvé par l'amour le plus simple et, oui, le plus lucide. Que serais-je devenu sans cette grande femme qui me presse contre son sein, m'embrasse et me cajole ? Elle me rend chaque jour l'enfance que je n'ai pas eue. Elle me remet en moi-même. Aucune méthode, aucun programme, une attention si légère que je ne la remarque pas. Quelle intelligence il fallait pour apprivoiser le chat sauvage, prêt à mordre et à griffer !

Mon oncle arrive ponctuellement à treize heures, après une longue partie de tennis et une douche rapide dans les vestiaires du Racing. Rita le guette du haut de sa fenêtre, agite la main en guise de bienvenue, le regarde garer sa voiture dans la rue Piccini, lui ouvre la porte. J'entends la phrase rituelle : « Mike est là. » Elle résonnera de plus en plus souvent et ne s'arrêtera que le jour où je serai définitivement là. Je vois aussitôt le sourire de mon oncle, malicieux, complice. Il m'embrasse avec maladresse, m'interroge sur mes études. Et nous mangeons assis autour d'une table de jeu installée devant la fenêtre. Ces déjeuners à trois deviennent plus qu'une habitude : une routine nécessaire. Je découvre que j'ai toujours eu ma place dans ce foyer sans enfants. Quand nous habitions Vichy, ma mère et moi, tout juste débarqués d'Espagne, mon oncle et ma tante étaient venus nous voir, ils avaient insisté pour que ma mère me laisse avec eux en attendant que sa situation s'éclaircisse. La guerre menaçait, ils tremblaient pour moi. Bien entendu, ma mère avait refusé, au nom de son amour. Elle n'avait, leur avait-elle répondu, que moi, ce qui était vrai, au sens strict : j'étais son unique bien, sa seule monnaie d'échange. Nous étions cependant venus à Paris en 1939, nous avions couché sur ce canapé où je m'assieds chaque jour. Toute la journée, ma mère courait les boutiques, visitait des amis, mangeait au restaurant. Je restais seul avec Rita, je la suivais dans ses promenades, j'allais avec elle au zoo de Vincennes. Rien de ce séjour n'est resté dans ma mémoire. Avec ahurissement, je contemple ce film d'amateur tourné par mon oncle où un petit bonhomme vêtu d'un costume marin grimace de peur sur le dos d'un dromadaire ; je me penche sur une photo qui montre le même enfant renfrogné dans les bras d'une grande femme blonde, souriante. J'écoute les petites anecdotes qu'elle me rapporte. Ainsi, durant toutes ces années où j'allais ballotté d'un endroit à l'autre, au bord de l'inanition, j'existais pour quelqu'un, j'étais plus qu'attendu : espéré, désiré ? J'évite de poursuivre dans cette direction, j'ai trop peur de couler dans le vide. Car si ma mère a refusé de me mettre à l'abri, si elle a préféré m'attirer auprès d'elle, au camp, cela signifie que le crime fut prémédité. Quant au *pauvre Michel*, il lui aurait suffi de décrocher son téléphone. Il a donc été complice.

Mes nerfs m'abandonnent brusquement ; il m'arrive de fondre en larmes sans raison. Alors, Rita me console, m'étend sur le canapé, recouvre mon corps d'une couverture. Assise à mon chevet, sa main sur mon front, nous restons ainsi, silencieux. Rita trouve naturellement le geste exact, tout en maintenant la distance. Elle n'est pas ma mère, elle ne cherche pas à la remplacer. Son esprit droit et méthodique lui dicte l'attitude juste. Son intérieur démontre la même limpidité. Un confort simple, avec de rares meubles, des étoffes gaies, des objets rutilants. Elle s'habille avec soin, sans ostentation. Timide, elle se fait parfois bavarde, parlant de riens, mais de ces riens qui font la trame des jours : cuisine, robes, anecdotes sur les uns ou sur les autres. Encore ne se livre-t-elle que dans l'intimité, tant elle craint de commettre un impair. Devant des inconnus, elle reste immobile et muette, un léger sourire aux lèvres. Elle ne s'ennuie pas, jouit du décor, du spectacle des gens autour d'elle. Elle ne sait pas dissimuler ni mentir, sauf sur un point : elle se prétend tantôt viennoise, tantôt hollandaise, refusant d'avouer qu'elle est allemande. Elle l'a caché durant la guerre et, lorsque des cousins en uniforme ont sonné à sa porte, elle les a priés, en s'excusant, de ne pas revenir. En toutes circonstances, une identique droiture. Petite-fille et nièce de pasteurs, elle m'aura inculqué l'assurance d'une foi sans contorsions ni remords inutiles. Puisque la grâce a été accordée à l'humanité par la mort du Christ, foin des simagrées. Aborde-t-elle la question, c'est de biais, par dénigrement du catholicisme, qualifié d'hypocrite. La famille J*** lui a fait sentir avec hargne tout le mépris où elle tient les hérétiques. Alors que son dernier fils, âgé de cinq mois, venait de mourir, alors que Stéphane avait, dans la nuit, perdu au baccara jusqu'à sa chemise, Rita s'était résignée à quémander de quoi manger auprès de sa belle-mère. Claire l'avait obligée à repasser par l'escalier de service avant de lui faire remettre une aumône : une Allemande, protestante de surcroît, ne peut pas emprunter l'ascenseur !

J'écoute avec plaisir les récits de Rita. L'inflation dévastatrice qui l'oblige, enfant, à porter, pour acheter le pain, une valise contenant un milliard de marks. La misère et le froid. Elle suit la voie ferrée pour ramasser le charbon tombé des locomotives. Elle a les doigts gelés, la neige lui brûle les joues. Aucune trace de pathétique dans ces évocations. C'était, malgré tout, une époque légère. L'atmosphère ne s'alourdira que plus tard, avec le poids de l'idéologie. Rita n'a pas compris le nazisme, elle ne s'explique pas comment ce poison a pu contaminer *son* Allemagne dont elle continue d'écouter les chansons qu'elle entonnait en marchant dans les bois avec des bandes d'adolescents. Parfois, elle se trompe dans ses refrains. *Strassburg, o Strassburg, du wunderschöne Stadt* : je lui rappelle que Strasbourg ne fait pas partie de l'Allemagne. Elle pose alors sur moi un regard de perplexité.

Il y a chez Rita une naïve aptitude aux joies humbles. Contente, elle part d'un rire d'enfant. Une babiole la comble. Elle peut énumérer les plats d'un menu sans se lasser ni davantage imaginer qu'elle puisse lasser son interlocuteur. Sa simplicité est toutefois trompeuse ; elle ne manque ni de finesse ni d'esprit d'observation.

Ainsi s'est-elle aperçue que je risquais de couler. Elle m'entoure de soins, me prodigue une attention prudente. Elle me met en garde contre Anoff qui n'aime, dit-elle, personne, sauf elle-même. Elle devine le travail de sape qu'elle poursuit auprès de mon père. Rita plaide cependant la cause de Michel qui, dans le fond, m'assure-t-elle, n'est pas mauvais. Dans quel fond, suis-je tenté de lui répondre ? Je garde le silence. Je ne viens pas rue Piccini pour me confier. Je viens y déposer un fardeau que je n'arrive plus à porter. J'y cherche le repos. Je m'assoupis souvent sur le canapé et Rita me laisse dormir, me réveillant quand il est l'heure de regagner la villa Niel. Je la quitte le cœur lourd.

Si j'étais franchement malheureux, les choses seraient plus simples. Je n'ai rien à reprocher à mon père. C'est ce qu'il *est* qui m'oppresse. Moi seul crée la tension. Je la communique autour de moi. Mon angoisse déborde et se répand. En réalité, tout était faussé depuis le départ. Nous jouons à devenir père et fils. En vain. On ne devient pas père d'un jeune homme de vingt ans, on ne devient pas davantage fils à vingt ans. Michel flaire ma blessure, cherche des explications, en trouve, bien sûr. Ressentiment, amertume, ce sont les mots les plus accessibles, les seuls qui soient à sa portée. Il explique d'un ton docte que je ne parviens pas à digérer le fait que je me débattais dans la misère alors qu'Anoff et lui menaient grand train avenue Victor-Hugo. Il réduit ma souffrance à un manque de confort, sans doute parce qu'il ne conçoit pas une douleur autre. Tout, dans son esprit racorni, se résume à l'apparence. Comment devinerait-il qu'on puisse souffrir de n'être pas aimé ? Ses théories mesquines achèvent de me désespérer. Nous nous dirigeons vers l'affrontement, inévitable. Nous n'y allons pas de bon cœur cependant.

Nous traversons encore des périodes de calme où, dans sa traction, nous sillonnons la France, Anoff et lui devant, moi derrière, la tête entre mes bras posés sur le dossier. Nous parcourons la Bretagne, la Normandie, nous visitons la baie de Somme où, dans sa jeunesse, mon géniteur venait chasser le gibier d'eau. Cachés dans le creux d'une dune, nous contemplons le spectacle de l'aube dans ce décor tremblant où la mer et la terre ferme se mêlent et se confondent dans une lumière de nacre. Nous passons des week-ends chez des parents ou des amis, dans le Perche, en Savoie. Il m'offre ce qu'il a de plus précieux, ce pays qu'il aime, la France. Je lui en sais gré, je partage sa passion des campagnes. Il me conduit à Cuverville où son ami d'enfance Dominique, qui a épousé une de ses cousines, nous reçoit. Suis-je étonné de me retrouver dans la maison de l'écrivain maudit dont, en Espagne, je dévorais les livres sans tout à fait les comprendre ? Je voudrais répondre oui. En réalité, j'avance dans un rêve. Je vois les visages, je ne les situe pas ; j'entends les voix, je ne les comprends pas. Je marche à la limite de la folie. Seuls les mots me retiennent ; ils m'empêchent de basculer. Alors même que je ne distingue rien, je relève chaque détail. Je m'aperçois que Dominique ne supporte pas Anoff dont l'incessant babil l'exaspère. Il dissimule à peine son irritation que le *pauvre Michel*, tout à ses contorsions de funambule mondain, ne remarque bien sûr pas. Comment concevrait-il que ses choix, nécessairement excellents, puissent susciter de l'aversion ? À deux ou trois reprises, on frôle l'incident. D'une voix sèche, Dominique commande au perroquet de fermer son bec, sans que le volatile s'avise que cet ordre s'adresse à lui.

Malgré la bruine et le froid, j'erre dans le parc. J'entends la voix de celui qui, à Huesca, semblait s'adresser à moi, directement ; qui me faisait sentir que je n'étais pas seul dans ma différence ; qui m'exhortait à oser devenir moi-même ; qui m'appelait au bonheur. Je suis l'allée, jusqu'à cette porte étroite… Je trouve naturel d'être là, de contempler ces arbres, d'écouter leur musique évanescente. Tout ce qui m'arrive me semble à la fois clair et invraisemblable. Les bruits me parviennent de très loin, d'un autre monde qui aurait pu être le mien, qui l'est d'une certaine façon. En chaque circonstance, je me sens dédoublé et je me dédoublerai tout naturellement dans certains de mes ouvrages. Non que je ressente cette impression d'*étrangement* que Gide et Flaubert ont souvent évoquée. C'est plus profond, plus douloureux ; je vais partout avec le cadavre de l'enfant que je fus. Je le porte en moi, j'écoute sa voix. Je vois avec ses yeux éteints. Je porte d'autres cadavres, ceux des enfants laissés à Biarritz, oubliés. Je suis le seul rescapé du massacre. J'éprouve la tristesse des survivants. Je me pose la question : pourquoi moi ?

Je ne me retrouve que la nuit, quand la traction file sur les routes. Sous la pluie, l'asphalte luit ; des images imprécises surgissent dans les phares, disparaissent. Je somnole et vois une ferme, un hameau recroquevillé. Je me sens au chaud, à l'abri ; je respire le parfum d'Anoff ; j'entends les conversations. Alors, je rejoins le mouvement profond de ma vie, une fuite et, dans cette précipitation, une illusion : le rêve et le livre, l'un dans l'autre, l'un par l'autre.

La seule réalité que je parvienne à déchiffrer, c'est la rue Piccini. Stéphane n'attend rien de moi, il ne fait pas de moi un personnage. Il m'accepte tel que je suis ou parais. Tout au plus me veut-il plus fort, aguerri, davantage ouvert. Il m'entraîne au Racing pour que je puisse jouer au tennis avec lui, *si cela me fait envie*. Il ne m'impose rien, il attend que je m'apprivoise. Il me laisse venir à lui, à mon pas. Quand j'en exprime le désir, son sourire me dit sa satisfaction. Il aime me voir bondir, courir, frapper la balle. Il me réconcilie avec un corps que j'ai perdu, que je ne conçois pas comme mien, sauf dans l'amour. Après une partie, nous buvons un verre accoudés au bar. Pas davantage ne suis-je un projet pour Rita, mais une présence charnelle qu'elle cajole, me rendant une peau, la ravaudant de ses baisers.

La rue Piccini, c'est la brèche qu'Anoff guettait depuis mon arrivée. Elle s'y glisse aussitôt. Par insinuations : l'influence de Rita et de Stéphane n'est-elle pas... ? Ne penses-tu pas que... ? Bien sûr que si, Michel le pense. Rita, une moins que rien, Stéphane, cet imbécile heureux, ruinent ses efforts pour faire de moi un *gentleman*. Ils n'ont, mon oncle et ma tante, ni manières ni relations, ils... J'aurais pu le prévoir, je l'ai probablement deviné. Comment comprendrait-il que je respire mieux chez son frère ? Comment devinerait-il ce que j'y recherche, l'amour dont j'ai manqué ? Seules les manœuvres de la bonniche privée d'enfants expliquent ma désaffection. Un soir, la crise éclate : « Je t'interdis de les revoir ! »

Ses colères noires, meurtrières, je les connais. Les miennes ont la même violence aveugle. Tout le mépris, toute la haine accumulés éclatent brusquement. Je suis debout devant lui, comme lui pâle de fureur. Les mots veulent déchiqueter, ils cherchent à tuer. Je l'agonis de sarcasmes, lui jette à la figure sa mesquinerie, sa lâcheté, ses prétentions grotesques. Je le traite de petit-bourgeois minable, de raté. Qu'a-t-il fait de sa vie ? Sur quoi fonde-t-il donc sa suffisance ? Sur le Palais du bricoleur, qui est une faillite comparable à toutes celles qu'il a additionnées au cours de sa vie ? Il rétorque avec la même rage. Je suis bien le fils de ma mère, un voyou. Cela devait finir ainsi, dans la pire vulgarité. Comment a-t-il pu m'accueillir chez lui, m'ouvrir son foyer ? Une injure après l'autre, nous nous déchirons. Ce qu'il y avait entre nous, la cause de ma gêne, de mon étouffement, c'était cela : la haine nue. Il existe entre nous pis qu'un malentendu : une tache de sang que nous n'évoquons pas mais que nous voyons l'un et l'autre. Il sait que j'y pense, je sais qu'il tente en vain d'en détourner les yeux. C'est le sang d'un enfant de neuf ans, qu'il a laissé mourir, qu'il a ensuite abandonné alors qu'il gisait à terre, inanimé. C'est ce cadavre qui se dresse devant lui. Hors de lui, il lève la main, me frappe au visage ; je le gifle à mon tour. Anoff, *bouleversée*, tente de s'interposer. Je me tourne vers elle, la fixe avec un calme qui me surprend moi-même, qui m'est venu soudain, peut-être avec la violence du coup. « Vous, dis-je, arrêtez votre comédie. Vous avez ce que vouliez, c'est très bien ainsi. Inutile d'en rajouter. — Oh, gémit-elle en reculant et en hochant la tête. Tu l'entends, Michel ? J'ai été comme une mère pour lui, je lui ai ouvert mes bras… »

Je m'éloigne sans écouter la suite. Dans le vestibule, j'entends encore la voix de mon géniteur : « Je t'interdis ! » Je pense : tu ne m'interdis rien du tout, vieux con. J'ai claqué la porte, je suis sorti. En arrivant avenue Niel, la douleur me cloue sur place. Des élancements dans l'oreille droite, des stridences qui résonnent dans le cerveau. J'ai peine à respirer, je mets la main sur mon oreille, près de m'évanouir.

J'ai erré une partie de la nuit, toujours en proie à la même douleur de plus en plus violente. Je m'aperçois avec dépit que je pleure. Mes mains tremblent, mes genoux flageolent. On pensera : il a mis du temps à comprendre. Je n'ai rien compris du tout. J'éprouve même, c'est magnifique, des remords. Je me reproche d'avoir frappé mon père. J'ai même failli revenir sur mes pas, pour lui faire mes excuses. J'avais alors une conscience essorée par l'enseignement catholique. Bourrelé de scrupules, je macérais dans la culpabilité.

Vers trois heures du matin, je sonne chez Stéphane. J'entends, derrière la porte, sa voix ensommeillée : « Qui est là ? » Depuis l'entrée, en pyjama rayé, les cheveux ébouriffés, il me regarde, debout sur le palier, trempé de la tête aux pieds, l'air misérable. La douleur crispe mes traits ; les larmes coulent toujours sur mes joues. Nous restons peut-être une minute à nous observer. Une interminable minute. Soudain, il écarte les bras, me serre contre lui, sans un mot ; ses grosses mains caressent ma nuque. « Steve, demande la voix de Rita. Steve, qu'est-ce qui se passe ? — C'est Mike. Prépare-lui son lit. »

Rita tend les draps, borde la couverture, sans poser la moindre question. Elle a toujours su que cela finirait ainsi.

« Repose-toi. Demain, nous irons chez le médecin. Tu as très mal ? », demande mon oncle.

Je fais oui de la tête cependant que Rita me déshabille. C'est la première fois qu'une femme s'agenouille devant moi, retire mes chaussures, me tend la veste du pyjama.

« Rita, donne-lui une aspirine. »

J'entends dans un rêve le tintement de la cuillère, j'avale le médicament. Rita se penche, sa main me caresse le front ; sa bouche se pose sur ma tempe.

« Dors, mon chéri. Repose-toi. »

Je suis réveillé par la sonnerie du téléphone.

« Allô ? Il est ici, oui. J'attendais huit heures pour t'appeler. » Le mot, hurlé, me parvient distinctement : « Salaud ! » Et le déclic. « C'était Michel ? interroge Rita. Qu'est-ce qu'il t'a dit ? — Il m'a traité de salaud. — C'est *le* faute d'Anoff. Elle n'a jamais aimé Mike. Michel n'est pas *méchante*. »

Mon oncle n'a pas le temps de répondre. Le téléphone sonne à nouveau. Cette fois, je ne perçois qu'un murmure hargneux. « Il n'en est pas question, tranche la voix de mon oncle. Dans six mois, Mike est majeur. S'il le faut, je ferai un procès. Il a eu son compte, tu ne trouves-pas ? » Mon oncle a raccroché. « Il est fou, Rita, bredouille-t-il, l'air ému. Il voulait expédier Mike à la Légion. — C'est Anoff, déclare ma tante. *Il* est *un* méchante femme. »

Ils entrent ensemble au salon, s'approchent du canapé. « Ne t'inquiète pas, Mike. Tu es ici chez toi. Michel ne peut rien faire. Il ne s'est jamais occupé de toi, il a refusé de répondre à tes lettres. Il s'emporte, il crie, puis il regrette. C'est elle qui le monte. »

Je les regarde, lui dans son pyjama rayé, elle dans une robe de chambre bleue. Je lis dans leurs yeux un amour désarmé, définitif. Ils viennent de retrouver l'enfant qu'ils avaient, en 1939, tenté d'arracher à la guerre. J'ai vingt ans passés, je me sens devenir celui que j'aurais pu être. Je sors une main de sous le drap, ils la prennent ensemble, la serrent. Ce geste me surprend moi-même tant il me ressemble peu. Je n'ai jamais su montrer mes émotions. Peut-être suis-je enfin arrivé ?

« Prépare-toi. Nous allons chez le médecin. »

J'ai le tympan perforé, ce qui est un moindre mal. J'ai surtout une petite cicatrice au cœur : une de plus, une de moins, quelle différence ? J'ai perdu mes illusions d'orphelin mais j'ai trouvé une famille ; il devient possible pour moi de survivre.

Je le découvre de la manière la plus inattendue. C'est une nuit de printemps, tiède et mouillée, saturée de ces parfums que la jeunesse respire avec exaltation parce qu'ils émanent de la même source : la montée de la sève. La pluie a cessé ; les grands arbres de l'avenue Foch s'égouttent ; je marche depuis l'Étoile en respirant à pleins poumons. Une voix moqueuse m'interpelle soudain : « Eh bien, tu chantes ? » Je m'arrête, sidéré : *Longtemps, longtemps...* Je chantais à tue-tête sans m'en apercevoir, naturellement. Je suis donc heureux ? Gérard est resté l'un de mes plus anciens amis et, chaque fois que nous nous revoyons, nous évoquons cette nuit moite et parfumée, ma démarche bondissante, ma voix qui résonnait dans le silence : *Longtemps, longtemps...*

Je n'ai pas la veine élégiaque ; il me faut pourtant avouer que j'ai rencontré dans ma vie une affection tendre, lucide surtout. Ni Stéphane ni Rita, je le dis sans dénigrement, ne risquaient d'inventer le fil à couper le beurre. Ils n'étaient pas sots, ils lisaient, plus peut-être que la plupart ; mais ils manquaient l'un et l'autre de méthode et de références ; leur esprit n'était guère solide ni bien étendu. Le sport, la chasse, les plaisirs de la table, le jeu avec, vers la fin de sa vie, le bridge : voilà pour mon oncle. Quant à ma tante, ses lectures, romans et biographies historiques romancées, s'entassaient dans sa tête en un fatras comique où *Louisse XV* précédait *Charles la Taméraire*. Ils menaient une vie simple et réglée, recevaient peu, sortaient moins encore. En 1954, Rita approchait de la cinquantaine. Personne ne lui aurait donné son âge : grande et mince, le maintien très droit, elle portait la toilette avec éclat. Son allure de gravure de mode ne l'empêchait pas d'appartenir à un autre temps où les femmes ne travaillaient pas, vaquaient à leur ménage. Je ne prétendrai pas qu'elle n'a jamais souffert de sa condition. D'une jalousie soupçonneuse, son mari la tenait à l'écart ; il l'avait même empêchée de suivre des cours de français, refus dont elle se plaignait parfois, car elle avait honte de le parler mal et de faire, ainsi qu'elle le disait, *la faute*. Elle regrettait de n'avoir pas défendu son indépendance. Ses plaintes demeuraient cependant vagues, rien qu'un soupir. Elle imaginait une autre vie possible sans bien distinguer ses contours. Née avec le siècle ou presque, elle avait vécu son enfance sous le règne du Kaiser, elle avait traversé la Grande Guerre, la défaite et la dépression, la république de Weimar, la guerre civile, la montée du nazisme, sans qu'on sût dire ce que ces bouleversements avaient laissé dans son esprit. Malgré l'austérité d'une éducation protestante, ses souvenirs étaient doux et bucoliques. L'Allemagne qu'elle aimait et dont elle évoquait les paysages et les musiques renvoyait, elle aussi, à une époque révolue. La nostalgie de Rita était-elle un effet de l'âge ou bien ce pays qu'elle nous contait avait-il été bon à vivre, simple et rustique dans ses mœurs ? Chez tout un chacun, le passé risque de se nimber d'une tendresse expansive qui est, en réalité, celle de la jeunesse. Éduquée pour devenir celle qu'elle était, femme d'intérieur, les vagues regrets de Rita n'entamaient pas un bonheur fait de détails : son décor, sa cuisine, quelques sorties. Spectatrice de sa vie, elle paraissait enchantée de ce film. Elle y retrouvait ce qu'elle cherchait dans ses lectures : des contes de fées où les bergères épousent des princes. Tout la transportait de joie et sa naïveté transformait un dîner en festin royal, avec concert de flûtes et de violons. Le choix d'une nappe, la disposition des couverts, l'ordre des plats l'occupaient des jours entiers. Elle tirait de la contemplation de ces images une béatitude extasiée ; chacune illustrait sa réussite. Ce destin, si déconcertant aujourd'hui, a été celui de millions de femmes ; Rita l'avait endossé avec la rigueur qu'elle mettait en toutes choses. Jusqu'à sa mort, non sans courage ni dignité, accrochée à des riens, elle s'est maintenue debout.

Ce couple sans histoires était à première vue le moins préparé à recueillir un jeune homme de vingt ans meurtri par la guerre. Sombre, malade, *compliqué*, disait Rita, je mettais chaque jour leur patience à l'épreuve. Pour m'amadouer et réparer les dégâts, il fallait une exceptionnelle intelligence et, quand je regarde en arrière, c'est cette clairvoyance qui m'étonne. Les chances de me tirer de l'abîme étaient des plus minces. De l'âge de trois ans jusqu'à six, j'avais vécu dans les convulsions, les terreurs et les privations d'une guerre civile furieuse ; j'avais ensuite été ballotté d'hôtels en meublés, d'une ville à l'autre, d'un camp à une prison pour jeunes délinquants ; mon adolescence n'avait été qu'un épuisant combat pour survivre. Jusqu'à vingt ans, je n'avais pas eu de vie. Mon destin ne mérite ni pitié ni attendrissement ; il continue d'être celui de centaines de milliers de gosses pris dans la violence des guerres. La singularité de mon cas tient à la conjonction d'un drame familial avec les tumultes de l'Histoire. Ce qui n'aurait été qu'une sordide bataille entre amants avait, du fait des événements, tourné à la tragédie. De la dimension collective de mon histoire, j'avais tout à fait conscience ; je l'avais moins de la responsabilité de mes parents. Quand je débarquai chez Stéphane et Rita, je venais de subir une nouvelle déception, plus dure que je ne veux bien l'admettre. Je m'étais, durant des années, raccroché à l'image de mon père. Malgré ses silences et ses rebuffades, j'avais espéré trouver en lui un appui. Je refusais l'évidence ; mon père ne m'aimait pas, mon sort l'avait toujours laissé indifférent. Encore ignorais-je quelle part exacte il avait prise dans mon assassinat. Nul ne peut, sauf à s'étendre dans son cercueil, s'avouer qu'il n'existe pour personne. Il faut à chacun un passeport pour la vie ; j'attendais de mon père ce viatique. Notre rupture me renvoyait à ma vacuité.

Cette restauration de mon intégrité, Stéphane et Rita y procédèrent avec une délicatesse dont je reste saisi. Le premier geste de mon oncle fut de changer d'appartement, les deux pièces de la rue Piccini ne permettant pas que je fusse autonome et indépendant. Il trouva sans mal un cinq pièces, rue de Longchamp, qui, après qu'on eut abattu une cloison, se transforma en quatre pièces : un salon, une salle à manger, une chambre à coucher pour eux, une autre enfin pour moi, spacieuse et pourvue d'un cabinet de toilette. Stéphane insista pour que je décore et meuble cette pièce selon mes goûts, sans se mêler en rien de son aménagement. Ce geste montrait combien son caractère différait de celui de mon géniteur pour qui les goûts et les couleurs ne se discutaient pas, puisqu'il ne saurait y en avoir qu'un, le bon, autant dire le sien. C'était, de la part de mon oncle, me signifier que j'avais le droit d'exister par moi-même et c'était pour moi la possibilité d'affirmer mon indépendance.

On sourira de tels détails ; pour un jeune homme désorienté, aux nerfs détraqués, ils avaient leur importance. Rita, de son côté, prenait soin de ma santé en apaisant d'abord mes peurs. Je n'arrive pas alors à m'endormir sans lumière, je barricade ma porte en entassant des chaises les unes sur les autres, je tressaille au moindre bruit. Je relève d'une méchante grippe pour retomber dans la pneumonie. Je grelotte de fièvre, je me tords de douleur sur le parquet. Les médecins se succèdent à mon chevet ; Rita passe des nuits blanches penchée au-dessus de moi. À mon réveil, je la retrouve assise à mes côtés, paisible et rassurante J'ai honte du tremblement de mes mains, honte de mon délabrement, honte des accès de mélancolie qui me précipitent dans les ténèbres. S'ils sont inquiets de mon état, Stéphane ni Rita n'en montrent rien, à croire que tous les jeunes gens font des cauchemars, hurlent de panique et se dressent dans leur lit, l'air épouvanté. Ils ne baissent pas les bras, grignotent du terrain contre le malheur.

Sans m'en apercevoir, je change. Mon corps se fortifie avec la pratique du tennis, sport auquel j'ai pris goût et pour lequel je me découvre des aptitudes qui me surprennent. Je suis léger, mon œil est rapide ; je cours vite, mes jambes résistent ; dépourvus de puissance, mes coups n'en sont pas moins redoutables à cause d'un bizarre tour de poignet qui imprime à ma balle des rotations imprévisibles. Après trois sets acharnés, le corps baigné de sueur, j'éprouve un soulagement de saine fatigue. Je joue le plus souvent avec mon oncle qui, moins souple, réussit à tirer son épingle par une meilleure connaissance des angles. J'applaudis à ses stratagèmes de vieux briscard qui, alternant les amortis et les attaques liftées, me promène. Sur ses lèvres j'aperçois, quand nous quittons le terrain, un léger sourire de bonheur. Durant des années, nous disputerons, de Deauville à Biarritz, de Cannes à Arcachon, des tournois ; entre nous, le tennis deviendra une complicité gaie. À midi, Rita nous rejoint au restaurant du Racing où nous déjeunons sous les arbres du bois de Boulogne. Dans ses robes claires, ses jupes blanches plissées, nous l'apercevons de loin, son porte-cigarettes à la main, avec aux lèvres un sourire de ravissement. Elle s'enchante du spectacle, se voit elle-même le regardant, personnage du feuilleton qu'elle fait défiler dans sa tête. Une satisfaction enfantine se peint sur sa figure et, dès qu'elle nous distingue, nos raquettes sous le bras, ses yeux bleus s'allument, elle lève la main. Semaine après semaine, mon esprit s'apaise avec la certitude de leur présence. Ils sont toujours là, immuables, dressant, avec les habitudes, des barrières contre l'angoisse. Ils trouvent d'instinct les gestes susceptibles de colmater les brèches.

Un jour, mon oncle me propose d'un air dégagé de faire avec moi un voyage en Espagne. Je saute de joie sans imaginer qu'il puisse s'agir d'une ruse d'amour destinée à me restaurer dans ma dignité. Tout le long de la route de Paris à Pau, je ne cesse de bavarder, de rire, de chanter. Les haltes commandées par le Michelin, la bible de Stéphane, m'amusent désormais, tant sa gourmandise me réjouit, de même que l'air de béatitude répandu sur son visage après un bon repas. Les plaisirs de la table le rendent à une innocence d'enfant ; il cligne des yeux, prend la main de Rita entre les siennes, jouit sans fausse honte de son bonheur. À le voir calé dans son grand corps, étranger en apparence aux spéculations alambiquées, comment soupçonner la finesse de son intuition ? Il comprend que ce pèlerinage aux lieux de ma solitude m'apportera une consolation nécessaire, me remettra dans une identité, pansera les blessures. S'il s'inquiète de mal manger dans ce pays pour lui exotique, l'Espagne, il se résigne aux restrictions par souci de mon plaisir. Au fur et à mesure qu'il dégustera de bons plats, des vins qui l'enchantent, son humeur redeviendra tout à fait joyeuse. Il restera fidèle au rioja, lui, l'amateur de bourgogne.

Ce projet est celui de Rita autant que le sien et je devine aujourd'hui leurs conciliabules. En chaque ville où j'ai failli sombrer, ils se montrent avec moi élégants et chaleureux, exprimant leur gratitude à toutes les personnes qui m'ont aidé, sauvé de la mort. De Madrid à l'usine de Vallcarca de Sitgès, du collège d'Úbeda à Huesca, de Barcelone à Valence, la Frégate bleue dévore les kilomètres en une métaphore salvatrice. J'admets la trivialité d'une réparation par le prestige social. J'avais survécu accroché à des rêves médiocres, ceux de tous les enfants abandonnés qui, la nuit, se consolent en se persuadant qu'ils sont fils de roi et que leur père viendra bientôt les chercher dans un carrosse doré. Ma calèche était une Renault flambant neuve.

Dans la cité ouvrière de Vallcarca, aux maisonnettes ensevelies sous la poussière du ciment, chacune flanquée d'un jardinet enterré sous l'asphalte, notre apparition suscite l'effervescence ; les enfants se précipitent vers la voiture, s'attroupent, nous dévisagent de leurs yeux vides. Il flotte partout une odeur de misère, de lassitude et d'abattement. Rita se cache pour pleurer. La pauvreté la blesse moins que cette soumission sans espoir. On me contemple avec étonnement, avec un rien de mélancolie aussi ; la misère et l'abandon avaient bien pu me réduire à partager un temps leur condition, je n'étais pas des leurs, je ne l'avais jamais été. Ils mesuraient la distance qui nous séparait. Nous invitons Sebastiana, ma logeuse ; nous mangeons avec elle au restaurant ; nous lui faisons visiter Barcelone ; je la couvre de présents inutiles qui la ravissent parce qu'ils ne servent à rien : un luxe. Nous serrons partout des mains ; je remue des souvenirs.

Au-dessus du petit port de Sitgès, nous dînons

avec Manuel, un jeune homme de vingt-trois ans pour qui j'avais éprouvé une de ces amitiés foudroyantes et, croyais-je, définitives. Il a mis ses plus beaux habits, il s'est douché, il a enduit de brillantine ses cheveux très noirs ; il s'efforce de manger avec délicatesse tout en observant nos gestes. J'ai beau relancer la conversation, de longs silences tombent, durent. Sa gêne et sa tristesse le raidissent, voilent ses yeux. En me regardant, en m'écoutant parler, il contemple sa vie, telle qu'elle se déroulera. Il est certes heureux de me retrouver. Une affreuse tristesse le précipite cependant dans une solitude inconsolable. De mon côté, j'ai beau me persuader que rien n'est changé entre nous, mes dénégations se heurtent à l'évidence. Lors de notre rencontre, qui reste gravée dans ma mémoire et dont je me rappelle chaque circonstance : l'heure, la lumière, son sourire étincelant, sa démarche et jusqu'à sa manière de relever très haut sa tête, sa beauté m'avait ébloui. Je le découvre soudain lourd, avec des traits épaissis, sans plus rien ou presque du charme de sa jeunesse. Trois ans d'abrutissement l'ont flétri. En vain essayé-je de nier ma déception. Derrière ses sourires contraints, dans ses regards désespérés, ce ne sont pas les injures du temps que je distingue : c'est le découragement du travail répétitif, la monotonie des jours, la routine qui, un mois après l'autre, vous ronge, vous délite. Nous raccompagnons mon oncle et ma tante jusqu'à la porte de l'hôtel ; nous marchons ensuite le long de la plage que les promoteurs n'ont pas encore massacrée et qui s'étend, vide, sur des kilomètres, vers Villanova où, dans ma jeunesse, j'attendais, à l'aube, les barques de pêche que j'aidais à tirer sur le sable en échange d'une poignée de sardines. C'était hier : tout juste quatre ans. Cela fait une éternité. Dans ce trou noir où le temps s'est dilaté, la jeunesse de Manuel a, elle aussi, sombré. Il le sent, il le sait, et ne s'en console pas. Mais qui se console de mourir à soi-même chaque jour ?

Blottis au creux de la dune, nous fixons la mer, le sillon d'argent que la pleine lune y trace. Soudain, j'entends des grognements rauques ; je tourne la tête ; des sanglots remuent Manuel, le secouent de la tête aux pieds. Bouleversé, je prends sa main dans la mienne et, dans un geste d'abandon, sa tête vient se nicher contre mon épaule. Je serre les dents, je sens la crispation de mes mâchoires. Je presse la main de Manuel. Nous restons serrés l'un contre l'autre. Je finis par chuchoter des paroles lénifiantes : nous nous reverrons, il viendra à Paris : « Non, Miguelito. Je sais bien que je n'y serais pas à ma place. Je me sentirais trop malheureux. Je suis vraiment content pour toi, j'ai toujours su que tu n'étais pas fait pour vivre parmi nous. Tu n'appartenais pas à notre monde. Moi, je ne sortirai pas d'ici, je finirai peut-être contremaître. Vois-tu, notre rencontre a été une sorte de miracle ; tu me racontais des histoires magnifiques ; grâce à toi, j'ai entrevu une autre vie... C'est pour ça que je pleure. Je n'ai aucune instruction, j'ai l'esprit lourd, je ne suis capable que de travailler de mes mains. Je te demande seulement de ne pas nous oublier tout à fait... »

L'aube s'annonce à l'horizon par des lueurs nacrées, nous échangeons un dernier baiser. Je le regarde s'éloigner avec un désespoir furieux. Il marche à pas lents ; il se retourne, agite sa main, disparaît enfin. Je ne l'ai jamais revu, je garde la photo que j'ai prise de lui.

Stéphane voulait accomplir un dernier geste pour me délivrer tout à fait, m'ouvrir les portes d'une existence libérée d'inquiétudes inutiles. Empêtré dans sa timidité, il attendait le moment propice. Nous venions de disputer un match et, accoudés au bar, buvions un verre ; près de nous, un jeune homme blond, à la peau duveteuse et au regard malicieux. J'avais beau faire, mes yeux retournaient sans cesse vers les siens, qui me défiaient d'un air amusé.

« Il est gentil, n'est-ce pas, Mike ? »

Foudroyé, je sens mon visage devenir brûlant ; je reste coi, ne sachant que répondre.

« Dès notre première rencontre, à Rambouillet, j'ai deviné tes goûts. Tu ne dois pas en avoir honte, Mike, ni t'en cacher. Tu es libre d'amener qui tu veux dans ta chambre, d'inviter tes amis. Ni ta tante ni moi ne te jugerons sur ce point. Je ne voudrais pas que, de peur de nous choquer, tu fasses l'amour à la sauvette, dans des conditions douteuses. C'est une belle chose, l'amour, la plus belle qui soit. Il ne faut pas la salir. Profite de ta jeunesse. Tu es beau, tu es intelligent, tu as de la finesse, les succès ne te manqueront pas. Pour moi, je serai toujours content si je te sens content. »

Il ne m'a jamais tenu un discours aussi long et j'en reste sans voix, bouleversé de fond en comble. Je me sens léger, fou de reconnaissance. Ce secret que je dissimulais, ne sachant comment m'en libérer, mon oncle vient de le retirer de dessus mes épaules. Rien n'entrave plus ce bonheur dont il m'incite à jouir sans remords ni culpabilité. Il vient du reste, avec ce prétexte, de m'exprimer sa philosophie, qu'il résume en une formule, seule maxime latine qu'il connaisse : *Carpe diem*, mots que je lui entendrai répéter en maintes occasions ; avec quelques plaisanteries ressassées, ils composent tout son bagage d'idées générales, et qui d'ailleurs lui suffit. Stéphane pense moins avec sa tête qu'avec son grand corps dont l'instinct le guide. Toujours il posera sur moi un regard perplexe devant mes inquiétudes. Bâti pour le bonheur, mon angoisse de vivre l'étonne et le désole.

Je me penche, l'embrasse ; sa grosse main tapote ma nuque ; il tousse ainsi qu'il le fait quand il est ému, d'une petite quinte sèche et courte. Il semble soulagé, lui aussi. Nous roulons dans le bois, en direction de la porte Dauphine, et il tourne plusieurs fois la tête, me regarde en plissant ses yeux. Une bonne chose de faite, a-t-il l'air de penser.

Plus de trente ans après, Rita m'introduit dans les coulisses de leur couple : Stéphane lui ayant fait part de notre conversation, elle le prend par la main, le force à s'asseoir, s'installe dans un fauteuil, face à lui (j'ai déjà dit combien elle était candide) ; elle plante ses yeux dans les siens et, de ce ton net qu'elle adopte dans les circonstances importantes : « Maintenant, Steve (elle prononce à l'allemande : *Chtiveu*, accentuant fortement la première syllabe), je veux que tu me dises avec précision ce que deux garçons font ensemble. »

Méthodique, rigoureuse, avec un sérieux germanique, elle entre dans les détails. Enfin satisfaite, elle se lève : « L'important est qu'il soit heureux. » Affaire classée. Non sans inquiétude toutefois : je vois avec amusement des ouvrages traitant de sexualité apparaître sur leurs tables de chevet. J'imagine l'application de Rita. J'en feuillette un, découvre des passages soulignés ; je lirai à mon tour ces livres car, pour tout dire, je n'en savais pas plus sur la question que ma tante. Nous nous plongeons de conserve dans l'étude d'une déviance que j'avais d'abord ressentie comme une maladie honteuse, une tare.

De ses lectures Rita retira une vague peur de tous les dangers auxquels j'allais me trouver exposé et d'abord des maladies vénériennes. Un matin que j'achevais ma toilette, je la vis apparaître dans mon cabinet, l'air décidé : « Mike, est-ce que tu te laves bien partout ? » Je la dévisage, ébahi : « Tu le vois bien... — C'est pas ce que je *vouloir* dire. Laves-tu bien ton... instrument ? » Avant que j'aie pu lui répondre, elle a déjà saisi mon sexe entre le pouce et l'index, le décalotte, frotte le gland avec une vigueur tranquille, me montre un désinfectant qu'elle a acheté pour l'occasion. Je ris, elle part à son tour d'un rire espiègle tout en protestant. « Il ne faut pas rigoler. C'est très *sérieuse*, Mike. Tu dois faire ça chaque fois, tu comprends, à fond, avec *la* liquide. » La scène est comique ; je suis le premier à m'en divertir. Avec l'éducation que j'ai reçue en Espagne et qui me fait détourner les yeux des parties honteuses de mon corps, qui en écarte même la pensée, Rita, par son attitude et son souci d'hygiène naturelle, m'a toutefois donné la plus utile des leçons. Aucune femme n'a regardé ou touché ma verge avec tant de simplicité. Je découvre que le sexe n'est pas l'instrument de tous les péchés. Un muscle parmi d'autres, fait certes pour la reproduction mais tout autant pour le plaisir.

Les leçons de Stéphane et de Rita me réconcilient avec moi-même, m'ouvrent à la joie d'exister, lavent mon esprit des scrupules et des mortifications. Pour décorer ma chambre, j'ai choisi un reps rouge dans lequel j'ai fait tailler les rideaux et tapisser mon canapé-lit ; mon bureau se trouve face à la fenêtre donnant sur une cour où se dresse un acacia dont la tête cache le préau d'une école ; un immense piaillement de cris et de rires s'élève aux récréations. Derrière mon dos, les livres se pressent sur les étagères de la bibliothèque. Une petite commode de style provençal, à droite de la cheminée surmontée d'une haute glace, supporte mon électrophone et mes disques. Dès mon lever, j'écarte les rideaux, j'ouvre la fenêtre, je laisse le soleil se couler dans ma pièce ; je place un disque sur le plateau. Rita, qui possède une jolie voix de soprano, guère étendue mais délicate, aime la musique. Dans son enfance, elle chantait en soliste au temple ; après l'avoir entendue, un professeur du Conservatoire vint trouver sa mère et lui proposa de lui donner gratuitement des leçons. Emma, c'était son nom, écarta avec indignation une telle suggestion : devenir cantatrice ? pourquoi pas femme entretenue ? Il arrive encore à Rita de rêver à la vie qu'elle aurait eue si... J'écoute Bach, Mozart, des opéras de Verdi et de Puccini, et ma tante reprend les airs. Je l'entends chanter dans la cuisine où, sous prétexte de *montrer à Suzanne*, elle met la main à la pâte : *Dove sono…* Le vendredi soir, Stéphane part en Sologne où il a pris une participation dans une chasse ; il revient le dimanche. Le samedi et le dimanche en matinée, je conduis ma tante à l'opéra, tantôt à Garnier, tantôt salle Favart. Je l'aide d'abord à choisir sa toilette car elle n'aime rien tant que se montrer, essayer différentes robes. Nous partons bras dessus bras dessous, gais, parfaitement heureux. Rita découvre avec ravissement le répertoire. Ce fut un temps d'un bonheur ineffable. Nous courons, nous volons, nous nous embrassons. Je pense aujourd'hui au couple bizarre que nous formions, cette femme blonde d'un mètre quatre-vingts, et moi, mince et menu, sombre de peau, noir de cheveux ; je me demande aussi : n'est-il pas ironique qu'une Allemande m'ait rendu la vie, que je lui doive d'avoir connu la plénitude du bonheur ?

Ma chambre est devenue un point de ralliement pour tous mes amis. Jusqu'à deux ou trois heures du matin, nous restons à discuter, à écouter de la musique. Tous affirment qu'ils s'y sentent bien, dans une atmosphère d'harmonie. J'entendrai cette expression toute ma vie ; je sais ce qui produit autour de moi cette impression de calme et de paix : non pas la réalité du décor mais les rêves de mon enfance, la nostalgie lancinante d'un havre. Ils me voient dans le miroir de mes songes. Ils respirent la quiétude dont Stéphane et Rita ont su m'entourer. Je puis vivre en accord avec moi-même. Du reste, qu'y aurait-il à confesser ? Les amours et les séparations, les voluptés ? Elles se ressemblent toutes. Je n'ai pas le sentiment d'être un cas, je ne souffre ni ne me flatte de ma singularité. Elle aiguise mon regard, me contraint à considérer la vie avec une acuité décalée, met entre les autres et moi une ironie imperceptible. Elle m'incline à l'autodérision. Parce qu'elles habitent les marges, les minorités s'éprouvent nécessairement étrangères ; les jugements et les valeurs de la majorité suscitent leur méfiance. Il ne me semble pas fou de rester sur ses gardes. Encore faut-il ne pas s'enfermer dans l'univers étouffant des ghettos. Du moins ai-je toujours refusé ce confinement. Ma vie n'avait été que trop morcelée, j'aspirais à un certain ordre. Le destin, une fois encore, exauça mon vœu.

Il arriva tard la nuit, accompagné d'un ami, Lucien, avec qui, ce soir-là, il devait se rendre à l'Olympia. N'ayant pu trouver de places, Lucien l'avait persuadé de venir avec lui me rendre visite, puisque j'étais alité avec la grippe. Sans avertir ni téléphoner : tous mes amis savaient que je ne dormais pas avant le jour. Je le revois tel qu'il m'apparut, mince et blond, discret, timide, d'une élégance surannée, un sourire distant autour de sa bouche. Gêné de paraître chez un inconnu à une heure si tardive. Il s'appelait Rémi Mandoy : il est resté mon ami. Quarante ans de connivence : mieux qu'un bail. Son ironie caustique, son regard bleu mélancolique, ses sourires, rien de tout cela n'explique notre complicité. Faut-il l'expliquer ? Cela s'est fait, voilà tout. En tant d'années, je n'ai jamais été déçu par ses réactions, pas une fois je ne l'ai vu commettre une action basse ou intéressée. Paisible et droit, sans illusions cependant, sur personne. Il m'a vu d'un air désolé tomber dans tous les pièges, ruer dans les brancards ; sachant qu'il ne pouvait rien empêcher, il se contentait de sourire et d'attendre que je sois par terre, fourbu. Il me tendait alors la main, m'aidait à me relever. Il ne me plaignait pas, puisque c'est cette fougue qu'il admirait ou, du moins, qu'il respectait.

D'emblée, Stéphane et Rita l'adoptèrent et l'aimèrent ; ses parents en firent de même pour moi, avec moins d'empressement toutefois. Cécile, sa mère, l'adorait, refusait de le lâcher. Elle se trouvait les arguments des mères éprises de leur fils : sa santé, d'abord. Fragile, Rémi l'était pourtant moins qu'il ne le paraissait : il tint bon. Insensiblement, tout rentra dans l'ordre. La propriété des Mandoy, à une cinquantaine de kilomètres de Paris, devint un deuxième foyer, bruyant, toujours rempli d'une jeunesse tapageuse. Plus haut que large, précédé d'une terrasse qui regardait la plaine de la Brie, le pavillon s'adossait à une centaine d'hectares de forêt plantée de chênes. Je retrouvais ainsi les bois de mes chimères dont, au réveil, je respirais l'odeur puissante et mouillée. Dans ce décor, je découvrais les rites d'une province sage. La scansion des heures, une régularité tranquille conféraient aux jours une monotonie douce. Repas interminables où, autour de la grande table, une quinzaine de convives se pressaient, des jeunes en majorité, petits-enfants, neveux, nièces, nos copains, bande déchaînée et facétieuse ; promenades en forêt, parties de cartes le soir, discussions et disputes au coin du feu : cela forme dans mon souvenir un unique dimanche. Aucun jugement, aucun rejet chez ces bourgeois indifférents aux spéculations morales, anticléricaux sans hargne, républicains convaincus, vrais enfants de Voltaire et des Lumière ; si Dieu existe, lâchaient-ils d'un ton caustique, je m'arrangerai avec Lui. J'aurai, moi aussi, deux mots à Lui dire. Penser que Dieu voulût fourrer son nez dans la culotte ou la braguette, l'idée les réjouissait plus qu'elle ne les scandalisait. Formés à l'école laïque, ils en portaient la marque avec orgueil. Patriotes, un brin chauvins, conservateurs. Ils n'étaient pas nés avec une cuillère d'argent dans la bouche ; ils avaient arrêté leurs études avant le baccalauréat, et ils voyaient dans leur réussite la récompense de leur travail, mérite qu'ils étendaient à tous ceux qui voudraient faire comme eux. Les pauvres sont un peu responsables de leur sort, non ? Des caractères décidés, surtout Émilie, la grand-mère maternelle de Rémi, vraie maîtresse femme au parler dru, sans périphrases ni fioritures : maintien droit, propos abrupts, humeur caustique, gants et chapeau, voilette nimbant le regard pâle ; batailleuse, merveilleusement injuste dans la défense des siens, dure jusqu'à la cruauté mais attentive, chaleureuse — elle était restée près de ses racines populaires, qu'elle reniait et revendiquait à la fois. Abhorrant le souvenir de la misère, elle s'enorgueillissait de la réussite de son doux Marcel, haut et svelte, narquois et rêveur. La tribu des Mandoy gardait un pied dans chaque bord : mi-citadine mi-rurale, bourgeoise dans sa prospérité et populaire dans ses manières d'être. De ce mélange naissait une bonne humeur communicative, nulle honte à jouir d'une fortune encore neuve. Le 14 Juillet, on expédiait des fusées dans le ciel, on allumait des pétards, on dansait, on buvait sec sur la terrasse en poussant des cris de ravissement quand éclatait le bouquet final. Dans les armoires, les draps s'entassaient en piles ; on serrait les confitures et les confits dans la remise ; on remplissait la cuisine de victuailles et la cave de bouteilles. Les amis des amis trouvaient toujours porte ouverte et chacun faisait ce qu'il voulait, pourvu que la décence fût respectée. Ce n'était pas l'abbaye de Thélème, c'était une maison bourgeoise, avec son potager peigné et son verger bien aligné. Le dimanche, Rita et Stéphane arrivaient, lui coiffé de son feutre tyrolien orné d'une courte plume, chaussé de bottes, engoncé dans sa veste de chasse ; elle, dans un tailleur impeccable. Tandis qu'il rejoignait les chasseurs, elle s'installait sur la terrasse, s'abîmait dans ses songes en contemplant la plaine. Je l'observais de loin. Que je t'ai donc aimée sans toujours avoir les mots pour te le dire ! Tes yeux me cherchent, cent fois tu poses la question : « Où est Mike ? » Du fond de ma mémoire, j'entends ta voix. Plus personne ne s'interroge désormais avec ce ton de tendresse anxieuse.

En échange de son amour sans limites, Stéphane ne me demande que de réussir mes examens. Cela me coûte d'autant moins que j'y prends plaisir. Affligé plus que doué d'une mémoire anormale, je retiens sans effort ; je me rappelle non seulement le passage, mais son emplacement dans le livre, son dessin sur la page. Depuis l'âge de deux ans et demi, des scènes entières se sont gravées en moi, avec les détails du décor, la lumière, l'odeur même. Sans doute mon esprit, averti du danger qui me guettait, s'était-il exercé à capter les variations les plus ténues ; l'horreur des événements avait développé cette faculté jusqu'à la maladie. Cette précocité avait toutefois son envers, si j'étais un vieillard par l'observation et par le sentiment, je restais enfant par le raisonnement, si bien que les scènes s'empilaient sans aucun lien logique entre elles. Mes sens avaient enregistré le tableau : la séquence m'échappait. J'avais les phrases, des paragraphes entiers : il me manquait le récit où les glisser.

L'étude, en me dotant d'une méthode, m'aide à ranger et à classer ces archives. Elle me fournit un cadre, trop général certes, mais l'essentiel n'est-il pas d'en avoir un ? Je comprends le collectif avant d'atteindre le particulier, je vois ce par quoi je suis semblable à des centaines de milliers d'hommes. Il me restera à creuser ma singularité, autant dire ma solitude.

Je devine ce qui motive l'inquiétude de mon oncle. Il craint, si j'échoue, d'essuyer les critiques de son frère. Il se sent responsable devant Michel. Quoique fâché avec mon père, il ne lui en garde pas moins une affection tissée de souvenirs communs. Ils ont passé leur adolescence ensemble, au pensionnat d'Arcachon, ils se sont toujours sentis proches l'un de l'autre puisque François, le cadet, restait auprès de Claire dont il était le préféré. De cette solitude partagée, un lien subsiste et Stéphane, pour ne pas le rompre tout à fait, rejette l'entière responsabilité de la brouille sur Anoff. En la chargeant, il protège son frère. Je ne peux faire moins qu'accorder à mon oncle des succès qui soulageront sa conscience. Lorsque je passe ma philo, mon oncle cafouille de bonheur en entendant mon nom suivi d'une mention. Il ne se tient pas de joie ; son regard exulte. Quant à ma tante, elle fond en larmes. C'est le monde à l'envers puisque mes réussites sont d'abord les leurs ; il n'empêche : je suis content de les voir contents.

Je travaille la nuit, parfois jusqu'à l'aube ; Rita dépose une cafetière sur mon bureau. De son côté, Stéphane m'apporte un médicament pour le foie, de la Corydrane, dont j'avale innocemment deux comprimés, me trouvant fort bien d'un remède qui me stimule et m'aide à franchir le cap de la fatigue. Nous ne soupçonnons pas que nous nous gavons d'amphétamines : peut-être la drogue contribue-t-elle à nous rendre euphoriques ? Nous allons, nous courons, nous nous dépensons, allumés l'un et l'autre.

Alors que Stéphane se réjouit de ma régularité au travail, Rita, elle, s'inquiète de mes veilles prolongées, redoutant que tant de lectures n'échauffent mon cerveau. « Ne te fatigue pas trop, Mike », répète-t-elle, à moins qu'elle ne demande : « Tu n'es pas trop fatigué ? », rengaine que je crois entendre encore, après quarante ans.

Pour être franc, j'accomplissais le principal de mon effort à la veille de l'examen, ne lisant le reste du temps que pour mon plaisir et occupé déjà à écrire. Je m'étais inscrit en droit, j'avais été admis directement à Sciences-Po à cause de ma mention ; je ne tardai pas à m'apercevoir que ce milieu m'était aussi étranger que celui de mon père. Je décidai donc d'entreprendre des études de lettres, puis de psycho, ce qui inquiéta mon oncle. Écrire, c'était bien joli, mais parviendrais-je à vivre de ma plume ? Il n'osait pas m'interroger là-dessus, ni s'opposer à ma volonté ; une pudeur maladive, qui ne le quitta pas jusqu'à sa mort, l'empêchait de montrer ses sentiments, sauf par des sourires ou des regards.

Peu après notre retour d'Espagne, j'eus encore un témoignage de la subtilité de leur intuition. Nous avions, à Huesca, rencontré Joaquín, ce curé dont j'ai déjà parlé. Mon oncle et ma tante s'aperçurent combien ce Don Camillo aragonais comptait pour moi. Ils lui adressèrent, sans m'en parler, une invitation, voulant me faire la surprise de son arrivée. Ils réussirent au-delà de leurs espérances. Comment devinèrent-ils que, si notre pèlerinage avait restauré mon identité, la figure de Joaquín, elle, touchait à l'architecture la plus intime de ma personnalité ? À lui seul, ce prêtre au menton lourd, au pif monumental, à la silhouette courte et trapue, avec ses rires énormes, sa grosse voix de paysan, cimentait les deux morceaux de mon moi disloqué. Dans ma vie j'ai parlé trois langues qui ont fait de moi celui que je suis : l'espagnol, bien sûr, le français, un sabir catholique enfin, dont peu de gens conservent le souvenir. J'ai parlé le castillan avec répugnance, je l'ai souvent dit, parce qu'il reste dans mon souvenir associé aux hurlements de la guerre, aux cris et aux insultes ; j'ai fait du français une langue rêvée où j'ai pu, mot après mot, renaître à moi-même ; le jargon catholique m'a imbibé à mon insu et je n'en suis pas encore débarrassé. Ce charabia de théologie morale a pénétré au plus profond de moi-même. Ce qu'il a déposé en moi, ce sont moins des mots, des tournures de phrase, une syntaxe, qu'un état d'esprit, une manière de sentir la vie, de la déchiffrer. Mes racines plongent dans Mauriac, dans Bernanos et, au-delà, jusqu'à Pascal et aux Messieurs de Port-Royal. Malgré mes fluctuations, je ne réussis pas à m'arracher tout à fait à ce noir terreau.

Nous partons accueillir Joaquín à Pau où il nous rejoint, de retour de Lourdes ; nous traversons la France, faisant, comme d'habitude, nos haltes gastronomiques. Vite au parfum des étoiles, Joaquín, qui aime la bonne chère, partage l'enthousiasme de mon oncle, lequel, au fond bonhomme, ne s'offusque ni de la plaisanterie grasse ni de la gaieté bruyante. En arrivant à Paris, les voici devenus les meilleurs amis du monde. Rita, de son côté, se montre ravie d'avoir un nouveau client à éblouir par ses talents culinaires. Nous n'avons sans doute jamais tant mangé, ni bu plus de grands crus qu'au cours des trois semaines de ce premier séjour de Joaquín. Avec lui, je retrouve aussitôt l'usage de cette langue surréaliste que nous parlions en Espagne. Joaquín eût-il été médecin, nous aurions disséqué des symptômes, tenté un diagnostic, fait un pronostic. Les langues nous guident, nous entraînent ; elles nous constituent. Mes remords ne naissent pourtant pas avec l'arrivée de Joaquín ; il ne leur manquait qu'une forme où se manifester. Ils se glissèrent dans la grammaire du péché. Je dis dans ce langage la chose la plus amusante, la plus absurde et la plus triste : je demande si je n'ai pas commis une faute en quittant le domicile de mon géniteur. Je ne suis pas résigné à cette rupture. Je voudrais comprendre ce qui m'est arrivé. Je persuade Joaquín d'avoir un entretien avec Michel et de me donner son avis. C'est absurde, c'est idiot surtout : je connais la réponse. J'ai toutefois l'impression que quelque chose m'a échappé : mon père ne peut pas être *ça*.

Stéphane a pris sur lui de téléphoner à son frère. Se fait-il la moindre illusion ? Je ne le saurai jamais. Je m'aperçois combien ce geste lui coûte, lui si timide. Il tourne dans l'appartement, il marche sur des charbons ardents. Enfin, il se décide, compose le numéro, bégaie. Michel demande à réfléchir, c'est-à-dire à consulter ; il rappellera pour donner sa réponse.

Des heures, nous attendons. Avec le recul, j'ai honte d'avoir imposé cette humiliation à Stéphane et à Rita. Ils n'ont consenti à cette démarche que par amour pour moi, je le sais aujourd'hui. Il y avait, chez Stéphane, la conviction que son rôle d'aîné lui commandait de réconcilier la famille. Ma brouille et mon départ de chez mon père le désolaient dans la mesure où cette séparation déchirait un peu plus des liens par ailleurs déjà lâches. C'est donc pour se conformer à son rôle de chef de famille qu'il avait accepté de téléphoner à son frère.

Jusqu'au milieu de l'après-midi, nous restons dans le salon, bavardant de choses et d'autres, mais l'oreille aux aguets. Je suis en transe, incapable de tenir en place. Chaque fois que la sonnerie retentit, je sursaute. Vers quatre heures, le verdict tombe : il recevra Joaquín après le dîner, vers neuf heures, à son domicile. Stéphane ne réussit pas à réprimer une grimace ; Anoff n'admet pas d'inviter à sa table un curé de campagne sans doute grossier, un rustre sans éducation ni manières. Quand l'heure arrive, j'avale, pour calmer mon mal de foie, deux Corydrane, qui, si j'en juge par l'effet de l'amphétamine, n'ont pas dû contribuer à me détendre. Je vais et viens dans ma chambre, je prends un livre, le lâche ; je me couche sur mon lit pour me relever dix minutes après. Qu'est-ce que j'espère de cette entrevue ? Quelles illusions puis-je bien encore me faire ? Comment continué-je de m'accrocher à ce mot vide, père ? Je n'en suis pas moins à l'agonie en attendant le retour de Joaquín. Celui-ci rentre vers deux heures du matin, si pâle, si défait, l'air tellement sombre et découragé que j'en reste saisi. Prétextant de l'heure et de son état d'épuisement, il refuse de répondre à mes questions, va se coucher, et je fais de même, sans davantage dormir que lui. Les jours suivants, je sens à son air que mieux vaut ne pas aborder le sujet ; j'ai compris l'essentiel : l'entretien s'est mal passé. De quelle manière ? J'attends que Joaquín veuille bien m'en parler. « Pardonne-moi, Miguel, je suis incapable de te résumer notre conversation. J'ai besoin de réfléchir et de prier. Je t'écrirai longuement quand je serai rentré en Espagne. En attendant, je veux seulement te dire ceci : reste auprès de Rita et de Stéphane, considère-les comme tes véritables parents. Ne pense plus à ton père. » J'entends le message ; je n'ai jamais envisagé de retourner chez mon géniteur ; j'ignore tout à fait ce que j'attendais de sa démarche. Je rêvais, j'imagine, de relations détendues, je désirais sans doute revoir mon père de temps à autre. C'était raté.

J'ai sous les yeux la lettre de Joaquín, datée de 1955 : quatre feuillets d'une écriture serrée, recto verso, sans un blanc ou presque. Une seule coulée dans un style lourd et emberlificoté, des phrases interminables qui se mordent la queue. Des précautions, des contorsions, il s'excuse, pour commencer, de n'avoir pas pu, cette nuit-là, répondre à mes questions ; il a ressenti mon anxiété, deviné mon angoisse ; il m'a vu pâle, tendu, le front mouillé de sueur. Il aurait dû m'aider, me réconforter, mais la force lui a manqué car il était encore sous le choc. Du reste, il a beaucoup prié avant de m'écrire, longtemps réfléchi et médité ; il a supplié la Sainte Vierge de l'éclairer et de l'assister. Il ne souhaite pas juger mon père. Il me demande de le respecter dans mon cœur, de prier pour lui, en espérant que cette situation, si douloureuse et si confuse, se dénoue, ce qui finira par se produire par la grâce de Dieu… Et l'homélie se poursuit, toujours sur le même ton. Enfin, il en vient aux faits : d'abord la situation, qui a heurté sa délicatesse. Passe qu'Anoff ait cru devoir assister à l'entrevue, pourtant confidentielle, touchant à des points… mais la fille, Mathilde, a elle aussi imposé sa présence ! Je relis, je souris : je devine l'étonnement de ce brave prêtre, issu d'une famille de paysans de l'Aragon. Tout comme moi, la vulgarité bourgeoise l'a surpris et blessé. Il est resté sans voix devant cette petite femme boulotte qui a calé son énorme postérieur dans un fauteuil sans imaginer ce que sa présence pouvait avoir de déplacé. Joaquín espérait avoir avec mon géniteur une conversation cœur à cœur. Mais la belle-mère s'installe. Je l'imagine sans peine, Anoff, appuyée sur son bon droit, impériale, l'œil bleu fixé sur ce malheureux prêtre aux manières... Elle inspecte la soutane lustrée, les joues rebondies, l'énorme nez. Joaquín cependant admet sa présence : peut-être mon géniteur éprouve-t-il le besoin de se sentir conforté ? Après tout, il s'agit de sa femme. Mais l'autre, placide, collée à son siège, comment ne comprend-elle pas ? Étrangère à la famille, sans aucun lien avec Michel ni avec moi : eh bien, non, elle ne saisit rien. « Quand bien même ton père lui aurait demandé, écrit Joaquín, elle aurait dû d'elle-même mesurer... » Quoi ? Je présume que mon géniteur, décidé à plaider sa cause, avait souhaité les avoir près de lui au moment d'entreprendre sa défense. C'était assez dans sa manière. Ce n'est pourtant pas un plaidoyer qu'il prononce mais un réquisitoire furieux. Cet acte d'accusation, Michel avait voulu le lire à haute voix devant ses deux témoins. Il n'imagine pas que ce curé grossier puisse juger sa conduite. Tout ce qu'il fait, tout ce qu'il dit n'est-il pas marqué au sceau de l'élégance et de la distinction ? Joaquín est sorti de la villa Niel le cœur gorgé de tristesse. Durant deux heures d'horloge, il a écouté des ignominies sur ma mère, sur moi, sur Stéphane, sur Rita ; il a regardé s'écouler un fleuve de haine. Les contorsions de la lettre expriment la difficulté à dire cette chose inconcevable : la bonne conscience inentamable. Aucun remords, pas même un reproche. Ce qui bouleverse Joaquín, c'est que l'homme qui accable son fils, qui le condamne avec autant de suffisance n'a, de toute sa vie, rien fait pour son enfant. Il a éludé toutes ses responsabilités, il s'est défilé, il a peut-être... Qu'a entendu Joaquín ? Pourquoi s'arrête-t-il tout à coup ? Qu'a-t-il deviné qui le fige, l'empêche de poursuivre ? On dirait qu'il refuse, lui aussi. Il en vient alors à sa péroraison ; là où l'Amour n'est pas, Dieu n'est pas non plus, ce qui, en clair, peut se résumer : ton géniteur n'a aucun sens moral parce qu'il est incapable d'aimer.

Peut-être, dans son jargon clérical, Joaquín donne-t-il la seule réponse aux questions que, depuis l'enfance, je me pose. Peut-être est-ce aussi simple, aussi brutal que ça : Michel ne sait pas aimer.

II

La défaite de la France a été, avant tout, une défaite de l'intelligence et du caractère.

MARC BLOCH, *L'Étrange Défaite.*

Je marche toujours, je marche sans fin. Je m'enfonce dans l'espace et dans le temps : je reviens au décor de mes vingt ans qui ravive mes angoisses d'enfance.

Ayant quitté mon domicile en avance, j'atteins la frontière, c'est-à-dire l'avenue des Ternes, avec près d'une demi-heure devant moi. Je décide de marquer une pause et m'installe à une terrasse fermée. Par-delà l'agitation du trafic et le mouvement de la foule sur le trottoir, mon regard scrute avec appréhension, de l'autre côté de la chaussée, un pays plus sombre, énigmatique. Une fois encore, je m'interroge : pourquoi suis-je là ? Je n'espère plus rien, je n'ai pas la moindre illusion. Serait-ce, comme le prétend Rémi, la curiosité ? J'ai dû moi-même lui fournir ce motif, qui n'est pas faux ; il y a autre chose cependant dans mon obstination. Comment expliquer l'émotion qui m'étreint ?

Après la mort de ma mère, mon géniteur m'a adressé une deuxième lettre, aussi courte que la première, mieux tournée, plus habile. Toujours pas d'en-tête, la même signature, un M. souligné. Ma tante me l'a remise avec une grimace. Cette fois, je l'ai ouverte devant elle, la lui ai lue : *J'ai appris par Rita la mort de ta mère. Qui mieux que moi peut comprendre ce que tu ressens ? En me rappelant le passé, je partage ta tristesse et ton amertume. L'heure de l'oubli et du pardon est venue. M.*

« Il est *maline*, lâche Rita, il espère t'atten drir. » J'acquiesce en rangeant le billet dans mon portefeuille, je tente de dévier la conversation. Mais Rita ne se laisse pas manœuvrer : il est usé après dix ans passés à soigner Anoff, impotente et clouée dans un fauteuil roulant. Elle ne la plaint pas, ça non, elle a assez fait de mal. « *Un* méchante femme, égoïste, sans cœur. C'est elle qui a monté Michel contre toi. » Quand elle l'a connu, poursuit ma tante, toujours partagée, il n'était pas mauvais, il se montrait gentil avec elle, ils avaient passé de bons moments ensemble, dans la villa de mon oncle, à Hossegor. Bourru, la tête dans les épaules, avec des regards par en dessous, mais dans le fond... Je fais des réponses évasives. Par la fenêtre, je contemple la cour, l'acacia devant la maisonnette claire qu'entourent des immeubles. Tout à l'heure, j'entendrai la détonation des piaillements et des cris. Durant plus de trente ans, de ma chambre de jeune homme, j'ai contemplé ce spectacle, je guettais la même clameur joyeuse. Tout en bavardant, ma tante va et vient dans le petit appartement qu'elle occupe, au dernier étage. Elle m'a préparé *un bonne* déjeuner, ainsi qu'elle le fait à chacun de mes séjours à Paris. Elle me regarde manger avec anxiété. Je lui souris, la complimente. J'ai beau paraître impassible, elle lit sur mon visage. Elle me rappelle que Michel n'a jamais rien fait pour moi, qu'il s'est désintéressé de mon sort. Il agit par calcul, il a toujours été rusé. Stéphane, me dit-elle, s'amusait quand son frère rendait visite à leur mère : après chacun de ses passages, un objet de valeur, un bibelot avait disparu ; Claire ne résistait pas à son charme. Il est comme ça, Michel, conclut-elle, ses caresses et ses cajoleries dissimulent des manœuvres. Je pense : elle a peur que Michel ne lui retire quelque chose. L'âge et la dépression, qu'elle refuse de soigner, négligeant de prendre le médicament prescrit par son médecin, l'ont rendue soupçonneuse. On la dépouille, on la spolie ; on vient, la nuit, lui voler des casseroles dans sa cuisine. Elle se persuade qu'elle est pauvre, sans le sou ; elle a à peine de quoi se nourrir. J'approvisionne son compte en banque, surveille ses finances ; elle jongle entre deux comptes, dépose sur l'un des réserves auxquelles elle ne touche pas, continuant de gémir. Du vivant de mon oncle, elle n'a jamais rempli ni signé un chèque, elle a vécu dans la plus totale ignorance des affaires de son mari. Infantilisée, elle se retrouve, à quatre-vingt-six ans passés, incapable de rien entendre aux formalités, entassant sur le manteau de la cheminée les paperasses que l'un de mes cousins, Patrice, classe et range chaque dimanche. Je l'observe, très droite, fière de son allure. Elle vit seule dans ce deux pièces ensoleillé, entourée de ses souvenirs. J'ai voulu la prendre chez moi pour l'enlever à sa solitude ; le gériatre que j'ai consulté m'en a dissuadé : j'abrégerais ses jours en l'arrachant à sa routine. Ses courses, sa cuisine, son ménage, elle fait front avec un courage qui me bouleverse. Après le déjeuner, elle s'installe devant la télévision, laisse couler ses larmes. « J'aime pleurer, m'explique-t-elle naïvement, ça me fait du bien. » Elle sanglote depuis la mort de Stéphane, qu'elle n'a ni admise ni comprise. Elle refuse même de connaître la maladie qui l'a emporté et, quand je lui rappelle qu'il était atteint d'un cancer du pylore, elle me dévisage, l'air de tomber des nues : « Tiens, fait-elle, il avait un cancer ? Je ne savais pas... » *Je ne savais pas* : la phrase revient, telle une antienne. En un sens, elle n'a rien su, jamais. Mon oncle l'a maintenue hors de la réalité, dans un songe tissé d'images convenues. La mélancolie dissout ses idées, les enveloppe d'une brume où la chronologie se brouille, où les repères s'effacent. Elle vit un unique jour, chaque matin recommencé, obscurci par le deuil. Le lundi, je lui téléphone ponctuellement : « Mike ! crie-t-elle d'un ton bouleversé. Mais c'est *merveilleuse* ! Ça fait *éternel* que j'ai pas des nouvelles de toi. J'avais peur qu'il t'arrive quelque chose. — Je t'ai appelée la semaine dernière. — Il y a huit jours ? C'est pas possible, ça, Mike, je deviens folle. » Folle, non : sénile, avec des plages d'amnésie qui n'entament ni sa lucidité ni son intelligence. Dans son cerveau, les sillons les plus récents s'abîment, l'aiguille saute, retourne au début du disque : l'enfance, l'adolescence, la jeunesse, avec une netteté qui n'exclut pas la pénétration : « Quand on n'a rien devant soi, comment veux-tu qu'on ne se tourne pas vers le passé, Mike ? J'ai eu une enfance si heureuse ! J'aime y revenir. » Bien entendu, elle ne me voit jamais assez souvent, je la néglige, je l'abandonne. Elle va, dit-elle, vêtue de haillons, n'a plus rien à se mettre. Excédé, j'ouvre les portes des placards, lui montre les manteaux et les robes dans leurs housses. « Mais, proteste-t-elle, je ne peux pas mettre ces toilettes ; je ne veux pas les salir, la teinturerie coûte cher ! » Je renonce, découragé. Elle s'interdit toute joie, refuse de m'accompagner au restaurant : « Il ne faut pas dépenser ton argent pour ça, Mike. » Une fois assise dans la salle, elle redevient une petite fille, se pâme devant le décor, épluche la carte avec avidité, mange de bon appétit, boit sans se faire prier, inspecte les autres clients. Mais il faut longuement insister pour qu'elle accepte mes invitations, et je me lasse souvent de la supplier. C'est un jeu aussi puéril que retors ; il s'agit, dans un premier temps, de nier son plaisir pour, ensuite, s'y abandonner, l'important étant de n'y pas consentir de bon cœur, de ne céder qu'à cause de mon insistance. De la sorte, je la délivre de sa culpabilité. Depuis la mort de Stéphane, le bonheur est devenu une faute. Je me reproche mes impatiences et mes colères ; je ne supporte pas ses accusations. Quand je retrouve, dans la pile de draps, l'objet que tel ou tel est supposé lui avoir dérobé, je me fâche. Gênée, elle n'en démord pourtant pas : *on* l'a remis en place quand *on* a deviné qu'elle avait découvert le vol ! Je baisse les bras. Je n'ignore pas que je me débats avec l'aspect le plus désolant de la décrépitude. C'est sans doute cette dégradation que j'ai tant de mal à supporter. Je ne me résigne pas à la voir s'enfoncer, mois après mois, dans la sénescence. Quand elle flanche, je la rabroue par égoïsme. Car l'amour, entre nous, demeure, définitif, si fort qu'il se passe désormais de mots. Je n'ai pas besoin de parler pour qu'elle sache ce qui m'agite. « Ne gronde pas, Mike », supplie-t-elle d'une petite voix enfantine. Je me retiens alors de pleurer, je détourne la tête. « Mon chéri, murmure-t-elle, je deviens vieille, je n'ai plus toute ma tête, je perds la mémoire. » Je pense : je le sais, ma puce, je le sais. J'ai beau tenter de te protéger, je suis impuissant devant cette noyade. Je ne veux que t'aider à traverser le fleuve. Je tiendrai jusque-là. J'ai toujours tenu.

Pardonne-moi de ne pas savoir montrer. Je me suis cadenassé pour résister.

Rita poursuit son idée ; au café, elle revient à la lettre de mon géniteur. « Non, mais quel culot ! » En réalité, elle se défie de ma faiblesse. Elle ne cesse de répéter que j'ai *un cœur d'or* alors qu'il n'est que mou. Ne vais-je pas craquer, une fois de plus ? Elle se veut, avec raison, unique ; il n'y a aucune place entre nous deux, surtout pas pour le *pauvre Michel*, qu'elle défend et méprise tout à la fois. « Il n'a aucun droit », lâche-t-elle avec rage. S'agit-il de droits ? Je la rassure : ce billet ne me fait rien. Je me trompe moi-même ; pourquoi est-ce que je le garde plié dans mon portefeuille ? Pourquoi me surprends-je à le relire et pourquoi, chaque fois, mon cœur s'emballe-t-il ? Est-il possible que je n'aie toujours rien compris ? Il est malin, c'est vrai, le *pauvre Michel* ; il a deviné le défaut dans la cuirasse : cette femme que nous avons tous deux aimée et détestée, Cándida. Je me raidis néanmoins ; je ne répondrai pas non plus à sa lettre.

La troisième offensive fut menée par Patrice, mon cousin. Il me téléphona pour m'apprendre que Mathilde, la fille d'Anoff, avait quitté Paris après la mort de sa mère et s'était retirée dans sa propriété du Lubéron, avec son mari, laissant mon père seul. Gravement malade depuis plusieurs années, ayant subi deux infarctus, atteint d'un emphysème, il errait seul dans l'appartement de la villa Niel, entre deux crises d'étouffement, s'écroulant, à bout de forces, sur le parquet. Il sentait venir sa mort, parlait de moi avec émotion, voulait me revoir. « Tu fais comme tu veux, Mike. Je crois qu'il est sincère. Il semble regretter sa conduite envers toi. » Je réponds d'un ton sec, ainsi que je le fais quand l'émotion menace de m'emporter. Mais le lendemain, je rappelle Patrice pour lui présenter mes excuses. « C'est un pauvre vieux à bout de forces et à bout de souffle, lâche Patrice. Mathilde est partie tout de suite après la mort d'Anoff, Pierre ne vient que de temps à autre. Je vais le voir le dimanche, l'aide à vider la chambre de bonne qui est remplie des affaires de Mathilde. J'essaie de nettoyer tout ça. Tu te rends compte, elle n'a même pas eu la décence d'enlever ses cartons ! Il n'a pas un rond, le loyer lui mange sa retraite. Il est là assis, attendant la mort. Tout à fait conscient, bien sûr, d'une lucidité formidable. Il me raconte plein de choses, sur Cándida, sur toi. Encore une fois : tu fais ce que tu crois devoir faire. Je pense qu'il a vraiment des remords et qu'il serait content de te parler. Naturellement, je n'ignore rien de sa conduite envers toi. Mais, à l'heure de sa mort, je me demande si, d'abord pour toi, tu ne pourrais pas lui accorder ton pardon. » Après avoir raccroché, la tristesse m'étreint. Je n'imagine que trop bien la solitude de l'âge et des infirmités. Je le vois tel que Patrice me le dépeint. Il a perdu l'ouïe cinq ou six ans auparavant. Sa surdité achève de l'isoler. Il occupe ses jours, me raconte mon cousin, à rédiger un dossier à mon intention ; il noircit des pages pour tenter de se justifier. Je me le représente courbé, penché sur son passé, classant les documents et les pièces.

Je dors mal, je me réveille en sueur. Dans mes rêves, l'image de ce vieillard solitaire me poursuit. Plusieurs fois, j'ai été sur le point de composer son numéro ; ma main s'est arrêtée. Je n'éprouve aucun remords : pourquoi a-t-il attendu d'en arriver là pour se souvenir qu'il avait un fils ?

Je saute du lit, descends l'escalier en colimaçon, colle mon front contre la baie du salon, regarde le square désert, les fenêtres éclairées de l'immeuble d'en face. Rémi, qui ne m'a pas lâché lors de la mort de Cándida, se fâche cette fois tout net : « Tu ne vas quand même pas t'attendrir sur ce salaud, me dit-il. Ce ne serait pas bien vis-à-vis de ta tante. Il n'a que ce qu'il mérite. » Sa droiture refuse les apitoiements suspects, la sentimentalité qu'il appelle « salades ». Il me soupçonne de m'y complaire, et il n'a pas tout à fait tort. « Qu'est-ce que tu espères ? Tu crois qu'il changera à quatre-vingt-huit ans passés ? » Sa mère, Cécile, pourtant généreuse, se montre plus dure encore ; Maurice, son père, homme d'affaires strict, qui me connaît depuis le temps de ma jeunesse, désapprouve, lui aussi. Je n'ai pas le droit, tranche-t-il ; mes véritables parents ont été Stéphane et Rita, qui m'ont sauvé de la mort. Répondre aux appels de mon père, ce serait leur faire injure. « Il y a quelque chose de plus fort, de plus puissant que la pitié et la charité, et c'est l'équité », me jette Cécile. Quand donc cet homme a-t-il eu ne serait-ce qu'un geste, sauf pour me blesser ? Nadia, une amie, paraît scandalisée : céder au chantage serait pis qu'une lâcheté, une faute. Michèle ne pense pas autrement, même si elle sait déjà quelle sera ma décision. Tous ceux qui m'aiment s'indignent à l'unisson, tentent de me mettre en garde : aurais-je oublié comment cette histoire sordide a commencé ? J'entends ces voix, je pèse leurs arguments ; je comprends qu'elles expriment la sagesse et la raison. Ce vieillard qui m'appelle à son secours, qui désire une réconciliation, je le connais à peine. Quarante-huit mois dans ma petite enfance, six mois à notre arrivée en France, en 1939, quatre entre 1953 et notre séparation. Je m'embrouille dans l'addition, j'ai toujours été fâché avec les chiffres. Mais nul besoin de bien compter pour m'apercevoir que la somme équivaut à une soustraction ; il n'a jamais été là, voilà le fait. Seule Patricia ne souffle mot, m'observe en silence. Pour elle, les dés sont jetés, et pipés. Elle me plaint, mais elle se garde d'intervenir.

Mathilde et Pierre manquent de ruiner la stratégie du *pauvre Michel*. Le mari de Mathilde, un Anglais, Jeremy, croit intelligent de m'envoyer une lettre écrite dans un charabia burlesque : *la pitié de la position* (sic) de Michel, *la considération morale de la sentiment de l'humanité* (resic). Je ne le connais ni d'Ève ni d'Adam, l'ayant croisé une seule fois à l'enterrement de Stéphane. Michel ne lui est rien, m'explique-t-il, sa femme et lui ont longtemps aidé Anoff à cause de *la sentiment de l'authentique affection et admiration* qu'elle leur inspirait. Ils n'ont *aucune considération de devoir* envers mon géniteur. Je fais une réponse cinglante ; je trouve inconvenant qu'on invoque l'humanité et la commisération quand on est et qu'on se reconnaît doublement étranger à la famille, pour autant qu'il y ait une famille, ce qui n'est pas le cas ; je trouve aussi que, avant de larmoyer, il ne serait pas mauvais d'écrire dans un français intelligible et de m'épargner ce pathos. Je ne sais et ne veux rien savoir de leurs liens avec mon père ; leur conduite envers lui les regarde seuls. Ils m'informent qu'ils le laissent tomber : pourquoi me demander d'endosser leur recul ? Mathilde a vécu plus de vingt ans dans le foyer d'Anoff et de Michel. Maintenant que sa mère est morte, elle se sent dégagée de toute obligation envers son beau-père : je n'ai rien à y redire. Je lui rappelle seulement que *la sentiment de l'humanité* qu'il invoque, mon père ne s'en est guère encombré quand, adolescent, j'étais sur le point de me noyer.

Après avoir expédié ma réponse, je crois l'affaire réglée. La lettre de Jeremy n'a fait qu'aggraver mon malaise. Derrière tant de propos lénifiants, je flaire des calculs sordides.

Je me suis trompé, une fois de plus ; dans ce milieu, on ne lâche pas aisément prise. Comme si de rien n'était, Mathilde revient à la charge, téléphonant à Patrice pour se lamenter. Son ton mielleux, ses propos sournois exaspèrent mon cousin qui refuse de lui parler ; Louise, sa femme, se charge d'écouter ses complaintes. Poursuivant son harcèlement, elle m'appelle. Michel ne lui est rien, me dit-elle, elle l'a soutenu et réconforté tant que sa mère était en vie. Vieillie, fatiguée, elle doit maintenant songer à elle-même. Alors qu'elle ne m'a, depuis 1954, ni revu ni fait le moindre signe, je consens à l'écouter ! Quarante ans ! Et je lui réponds ! Qu'y a-t-il donc dans ma tête ? Je passe pour être intelligent, je manie les idées avec aisance ; je me montre, dans la circonstance, le plus stupide des hommes. La manœuvre est grossière, cousue de fil blanc ; on m'assiège, on tente de m'apitoyer. On me fait entendre qu'on n'a aucune raison de se charger de ce vieillard agonisant ; on tente de me le refiler en arguant qu'il s'agit, *après tout*, de mon père. Quand je réponds à Mathilde que Michel n'a jamais été un père, qu'en 1940..., elle m'interrompt d'un ton nerveux : « Je ne veux pas le savoir. Je ne veux pas savoir ce qu'il a fait. » Je souris, jaune toujours.

D'un ton ampoulé, avec des phrases fumeuses, Pierre assure la relève. Je l'ai peut-être croisé trois fois dans ma vie, il ne semble aucunement gêné de me solliciter. Il me comprend, bien sûr : je n'ai aucune raison de revoir Michel, moins encore de m'occuper de lui. Lui-même n'a jamais tenu son beau-père en haute estime, il n'acceptait de le rencontrer qu'à cause de sa mère. Par humanité — ah, ce mot ! —, il passe une fois par semaine villa Niel. Plusieurs fois, il l'a trouvé étalé par terre, incapable de se relever seul, il a dû chercher de l'aide au café d'en face. Or, malade lui-même, il n'a plus la force. Le *pauvre Michel* est pour lui un étranger, n'est-ce pas ? « On ne peut tout de même pas le laisser crever par terre comme un chien ! »

Si c'était ça, la cause de mon fléchissement, cette façon de chercher à se débarrasser du vieux, de me le repasser tel un paquet encombrant ? Je devine les sentiments de mon géniteur. Il a sans doute cru que Mathilde le prendrait chez elle, dans sa propriété. Elle a trouvé la parade : une vieille bicoque guère pratique pour un grand malade, trop d'escaliers. Elle lui a proposé de lui obtenir une place dans une maison de retraite proche de son domicile où elle pourrait lui rendre visite. Le prix de la pension dépassait de beaucoup ses ressources, d'où l'idée d'en appeler à moi. Le frère et la sœur ont flairé que la contrainte n'était pas la meilleure méthode : je risquais de me braquer. L'un après l'autre, ils montent donc à l'assaut, se relaient. Je m'englue dans une toile de plus en plus serrée.

Je n'aurais pas cédé s'il n'y avait pas eu Patrice. Peut-être mon père éprouve-t-il vraiment du remords ? Peut-être désire-t-il prononcer le mot que j'ai toute ma vie espéré ?

Je vais marcher, je marche déjà.

Je compose le numéro, entends, après un long silence, la voix coléreuse des sourds : « Ah, c'est toi ? Tu es gentil de m'appeler, je me demandais si tu le ferais. Je remercie Patrice de t'avoir transmis mon message. J'approche de la fin, je serais content de te revoir avant de mourir. Bien sûr que si, je vais mourir. Je n'ai pas peur de la mort. De la douleur, oui, de la mort, non. Sais-tu mon âge ? Je suis de 1907, c'est exact. Viens quand tu veux. Je te demande seulement de m'avertir : je laisserai la porte ouverte car je n'entends pas la sonnette. Je suis un vieux machin : je pars en morceaux. L'emphysème : j'ai du mal à reprendre mon souffle. Et toi, tout va bien ? Tant mieux, tant mieux. Nous bavarderons. » C'est fait : j'ai raccroché le combiné.

Je reste assis sur le lit, la tête penchée sur ma poitrine, sans bouger.

Je quitte la terrasse du café, reprends ma marche, traverse l'avenue des Ternes, m'engage dans l'avenue Niel, toujours fâché contre moi-même. L'entrée avec la double porte vitrée de la loge, les deux ascenseurs, et l'odeur surtout, qui me ramène quarante ans en arrière. Quel sens cela peut-il avoir de barboter, à soixante ans, dans ce marécage ? Je ne connais pas ce vieillard qui se découvre tout à coup être mon père. J'ai reconstitué son existence jusqu'à l'âge de vingt ans, vingt et un, quand il a plaqué Martine, sa première maîtresse, et qu'il vivait de ses charmes, dans une oisiveté grandiose. Rien de sa jeunesse ne m'inspire la moindre sympathie, non plus ce que j'ai entrevu de sa personnalité en 1954. J'éprouve de la pitié, certes, la même que j'accorde au clochard croisé dans les couloirs du métro.

J'hésite une seconde sur le palier, devant le battant entrebâillé. Plus vaste que dans mon souvenir, le vestibule est plongé dans la pénombre. Je ne tarde pas à découvrir ce qui cause ma perplexité : l'immense armoire sculptée a disparu, ainsi que la console, en face, avec sa glace. Depuis dix ans, m'a raconté Patrice, Anoff et Michel ont vécu en vendant des meubles, des tableaux et des bibelots. Il y a partout des vides,

des rectangles plus clairs sur les murs. Je me suis glissé dans l'appartement sans qu'il m'entende. Assis dans le canapé marron où je dormais, sous la tapisserie qui avait orné le bureau de François-Xavier, quai Branly, il regarde, en chemise, la télévision. Je ne suis ni surpris ni ému par son aspect.

Depuis mon départ en 1954, je l'ai rencontré trois fois, chez Stéphane, où, assis au salon, il s'est penché pour me regarder passer. J'ai senti son mouvement imperceptible pour se lever ; il attendait que je vienne le saluer. J'ai fait comme si je ne l'avais pas aperçu. Ce devait être en 1965 ou 66. Il avait perdu ses cheveux, il paraissait vieilli, tassé. Trois ans plus tôt, il avait liquidé le Palais du bricoleur ; il cherchait à se reconvertir dans l'immobilier et avait renoué avec son frère qui pouvait l'assister de ses conseils. Rita n'a pas tort de prétendre que les flatteries de Michel cachent toujours un intérêt. Une deuxième fois, toujours rue de Longchamp, nous avons failli nous heurter l'un à l'autre ; il se préparait à appuyer sur le bouton de la sonnette, j'ai ouvert la porte pour sortir. La surprise nous a figés, nos regards se sont rencontrés. Il a tendu la main ; j'ai ignoré son geste et me suis écarté pour lui céder le passage, sans un bonjour. Enfin, je l'ai retrouvé dans le couloir de l'hôpital Ambroise-Paré, à Boulogne, où Stéphane, frappé d'une attaque d'hémiplégie, avait été transporté d'urgence.

Une chance : je dormais, ce soir-là, dans l'appartement. Je fus réveillé au milieu de la nuit par les cris et les sanglots de Rita. Mon oncle avait voulu se lever, était retombé sur le lit, la moitié droite de son corps paralysée. Je calmai d'abord ma tante, expliquai à mon oncle que j'allais appeler le SAMU. Ses yeux me fixaient, désemparés, suppliants ; il m'entendait, il gardait conscience. Je téléphonai, aidai mon oncle à passer une robe de chambre en attendant l'ambulance. Depuis des années, il souffrait d'insuffisance cardiaque ; il avait dû subir une intervention et portait, depuis lors, un pacemaker. Deux autres hospitalisations avaient suivi. Après chacune, je le voyais plus lourd, plus lent, peinant à marcher. Il se plaignait de maux à l'estomac, avalait des poudres et des comprimés ; ses siestes s'allongeaient. Cette fois, la mort s'annonçait. À bout de forces, l'athlète chancelait. Son regard d'animal pris au piège me procurait un malaise insupportable. J'entendais la question cachée dans ses yeux ; je tenais ses grosses mains entre les miennes, les caressais ; j'écoutais sa prière : fais taire Rita, Mike ! Un affreux rictus tordait sa bouche, ses lèvres remuaient : je ne comprenais pas ce qu'il cherchait à dire. Je pris ma tante de côté : « Sois gentille, ma puce, il est cardiaque. Si tu continues de t'agiter de la sorte, tu vas l'achever.

Montre-toi forte, prends sur toi. » Elle acquiesça, rassurée par mon calme. Elle a toute sa vie recherché une autorité paternelle. Elle se reposa sur moi, prépara la valise. Stéphane resta à l'hôpital plus de quinze jours, assis dans un fauteuil devant la fenêtre, avec le même rictus et cette même imploration dans son bon regard. Trop robuste pour consentir à la mort, il souhaitait entendre des paroles de réconfort ; je les lui donnai sans état d'âme. J'organisais déjà son transfert dans ma maison, le temps d'une convalescence, disais-je. Il voulait me sourire, tapotait ma main. Il réussit à articuler quelques mots : « Les chiens, parvint-il à prononcer. — Ils seront contents de te revoir, oui », répondis-je. Deux fois pourtant, arrivant à l'improviste, je le trouvai en pleurs, les joues mouillées de larmes. « Qu'y a-t-il, mon chéri ? Tu es triste ? » Il secoua la tête : « Je n'ai pas bu mon café », finit-il par me répondre. Lui, toujours d'une courtoisie parfaite, avait eu un geste maladroit à cause de son bras paralysé : il avait renversé le plateau du petit déjeuner. Contrariée, la fille de salle avait épongé le café par terre avant de le remettre dans la tasse. Malgré son envie, il n'avait pas pu le boire. « Je vais t'apporter un bon café avec un croissant », dis-je d'un ton léger. Il sourit, heureux. Jusqu'au bout, la nourriture l'attachait à la joie de vivre. Une seconde fois, il pleura parce que Charlotte, sa sœur aînée, avec la délicatesse des fanatiques, avait cru bon, sans le consulter, d'appeler un prêtre. Stéphane s'était montré poli, comme à son habitude, mais distant. « Pourquoi a-t-elle appelé un prêtre ? me demanda-t-il en épiant ma réaction. — Tu sais bien comment est ta sœur. — Est-ce que je vais mourir ? Je n'aime pas les curés, je veux qu'on me laisse tranquille. — Tu ne vas pas mourir, tu es solide comme un roc. Nous allons descendre chez moi, l'air de la campagne te requinquera. » Je suivais le rythme de sa partition ; la musique de la mort n'entrera que lentement dans son cœur. Les médecins de l'hôpital venaient de découvrir une tumeur au pylore, ils hésitaient à l'opérer : je refusai. « Il risque la mort », me déclara l'interne sans rire. Je le fixai : « Il est cardiaque, à moitié paralysé, il a une tumeur et il vient de franchir le cap de sa quatre-vingt-deuxième année : il risque en effet de mourir. » L'interne, un homme jeune, haut et maigre, l'air sévère, haussa les épaules, maugréa que j'en prenais la responsabilité : « Je la prends très volontiers, dis-je. » Rita ne souhaitait pas davantage entendre la marche funèbre, elle lavait du matin au soir, repassait, courait de l'hôpital à l'appartement. J'étais donc seul, ce qui est naturel puisque j'étais le plus jeune.

Arrivant un soir à l'hôpital, je croisai Michel, qui sortait de la chambre. Son menton pendait, ses lèvres tremblaient : « C'est affreux, murmura-t-il, affreux. » Il venait de rencontrer sa propre mort dans les yeux de son aîné. S'imaginait-il que la mort était belle à voir ? Il nous reconduisit ma tante et moi jusqu'à la rue de Longchamp. Dans la voiture, nous n'échangeâmes que de rares propos. La mort nous installait dans une trêve.

Mon géniteur lève soudain la tête, me découvre alors que je suis à trois pas de lui. « Ah, tu es là ? Je ne t'avais pas entendu. C'est pour ça que je laisse la porte entrouverte : je suis complètement sourd. » À l'appui de son propos, il retire le casque qu'il met pour écouter le son de la télévision, il appuie sur la télécommande, éteignant le poste. « Je regarde toujours *7 sur 7*, explique-t-il. J'aime bien l'émission, qui est tout de même tendancieuse. C'est une Juive très juive, n'est-ce pas, Anne Sinclair. » Tous mes muscles se raidissent. Je pense : ça commence bien. Cela pouvait-il débuter autrement ? Je l'observe à la dérobée. Son masque de vieillard n'a pas changé ; finement arqué, le nez se pince entre les arcades sourcilières, les yeux paraissent toujours aussi noirs, la bouche rentre dans les joues, tirant le menton vers l'avant. Seule sa voix rend un son méconnaissable : un bruit de forge. Il lui faut reprendre le souffle entre deux phrases ; il se penche alors en avant, appuie sur ses côtes. Il se redresse lentement : « Excuse-moi, c'est l'emphysème. J'ai trop fumé : je le paie aujourd'hui. Tu fumes, toi ? » Je fais oui de la tête. Je me dis : à près de quatre-vingt-dix ans, tout le monde paie, d'une manière ou d'une autre. J'ai peur qu'il ne comprenne pas. Je suis assis dans une bergère au velours fatigué, à sa droite, du côté de sa bonne oreille. « C'est arrivé brusquement, me raconte-t-il. J'étais à Bordeaux avec Anoff, à l'hôtel. Soudain, j'ai trouvé qu'il régnait un silence magnifique. Pas un bruit de voiture, rien. Un calme merveilleux. En fait, je n'entendais plus rien. » J'inspecte le décor : la plupart des fauteuils sont cassés, les peintures défraîchies, les rideaux décolorés. Restent quelques belles pièces, vestiges de l'appartement du quai Branly ou des héritages d'Anoff, rechapées du naufrage. Une ampoule de faible voltage, derrière l'abat-jour, jette une lueur maigre. Partout les ombres se pressent. « Tout va à vau-l'eau, dit-il après avoir surpris mon regard. La salle à manger a été inondée, les peintures sont abîmées : je me bats avec le gérant, avec les assurances. Les syndics sont tous des escrocs. Mais je ne me laisse pas faire. Tu regardes la table de bridge ? Le dossier que tu vois là est pour toi. Je n'ai pas tout à fait fini. J'y travaille chaque jour. Tu le liras après ma mort. Je voudrais que tu comprennes que je n'ai pas été aussi moche que ça. J'ai essayé de m'occuper de toi, quand tu étais petit. Je voulais que tu aies une éducation convenable. Il était impossible de t'arracher à ta mère, tu étais collé à elle, tu pleurais dès qu'elle s'éloignait de dix pas. » Je le rassure : je sais tout ça mieux que lui. Je n'ai aucune illusion sur ma mère. Nous parlons d'elle du ton le plus paisible. Il me décrit leur rencontre, dans les jardins de Marigny. Il existait alors, en 1929, un dancing très chic qu'il me montrera, si nous passons un jour par le rond-point des Champs-Élysées. Cándida était drôle, vive, avec des mains et des pieds ravissants. « Tu sais, je l'ai beaucoup aimée, geint-il soudain. Elle habitait un très bel appartement, rue Daubigny. C'était une femme élégante et tapageuse, toujours en mouvement, avec le sens de la repartie. Elle n'arrêtait pas de rire. Moi, j'étais jeune, vingt-trois ans, je ne connaissais rien à la vie. Elle m'a fait découvrir l'Espagne qui m'a tout de suite ébloui. C'était encore le Moyen Âge. Très *chula*[1], une vraie *manola*[2]. Lors de notre premier séjour, nous habitions sur le Prado, à l'hôtel Savoy. Le soir, elle jetait une mantille sur ses épaules, m'entraînait aux *verbenas*[3], où elle se mêlait au petit peuple, dansait le *chotis*, tu sais, sans presque bouger, du surplace, tout le mouvement dans les hanches. Elle buvait à la gourde, plaisantait. Partout à l'aise, de plain-pied avec les gens. Au milieu de la nuit, elle s'installait au volant, filait

1. Effrontée, type de la Madrilène.
2. Même sens que le précédent : jeune femme de Madrid.
3. Fêtes populaires.

jusqu'à Tolède. À une heure du matin, elle réussissait à se faire ouvrir les musées, les églises. Nous déambulions seuls dans les salles, parmi les tableaux du Greco. Elle avait le chic pour parler aux gens, pour obtenir ce qu'elle voulait. Remarque, elle distribuait des pourboires royaux : ça aide... Non, ça ne s'est pas fait tout de suite. C'est venu petit à petit. Elle est d'abord repartie en Espagne, elle m'envoyait des lettres d'amour de plusieurs pages, des poèmes. Elle écrivait avec facilité, tu tiens d'elle, trop prolixe peut-être, grandiloquente, mais il y avait les métaphores, les images. Elle est revenue à Paris, nous nous sommes installés à Auteuil. Nous allions souvent en Espagne. Tiens, pour te dire comment elle était : un jour, je me trouvais chez ma mère, rue de Sèvres, sur le square. Ma mère avait quitté le quai Branly, oui, trop grand, trop cher. Remarque, il y avait sept pièces rue de Sèvres, quatre domestiques : ce n'était pas la dèche. » Il manque de s'étouffer en ricanant. « Donc, je déjeunais chez elle quand, soudain, on sonne à la porte ; sur le palier, un chauffeur en livrée, la casquette à la main. Il annonce que Mme del Castillo m'attend à l'hôtel Lutétia, de l'autre côté du boulevard. Si tu avais vu la tête de ma mère, de mes sœurs ! C'était bien ta mère, ça : elle avait roulé toute la nuit, couchée à l'arrière, une voiture américaine longue de je ne sais combien de mètres, blanche et décapotable. Elle ne risquait pas de passer inaperçue ! Nous avons eu une petite fille, oui, née à Biarritz. C'est d'ailleurs la première fois que j'ai assisté à un accouchement; je n'en menais pas large. C'était un dimanche, je me rappelle, le médecin est arrivé en retard, quand tout était fini. » La voix chevrotante égrène ses souvenirs, s'arrête pour souffler, produit toujours ce halètement saccadé.

« Deux jours après, nous avons poursuivi le voyage ; nous avons fait halte à Saint-Sébastien où nous sommes descendus à l'hôtel Marie-Christine, un très beau palace. Notre chambre dominait la Concha, la mer, une vue superbe. Tu connais ? » À pleurer de rire. « Vaguement, dis-je avec un sourire qu'il ne remarque pas, je suis passé par là. » Il a sûrement oublié : mon ironie lui échappe. Plongé dans ses souvenirs, il semble heureux d'évoquer cette époque de sa vie, insouciante et gaie. « Nous avons fait une chose pas très bien, hé, hé : nous avons laissé le bébé seul dans la chambre et nous sommes partis à la corrida. Nous étions jeunes, un peu fous, nous ne pensions qu'à nous amuser. » En effet : huit mois plus tard, la petite mourait, emportée par une pneumonie. « Ensuite, je me suis fixé à Madrid, je travaillais au Crédit lyonnais où j'avais une assez bonne situation ; nous avons pris un appartement rue Castelló, c'est là que tu es né. Tu sais, j'ai toujours travaillé. » Je saisis l'allusion ; il ne veut pas que je pense qu'il vivait aux crochets de ma mère. Pourtant, son salaire d'employé de banque ne leur aurait pas permis de mener ce train-là ; il y avait belle lurette que l'héritage de François-Xavier était dissipé : d'où auraient-ils tiré l'argent ? Il poursuit du même ton de confidence : « J'étais très bien vu de la direction qui m'a proposé l'agence de Séville, l'une des plus importantes d'Espagne. J'ai décliné l'offre pour ne pas vous quitter, ta mère et toi. Tu venais de naître, ta mère t'avait fait un décor superbe avec, sur les murs de ta chambre, des peintures... Tu te souviens de ça ? C'est curieux que tu puisses avoir des souvenirs si petit. Les Trois Petits Cochons, oui, en train de bâtir une maison. J'ai constaté ça en lisant tes livres, tu as gardé dans ta mémoire des détails... Tes bouquins sont là, sur la table de bridge, à côté du dossier auquel je travaille. Je ne voulais pas les ouvrir, je m'étais promis de ne jamais les lire. J'avais peur... Excuse-moi, parler me fatigue. Non, reste encore un peu. Il y a si longtemps que je ne t'ai pas vu ! Je disais ? ... J'avais peur que tu t'acharnes sur moi ; depuis ton premier livre, tu n'as plus parlé de moi, toujours de ta mère. C'est naturel, bien sûr : tu as vécu avec elle, tu me connais à peine. »

Tout à coup, un long silence. Les traits se figent, se crispent ; le regard s'obscurcit. Il détourne le visage vers le vestibule et, tel un crachat : « Dénoncer, dénoncer ! éructe-t-il en secouant sa tête. Si l'on veut. En réalité, je suis allé au commissariat en demandant qu'on m'en débarrasse. » J'encaisse le choc ; j'ai le souffle coupé. Depuis le début de notre conversation, il tourniquait autour de ça, je le devine. Il rumine et ressasse l'infamie. Elle l'obsédait déjà en 1953, quand nous bavardions la nuit au coin du feu. Ce n'est pas un remords : une tumeur, nichée dans ses entrailles. Faut-il le plaindre ? l'accabler ? Son crime lui a échappé ; il tente depuis de se disculper. Il ne m'a rien appris : je le savais, je l'ai même écrit, à vingt ans. Mais parce que je tenais l'accusation de ma mère, je restais méfiant. Je refusais d'y croire tout à fait. Il y avait une chance qu'elle ait menti sur ce point ainsi que sur tant d'autres. J'accordais au *pauvre Michel* le bénéfice du doute. Maintenant, cette vomissure s'étale devant moi. Je devrai porter aussi cette honte-là. Je me sens sale, mon odeur me répugne. Dans mon ventre, je ressens encore la douleur du choc. Sa voix poursuit son monologue. Il ne s'adresse pas à moi, il se parle à lui-même du fond de sa vieillesse, de sa maladie, de sa misère et de sa solitude. Dans sa chemise de velours à carreaux, les bretelles sur ses épaules, les jambes dans un pantalon marron, il a l'air de ce qu'il est : un vieillard pitoyable qui cherche son souffle. Dans mon fauteuil, je me tiens trop droit, tétanisé. « Je n'ai jamais voulu te le dire, mais elle faisait la pute à Clermont pour me compromettre. — Mais si, tu me l'as dit, et je t'ai répondu. Putain n'est pas le mot exact. — Tu as raison, convient-il après une seconde de réflexion. Comment dit-on d'une femme qui couche ? Nymphomane ? C'est ça, oui : tu as du vocabulaire. » Je renonce à lui expliquer que le mot n'est pas davantage juste. Elle aimait le plaisir, elle avait des amants. Combien de femmes a-t-il eues dans sa vie, lui ? Il s'esclaffe, content de lui : « Je ne les compte plus ! Un jour, j'ai pensé que si, sortant dans la rue, je les voyais toutes, debout sur le trottoir, je prendrais les jambes à mon cou, tant elles devaient être moches, vulgaires. Des horreurs. » Pourquoi insulter l'amour ? Je laisse ma question en suspens, sans la formuler à haute voix.

Je n'ai pas pu tenir, je me suis défilé : je te rappellerai, oui. Dehors, je respire avec avidité ; je saute dans un taxi ; une fois dans l'appartement, je me précipite sous la douche, frotte ma peau avec un gant de crin, rageusement. Je voudrais m'écorcher vif. Dans la glace du lavabo, je regarde mon visage avec écœurement. J'enfile une robe de chambre, m'assieds au salon, toutes lumières éteintes. Je pense qu'il doit être doux de pleurer ; mes yeux restent secs, douloureux ; j'appuie sur mes paupières. Son image me hante : il se tient courbé, les mains sur ses côtes, la bouche grande ouverte, avec ce sifflement rauque. J'entends sa voix dure, agitée d'un tremblement de haine. Il sait qu'il a, ce jour-là, commis l'irréparable. Il s'acharne depuis lors à recouvrir cette saleté de justifications. Rien de tragique cependant : le *pauvre Michel* n'est pas le roi Lear. Cela n'altère en rien sa conscience : tout juste un prurit, une démangeaison. La folle n'a eu que ce qu'elle méritait ! Oui, mais c'était en juin 1940 et, depuis près de deux ans, les décrets Daladier autorisaient les préfets à interner les *étrangers indésirables* dans des camps, par simple mesure administrative. En demandant qu'on l'en débarrasse — ah, ces mots ! —, mon géniteur n'ignorait pas quel sort l'attendait. De Rieucros, elle l'avait d'ailleurs submergé de lettres et de supplications : il n'avait pas bronché. Il s'est toujours défilé, sauf que là, ce n'est plus une fuite : c'est une débandade. Il prend la tangente dans le même temps que l'armée décampe. Au fait, pourquoi est-il resté à Clermont ? Comment a-t-il échappé à la mobilisation ? Stéphane et François sont au front, pas lui, le veinard. Il conduit sa décapotable, il joue au golf, il mange au restaurant. Le pays s'effondre, les populations courent sur les routes : le *pauvre Michel* se planque. Il fait mieux ; il se rend au commissariat pour demander qu'on le débarrasse de cette folle. Il a peur, bien sûr ; elle risque d'ameuter toute la ville, de ruiner sa réputation. J'admets son exaspération, sa colère, sa rage, je peux comprendre sa rancune, sa haine même, à la hauteur de sa passion. Elle refuse leur rupture, elle ne supporte pas qu'il puisse la plaquer, *elle* ! En pleine guerre civile, tout juste sortie de prison, elle a couru à la mairie, a divorcé pour épouser un lieutenant des Brigades internationales, tchèque ou hongrois. La photo de leur mariage révolutionnaire a paru dans *A.B.C.* Quand elle débarque à

Marseille, le *pauvre Michel* a dû brandir l'annonce ; pour la folle, c'est un détail sans importance. Sait-elle où elle en est dans ses mariages et ses divorces ? Elle avait besoin d'une protection, elle l'a obtenue, point. S'il l'avait fait rapatrier dès le début de la guerre, elle n'aurait pas été jetée en prison, elle n'aurait pas été menacée de mort : je l'entends d'ici. Les motifs ne manquaient pas à Michel de la détester, d'éprouver une sorte d'horreur devant son égoïsme et son cynisme. Mais il avait vécu plus de dix ans avec cette femme maintenant aux abois. Ils ont eu trois enfants ensemble. Ils ont un fils d'un peu plus de six ans qu'elle vient de placer chez des fermiers, à Puy-Guillaume.

Je suffoque, me lève, arpente le salon. Je ne dévierai pas le regard, je suivrai les gestes dans leur enchaînement. Pas de grands mots, pas d'explications : je veux reconstituer le crime dans ses moindres détails, dans son exacte chronologie. Un mois ! Durant trente jours et trente nuits, chacun tient entre ses mains le sort de leur fils. Des dizaines de milliers de parents, à cet instant, ne sont préoccupés que de sauver leurs enfants, de les cacher, de les mettre à l'abri. Ils courent d'un endroit à l'autre, paniqués. Ils vont peut-être mourir ; qu'au moins les petits échappent au massacre annoncé. Beaucoup risqueront leur vie pour sauver celle de leur progéniture. Des gens humbles, des artisans qui vendent le peu qu'ils possèdent pour régler le prix de la pension. Certains parlent à peine le français, ils n'ont reçu qu'une instruction médiocre ; ils se refilent des adresses, vont de ferme en collège, suppliant. Rien, ici, de ce désarroi ; elle est une femme intelligente, cultivée, qui analyse parfaitement la situation ; son caractère est ferme, sa personnalité assurée. Il lui suffit d'écrire au consulat d'Espagne en demandant que son fils soit rapatrié auprès de sa mère, à Madrid : elle sait comment tourner de pareilles lettres. Lui est français, avec une situation enviable, des ressources, de la famille et des alliances. Son fils est maintenant détaché de sa mère, placé chez des paysans, à la campagne, *sauvé donc.* S'il ne veut ou ne peut s'en occuper lui-même, il n'a qu'à décrocher son téléphone, et composer le numéro de Rita...

Je suis monté me coucher. Je me tourne et me retourne dans mon lit, incapable de trouver le sommeil. Les fils ne portent pas la responsabilité des crimes de leurs parents : des fautes peut-être pas, mais de la honte ? Entre les lamelles du store, la lueur des réverbères éclaire la chambre ; les bruits filtrent à peine à travers le double vitrage. Un crépuscule étrange, immobile. Mes amis m'écouteraient, me réconforteraient. Aucun d'eux, fût-ce Rémi, ne peut partager ce fardeau. Je reste seul avec cet enfant qui, dans la campagne auvergnate, gambade, saute, rit. À moins qu'il ne pleure ? J'ai beau creuser, je ne retrouve aucun souvenir. Un noir.

Si, pourtant : quatre ou cinq lits de fer disposés dans une grange ; la terreur des jars qui courent, le cou en avant, crachant et sifflant, plus redoutables que des dragons. Des visages de gosses dont les traits se brouillent. La défaite jette sur le pays une lumière blafarde. On se précipite vers les églises, on écoute avec des pleurs de gratitude la voix égrotante du Maréchal qui s'immole pour le salut de la France. Dans ce clair-obscur, les rats sortent de leurs trous. Des vengeances se trament, des haines cuites et recuites débordent, dénonciations, lettres de délation ; une marée de boue grossit, déferle. Le *pauvre Michel* n'a pas été le seul à vouloir qu'on le *débarrasse*. Combien ont fait les mêmes gestes, proféré les mêmes phrases ?

Une différence, mais de taille : c'est mon père.

Depuis le début du repas, Rita m'observe avec défiance : « Pourquoi tu me demandes ça, Mike ? » Je lui avoue que j'ai revu mon père. Elle a un mouvement de recul, hoche la tête. Je m'attendais à des récriminations, elle me considère avec pitié. « Qu'est-ce qu'il t'a dit ? » Je lui résume l'entretien. Elle détourne soudain la tête. « Ton oncle, murmure-t-elle, *elle* voulait pas le croire. C'était son frère, tu comprends ? Ça lui faisait mal. Toi aussi, Mike, écoute-moi : oublie tout ça. » Je réponds d'une voix paisible : « Il ne m'a rien appris. Je ne veux que comprendre la manière dont ça s'est produit. — Ta mère... », commence Rita qui déteste Cándida, ses fabulations et ses manigances. Je l'interromps : indéfendable, monstrueuse, inutile d'insister. Pour commencer : que faisait Michel à Clermont ? Pourquoi n'était-il pas au front comme ses deux frères ? Rita sourit, amusée. « *Elle* a toujours été rusé, Michel. Il jouait de son charme. Il avait noué une liaison avec la femme d'un général qui tremblait de le perdre et qui s'est arrangée... » Bon, je vois. « De plus, réfléchit ma tante, il était chargé de je ne sais quelles négociations ; il s'était rendu à Londres au début de la guerre, en novembre 1939. C'était pour les usines du groupe ou les plantations en Indochine, je ne me rappelle plus bien. Je me souviens seulement qu'il est venu me voir à Hossegor. Ce que je faisais là ? Mais ton oncle et moi étions en vacances quand la déclaration de guerre a eu lieu. Il m'a dit de ne pas bouger, tu sais comment je suis sérieuse ; je suis restée seule dans la villa. Je me rappelle : le jour de son départ, la table était dressée pour le dîner, nous avions invité des amis ; je l'ai accompagné à la gare et, en rentrant, je me suis assise, j'ai pleuré en regardant les couverts, les fleurs. Il m'a écrit, bien sûr. Il se trouvait du côté des Ardennes. À partir de juin 40, je n'ai plus eu de nouvelles, *éternel*, des semaines, un mois, je ne sais plus. Je devenais folle, Mike ! Les réfugiés passaient devant la maison, jour et nuit. C'était si triste ! Un matin, la bonne m'a dit : Madame, les Allemands sont là ! Je ne l'ai pas crue, j'ai pris mon vélo, j'ai croisé des motards, avec leurs casques. » Je lui demande : « Tu n'as toujours pas bougé ? — Ton oncle avait été fait prisonnier, il s'est évadé ; il m'a téléphoné de Vierzon pour me dire de rentrer à Paris, que je ne risquais plus rien. Il y avait eu l'*asmitice*. Je ne savais pas comment me procurer de l'essence, je suis allée à la Kommandantur. Ils m'ont demandé : Vous êtes Allemande ? J'ai eu tout de suite des bons d'essence, un *ausweis* ; j'ai fermé la maison, j'ai pris la route. J'avais mon permis depuis un an, je n'avais jamais conduit ; je me suis quand même débrouillée. Je suis allée voir ton père à Clermont. Mais évidemment, j'en suis sûre, Mike ! Quelle idée ! J'ai couché trois nuits chez lui, j'ai même connu la fille, sa maîtresse, une malheureuse. Il était *méchante* avec elle ; Pepita, je me rappelle, une Espagnole, oui. Pour lui, c'était rien, il la traitait comme si elle avait été sa bonne. Bien sûr, j'ai demandé où tu étais, j'étais venue pour ça. Il m'a répondu qu'il n'en savait rien. Le camp ? J'ai souvent pensé. Tu me connais, Mike : je ne mens jamais. Nous avons su, ton oncle et moi, que ta mère était dans un camp mais je ne me rappelle pas quand nous l'avons appris. Je pense que c'est Michel qui nous l'a dit, lorsqu'il est passé nous voir à Paris, en décembre 40, avant de regagner Clermont. Il avait reçu plusieurs lettres d'elle. Stéphane lui a demandé de la tirer de là ; il n'a rien voulu entendre. Il était monté contre elle, il la détestait. Elle lui avait tellement menti, toujours des histoires, des ruses... C'est difficile ce que tu me demandes là, Mike. Je ne devrais pas te dire ça... » Elle tourne la tête vers la fenêtre, réfléchissant ; elle se tient un long moment immobile, m'offrant son profil. Son front se plisse, ses mâchoires se crispent dans l'effort ; elle pèse les mots dans sa tête. Enfin, elle plante ses yeux dans les miens : « Je *vas* te dire, Mike… » Quand elle prend ce ton-là, je sais qu'elle se prépare à lâcher une vérité qui lui répugne. J'attends, impassible. « Michel ne t'a jamais aimé. Même petit, il ne t'aimait pas. S'il m'avait dit que tu te trouvais seul à la campagne, près de Clermont, je serais allée te chercher. Ton oncle et moi t'aimions beaucoup, nous t'aurions sauvé. »

Voilà qui est net ; avec ses mots à elle, Rita confirme le verdict de Joaquín, en 1955 : le *pauvre Michel* est incapable d'aimer. Il laissera le petit à son sort. Quant à la mère, cet enfant est une protection, un matelas derrière lequel s'abriter des coups. Comment s'y est-elle prise pour le récupérer ? À ce moment, je l'ignore encore. Un détail, pensera-t-on, mais, dans un crime, chaque détail compte. Je souhaite tout voir, dans une lumière froide, clinique. Je n'ai que trop lambiné ; plus de détours.

Épuisé, je me suis étendu sur le canapé jaune. Rita a jeté une couverture sur moi. « Dors, mon chéri. Ça te fera du bien. » Assise dans son fauteuil, près de la fenêtre, elle m'observe en silence. Je l'aperçois à travers mes paupières closes. Elle se tenait ainsi, en 1954, elle restait des heures à mon chevet, sans bouger, ses yeux posés sur moi. Elle m'a rendu au centuple tout l'amour que mes parents n'ont pas su me donner. Pense-t-elle à Michel ? Elle s'inquiète surtout pour moi. Elle pense que Mike a eu tort de revoir son père. Elle savait qu'il le ferait, bien sûr ; elle le connaît trop bien. Il est naïf, Mike, elle le répète souvent ! *Compliqué* aussi, c'est son mot, ouvert et inaccessible, dur d'apparence, *fâché.* Un écorché vif, répétait Stéphane. Elle somnole à son tour, le menton sur la poitrine. Il la regarde en coin, feignant toujours de dormir. Il se demande : comment vivrai-je sans cette présence ? Il sait que sa question est vaine : on s'arrange pour survivre. On s'accommode de tout.

Cette fois, pas de doute : j'ai compris, non ? Ce serait trop simple. La tête sait tout, le cœur, lui…

J'ai rappelé, ainsi que je l'avais promis. C'était dimanche, il faisait encore beau. Je lui ai proposé de l'emmener au restaurant et il a paru ravi. « Puisque tu me poses la question, a-t-il dit d'une voix espiègle, je mangerais volontiers des huîtres ; il y a bien longtemps que je n'en ai pas dégusté. Chez Dessirier, place Pereire ? Excellente idée ! J'y allais souvent avec Anoff. Elle adorait l'endroit. Tu passes me prendre en taxi ? Je t'attendrai au bas de l'immeuble, devant la porte. »

Je l'aperçois de loin, engoncé dans un manteau de poil de chameau, un foulard autour du cou. À voir ce monsieur distingué, coiffé d'un chapeau, une canne à la main, qui donc imaginerait qu'il a pu, en pleine guerre, franchir le seuil d'un commissariat, dire de sa voix sombre, dans un français châtié… Personne n'a la tête d'un criminel, surtout pas les assassins. Ce dimanche, Michel a une tête de gosse enchanté de sortir avec son papa. Il s'approche du taxi, me dit que nous pourrions marcher jusqu'au restaurant, ça lui fera le plus grand bien. Non, ce n'est pas trop loin. Il s'arrêtera de temps à autre pour reprendre son souffle. D'ailleurs, il fait doux. Il y a des jours qu'il n'a pas mis le nez dehors. « Dans cette lumière, Paris est superbe, tu ne trouves pas ? J'adore cette ville, j'y suis né, j'y ai toujours vécu. Tiens... » Il se penche, serre mon bras : « Tu vois cette femme, là sous le porche ? La petite grosse dans une canadienne rouge, avec ses cheveux blancs. Elle regarde à droite et à gauche, inspecte la rue. Elle se tient là tous les jours, de sept heures du matin à la nuit tombée. » Michel soulève son chapeau, incline la tête : « Bonjour, madame », lance-t-il d'un ton cérémonieux. Puis, dans le creux de mon oreille : « Je ne manque jamais de la saluer respectueusement, comme si c'était une dame, hé, hé... Tu ne devineras pas ce qu'elle fait là. Sa fille a été renversée par une voiture, elle est morte ici même, tuée sur le coup. La mère continue de l'attendre. Tous les jours, elle guette son retour, tapie sous le porche. C'est inouï, non ? »

Mon cœur se serre. Je vis, moi aussi, tapi sous un porche ; j'ai beau savoir que personne ne reviendra, je continue de fixer la chaussée. « C'est une folle, bien sûr... » Ce qui me surprend le plus, c'est mon indifférence. Son masque de récréation me cache celui de l'atroce vieillard qui éructait, fou de rage : « Dénoncer, dénoncer ! Si l'on veut. » Je scrute la lueur malicieuse des yeux, le sourire des lèvres. Je suis presque content de le sentir heureux. Est-ce ce soleil tiède ? la légèreté de l'air ? Je marche à pas lents, m'arrête pour lui permettre de souffler ; je regarde les façades, les devantures des boutiques. Un vieux père se promène au bras de son fils. Ce pourrait être une scène d'un roman de Balzac. Il y aurait la même douceur implacable.

« C'est merveilleux, tu ne trouves pas ? Il n'y a qu'en France qu'on serve des plateaux de fruits de mer comme ça. » Un rayon de soleil pénètre dans la salle bondée. Clientèle endimanchée, de bon ton. Tintement des couverts. Dans les verres, le vin blanc prend des reflets dorés. Michel regarde à droite et à gauche, visiblement satisfait. Il se retrouve dans son atmosphère, il se coule avec volupté dans ce silence feutré. Ses prunelles, d'une noirceur fascinante, étincellent, sa bouche édentée garde un sourire extasié. Attendri par le vin blanc, il se lamente ; je lui ai porté un tel coup, en 1954, quand je l'ai *abandonné* ! Je cueille le mot sans un sourire. Après mon départ, il n'a pas fermé l'œil de la nuit ; de son côté, Anoff n'arrêtait pas de pleurer. Bien sûr, je ne pouvais pas adopter ma belle-mère, il le comprend. J'avais trop aimé ma mère pour accepter sa remplaçante. Je ne tique toujours pas. Cette séparation lui a rappelé un bien mauvais souvenir : En 1934, la situation s'aggravait en Espagne — grèves, bagarres, assassinats, églises incendiées, prêtres et religieuses sauvagement massacrés —, ma mère et lui sentaient que cela finirait par mal tourner. Il avait donné sa démission du Crédit lyonnais, était revenu en France pour chercher du travail. Il était rentré chez sa mère, rue de Sèvres, qui le faisait coucher sur un canapé ridiculement étroit, dans le vestibule. À sept heures, Charlotte retirait brusquement les couvertures. « Quand on ne travaille pas, on ne dort pas ! » Par des relations de son père, il avait déniché un emploi de représentant chez Michelin ; il filait sur les routes, dormait dans des hôtels médiocres. Cándida lui écrivait chaque nuit, toujours des lettres enflammées ; elle lui envoyait des photos de moi, dédicacées, qu'il a gardées ; il me les donnera. « Que veux-tu que j'en fasse ? Elles te reviennent. Tu étais un mignon petit bonhomme, tu courais dans le couloir de l'appartement, tu répondais même au téléphone. » Aux étapes, Michel se sentait seul, il avait le cafard. « L'Espagne me manquait. J'étais amoureux du pays... C'est fou ce que j'ai pu l'aimer ! »

Un jour, au printemps 1934, il n'y a plus

tenu ; il a filé d'une traite jusqu'à Madrid. « Je voulais la revoir, la tenir dans mes bras. » Parti tôt le matin des environs de Bordeaux, il était arrivé à Madrid vers neuf heures du soir. Rue Castelló, il ne trouve que Tomasa et moi. Il appelle la mère de Cándida ; elle ignore où est sa fille, chez des amis sans doute. Toute la nuit, il attend, descend dans la rue, fait les cent pas avec le *sereno*. « Tu connais ? Ils avaient un long bâton à la main, un énorme trousseau de clés à leur ceinturon. Ils marchaient enveloppés dans une grande cape, une sorte de houppelande plutôt. Les gens les appelaient : *Sereno* ! et ils accouraient pour ouvrir les portes... De minuit à six heures du matin, j'ai déambulé avec lui, guettant les voitures. Mort d'inquiétude, je me demandais s'il ne lui était pas arrivé quelque chose. J'étais encore naïf. Soudain, un taxi surgit, ta mère en descend. En me voyant, elle a marqué le coup. Je n'oublierai jamais son regard en me découvrant. Très vite, elle s'est ressaisie, a recommencé à me débiter des mensonges. Je lui ai déclaré que tout était fini entre nous. Bien entendu, elle ne l'a pas cru. Les femmes ne croient jamais ces choses-là. Pourtant, le soir même, je reprenais la route. » À son attitude, au son de sa voix, à la précision même de la scène, je sens que quelque chose ne colle pas dans son récit. J'ai enregistré la date, le printemps de 1934, sur laquelle il insiste. Pourquoi tient-il tant à ce que je la retienne ? Je ne le soupçonne pas de mentir : il en est incapable. Il a dû arranger la vérité, bricoler une version qui le lave, mais de quoi ?

Il s'arrête pour gober une huître, avaler une gorgée de sancerre. « Le soir où tu es parti de la maison, j'ai pensé : ça recommence ; j'ai attendu toute la nuit avant de téléphoner chez Stéphane. J'avais très mal... Je me suis emporté contre mon frère, je crois : il a eu tort de s'interposer entre nous ; notre situation était bien assez délicate sans qu'il s'en mêle. Je me suis souvent demandé pourquoi tu étais allé chez eux. » Sans me laisser le temps de répondre, il enchaîne : « Évidemment, il t'offrait ce que je ne pouvais pas te donner, une chambre indépendante. » Je reste de marbre. Je n'objecte pas que, rue Piccini, l'appartement était autrement plus étroit que celui de la villa Niel, deux pièces, et que j'y dormais dans le séjour. Tout, dans son discours, serait à reprendre, à commencer par ce mot qu'il ose employer, lui : abandon. Je le dévisage avec amusement. « Au fait, lâche-t-il soudain, tu ne sais pas ce qu'est devenu un très beau crucifix du XVIIe que j'ai laissé en partant dans l'appartement de Madrid ? » Je le considère, ahuri. Il ne plaisante pas : tout à fait sérieux, avec une moue de préoccupation. Sans hausser le ton, je lui rappelle qu'il y a eu, après son départ, une guerre civile qui a fait des centaines de milliers de morts, autant d'exilés. « La guerre ? demande-t-il. Oui, bien sûr... » Dans son esprit, c'est sûrement un incident mineur. « J'étais à Madrid, reprend-il l'air songeur, le jour où la République a été proclamée. Nous sommes allés, ta mère et moi, place d'Orient, devant le Palais. Il y avait foule. Les gens étaient enthousiastes, applaudissaient, criaient. J'ai ensuite laissé ta mère à l'appartement pour filer au palais du Pardo. Déchaînée, la populace massacrait le gibier à coups de pierre et de trique, faisans, perdrix, cerfs. Un carnage. C'était ignoble. » Je pense : ça va avec le crucifix du XVIIe. Il a vécu une de ces journées qui comptent dans l'histoire d'un peuple et il la résume en un mot — populace. Il y a trente ans, je me serais levé, je lui aurais fichu ma main dans la figure. Aujourd'hui, je ne bouge pas : je l'observe avec ironie. Si Rémi avait raison ? Si je ne venais le voir que par curiosité ?

Nous regagnons la villa Niel à petits pas. Le soleil décline, l'ombre fraîchit. Sous les arbres dénudés flotte l'ennui des dimanches. « J'ai appris, dit-il entre deux quintes de toux, que Jeremy t'a écrit une lettre ridicule. Tu as bien fait de lui répondre sèchement. Moi, je suis obligé d'avaler des couleuvres. Mathilde et lui m'aident de temps à autre, je ne peux pas me brouiller avec eux. Je dois me retenir, ça me coûte, crois-moi ; l'envie me démange de lui dire son fait. C'est un malappris, sans la moindre éducation... Anglais ? » Il s'incline pour ricaner, il tâte mon bras, me chuchote dans l'oreille : « Un youpin. Sa sœur serait même très pieuse, la synagogue, tout ça. Il travaillait dans une grande boîte, oui ; le directeur qui avait des goûts... enfin, tu me comprends, l'avait à la bonne. C'était son chouchou... Quand son protecteur a été viré, on l'a chassé de son bureau, on l'a mis au sous-sol, un cagibi sans lumière. N'importe qui aurait démissionné. Il s'est accroché, toute honte bue. Il est resté deux ans en quarantaine, ignoré, méprisé de ses collègues... Ces gens-là, c'est leur force, ils s'agrippent. » Fasciné, je regarde les doigts : ils se courbent sous mes yeux, ils se replient, ils miment la griffe de l'oiseau de proie. Je lève les yeux ; sa tête est penchée, le regard veut exprimer la ruse, la bouche est tordue en une grimace mielleuse. Il joue le Juif Süss. « Au fait, dit-il très vite, et son regard me transperce, les Castillo, c'était quoi ? Il y avait des Juifs convertis en 1492, non ? — Je crois, oui. Des musulmans surtout. — Remarque, il y a prescription. De notre côté, nous avons bien des Turcs dans la famille. »

Je ne l'ai pas assommé, je l'ai raccompagné chez lui.

Il est pris tout à coup d'une crise d'étouffement. Je l'aide à s'asseoir sur une chaise, dans la salle à manger. De la main, il me montre un vaporisateur, sur la table de jeu. Son teint est devenu grisâtre, sa peau se tend sur les os du visage, la sueur perle à son front. Je l'écoute siffler, ahaner. Je lui demande s'il veut que j'appelle un médecin. Il secoue la tête. « Ça va passer, réussit-il à murmurer. Ça me prend de temps à autre, le plus dur est la sensation d'étouffer ; on a l'impression de partir. Je suis habitué, je m'accroche. » Dans la pénombre, j'aperçois son masque mortuaire. La ressemblance de nos traits, évidente, fait de cette confrontation avec mon cadavre une sorte d'ordalie, un jugement de Dieu. Je m'assieds près de lui. Une lueur malingre filtre du salon. Soudain, j'entends un murmure : « Évidemment, je n'ai pas su t'aimer. Je n'ai pas été aimé non plus. » Croit-il lui-même à la consistance de ce ragoût de psychologie ? Stéphane n'a pas davantage reçu d'amour.

Je ne souhaite pas expliquer. Je ne lui demande pas des comptes, je ne réclame pas vengeance. J'écoute ce plaidoyer qu'il ne cesse de reprendre, tentant d'occulter son crime. N'est-ce pas *ça* qui l'étouffe ?

La presse et la radio annoncent que l'épidémie de grippe se propage dans la région parisienne. Le lendemain, je suis couché au fond de mon lit, dans la torpeur de la fièvre qui disperse mes idées. Une grippe, ça n'est pas cher payé. Elle me fournit un prétexte pour ne pas parler, puisque j'ai la voix enrouée. Mes intimes n'ont pas besoin de discours pour deviner mon état d'esprit, il est vrai. Rémi s'offusque : « On dirait que tu prends plaisir à te démolir ! » Pour lui, l'affaire est simple : un homme capable de dénoncer et d'expédier dans un camp la femme qu'il a aimée et dont il a un enfant, cet homme est un salaud, point. Il n'y a rien à chercher, rien à comprendre. Ma complaisance lui paraît plus que suspecte : malsaine. Sa colère exprime l'affection qu'il me porte, depuis plus de trente ans. Il n'arrête pas de répéter que j'ai changé ; quand il m'a connu, jamais je n'aurais succombé à cet apitoiement morbide. Je ne suis plus le même, c'est exact. À vingt-cinq, trente ans, la paresse des explications durcissait mes jugements. Je me retranchais derrière des concepts. À l'affût derrière la théorie, j'ajustais mes tirs. Il m'arrive encore de m'y cacher : *bourgeois français*, dis-je avec hargne. Bourgeois, le *pauvre Michel* l'est assurément, jusqu'à la caricature. Il l'est par la sociologie. Mais Stéphane l'était aussi, sans que cette origine ait produit un caractère identique. Français, Rémi l'est davantage encore, si possible, mais d'une autre France. Quant aux concepts de la psychologie… Les théories servent d'abord à éviter le contact ; elles diluent la réalité. Or, je souhaite regarder sans ciller, fixer jusqu'au moindre détail. J'ai engagé la bataille et, dans ce corps à corps, je m'offre aux coups. « Votre père est indéfendable », s'impatiente Nadia. Avec une de ses amies, enseignante dans une université américaine, elle travaille sur mes livres. Je leur ai ouvert mes archives, des correspondances, des manuscrits, des documents officiels, des milliers de pièces. Mieux que moi, elles connaissent les faits. Si la monstruosité de ma mère les horrifie, elles n'en éprouvent pas moins pour Cándida une indulgence teintée d'ironie. À cause de son énergie à vivre, de son égoïsme forcené, elles seraient enclines à beaucoup lui pardonner. Pour le *pauvre Michel*, en revanche, elles ne ressentent que du mépris. Une partie de la famille de Nadia a péri en déportation ; son père a été interné dans un de ces camps de la honte, dans le sud de la France, d'où il a réussi à s'évader à l'âge de treize ans. Pour elle, la dénonciation, surtout à l'époque, n'est pas une lâcheté ; c'est un crime. Chaque jour, elle me téléphone, multiplie les mises en garde. J'essaie de donner le change, d'adopter un ton désinvolte ; Nadia n'est dupe d'aucune façon. « Ce type n'est rien, tranche-t-elle, un cadre vide. Il n'a jamais vécu, un cadavre embaumé. Il vous entraîne dans la mort. Ne trouvez-vous pas que vous avez eu votre compte ? Préservez-vous, Miguel. » J'entends ses avertissements. « Je ne suis pas chrétienne, Miguel, je ne pense pas qu'il faille à tout prix se réconcilier. Il y a des hommes maléfiques et votre père en fait partie. La manière dont il a cherché à vous revoir montre qu'il est capable du pire. Je ne devrais pas vous dire cela, je le fais par affection. Le pardon, qui peut sembler une vertu, est trop souvent de la complaisance. Méfiez-vous : Michel peut encore vous faire du mal. » Assise sur le canapé, Nadia me fixe avec douceur. « Que cherchez-vous donc ? » J'ignore pourquoi j'agis de la sorte, je ne cesse de me répéter que je dois aller au bout. Quel bout cependant, et qu'aurai-je gagné quand je toucherai le fond ? Seule Patricia garde son flegme ; elle m'observe, impassible. « Quand on les sépare de leurs parents pour leur épargner les mauvais traitements, les enfants battus réclament de retourner chez eux », dit-elle d'un ton rêveur. Je ne saisis pas non plus la perche. Son propos est sensé, confirmé par l'expérience. Je ne retourne pas chez mon père cependant, puisque je n'en ai jamais eu ; je reviens à mon géniteur, cet inconnu.

Si les médiocres n'avaient que leur médiocrité, si les méchants étaient absolument mauvais, tout serait limpide. Médiocre, le *pauvre Michel* se montre souvent séduisant ; il ne manque ni d'intelligence ni de finesse ; je prends plaisir à l'écouter me parler de l'Espagne qu'il a parcourue en tous sens, de Grenade à Salamanque, de Cáceres à Tolède et à Valence. Il évoque les grandes figures de la tauromachie de son temps, El Gallo, Belmonte, il décrit avec justesse le retard du pays, sa misère, sa gaieté caustique, son ironie noire. Ainsi que chacun de nous, il a mille facettes. Ce qu'il y a de constant en lui, c'est son orgueil, vindicatif et démesuré. Depuis sa jeunesse, il éprouve un sentiment d'injustice qui le ronge et l'aigrit. Obstinément, le monde refuse de reconnaître sa grandeur. Ce qu'il a accompli pour justifier une si haute opinion de lui-même, inutile de le demander. Ses mérites ne dérivent pas de ses actions ; ils résident dans son être. Veut-il démontrer son talent, il passe une demi-heure à me raconter quelle amélioration technique il a su apporter dans la fabrication d'une pièce, chez Michelin. Je ne doute pas de son ingéniosité ; je me dis seulement que la prouesse ne mérite pas de figurer dans les annales. Il s'en enchante pourtant, il me décrit dans le détail le mécanisme ; j'approuve ; je hoche la tête. Cette trouvaille est la grande affaire de sa vie, la preuve irréfutable de son génie. Pour que je mesure bien à quel point, depuis son plus jeune âge, il a été victime de la rancœur sociale, il me raconte avec une grimace de dépit : un examinateur envieux, sûrement un socialiste, l'a recalé au bac, sur sa bonne mine. « Il a vu arriver un garçon de bonne famille, habillé avec élégance. Il m'a demandé de lui réciter les affluents du Ienisseï, tu te rends compte ? Tu les connais, toi ? Tu vois... » Je ne vois que trop bien. S'il revient volontiers à la période de la guerre, 1938-41, c'est qu'elle fut la meilleure époque de sa vie. Chez Michelin, il avait gravi les échelons, il se sentait gonflé de son importance, il jouissait de la confiance de la direction. Il se rendait à Vichy où il comptait de nombreux amis, dont Dumoulin de Labarthète. « On ressasse, lâche-t-il d'un ton irrité, Vichy ! Mais, sans Vichy, que serait devenue la France ?... Évidemment, il y a eu les Juifs... » Il s'interrompt au milieu de la phrase, me décoche un regard bref, défiant et rusé ; ne sachant trop ce que je pense, il craint de se démasquer. Il a peur de se brouiller avec moi, il a besoin de mon appui. Il a beau se tenir sur ses gardes pourtant, ses mains et sa bouche le trahissent. « Les Juifs... » et sa main, fine et molle, piquée de tavelures, ébauche un geste d'impatience : « Qu'est-ce qu'on nous emmerde avec ça ? » crachent ses lèvres scellées sur un sourire d'amertume. Il dit : « la France », je ne lui pose pas la question : qu'as-tu fait pour la France, toi ? Il me dévisagerait, ébahi. Il lui a fait don de sa personne, n'est-ce pas suffisant ? Son existence rayonne de toute la splendeur de la civilisation française. Je ne lui objecte pas non plus que les étrangers et les métèques qu'il insulte et méprise ont, eux, risqué leur peau pour la France. Ce serait subversif, de mauvais goût surtout.

Son antisémitisme n'est que la partie émergée de l'iceberg ; son racisme va plus profond, jusqu'à la haine. Les Noirs, en particulier, qu'il vomit, ricanant et grimaçant dès qu'il en aperçoit un dans la rue. Communistes, gauchistes, syndicalistes : une même populace sale et vindicative. En l'écoutant, je comprends pourquoi il se sentait dans son élément à Vichy ; le pétainisme, c'était le monde enfin à l'endroit, chacun à sa place exacte, étrangers et métèques au dernier rang, ainsi qu'il convient. C'était l'ordre, une procession sociale réglée par la liturgie de l'Église, car le *pauvre Michel* a beau être anticlérical, il ne lui déplaît pas que les évêques bénissent les élites. Élu, il n'a jamais douté de l'être.

Lâche, le mot suffit-il davantage à le définir ? Le courage n'est certes pas sa vertu la plus évidente. Mais, s'il fuit l'affrontement, s'il échappe à ses responsabilités, le *pauvre Michel* n'est pas pour autant dépourvu de caractère. Face à la maladie, face à la souffrance, il témoigne d'un stoïcisme qui force l'admiration. Il ne se plaint pas, ne gémit pas. Il trouve même l'énergie de plaisanter de ses infirmités.

Depuis des mois, il reste courbé au-dessus de sa table de bridge, dressée devant la cheminée ; il fait et refait ses comptes. Le syndic de l'immeuble lui réclame, outre les loyers impayés, deux ans d'arriérés de charges ; convaincu que la facture est truquée, il coche chaque rubrique, passe au peigne fin tous les chapitres, l'un après l'autre ; il vérifie les additions, se trompe. Il y a quelque chose de pathétique dans cette obstination à prouver, contre l'évidence, la malhonnêteté du syndic. Les chiffres remplissent des pages, forment un dossier volumineux ; chaque opération aboutit à un résultat différent. Il travaille de tête, sans calculette, et sa tête a quatre-vingt-huit ans. Il s'acharne jour et nuit, égaré dans des calculs hallucinés. Il brandit un papier sous mes yeux : « Tu vois, s'écrie-t-il d'un ton de victoire, j'ai trouvé. Tous des escrocs ! Ils croient qu'ils pourront m'avoir : ils ne me connaissent pas. » Je jette un coup d'œil sur les additions : « Il y a une erreur dans le total, je crois. — Où ça ? Laisse-moi voir. C'est possible, oui. Je vais tout reprendre, je suis fatigué. » Je lui propose de passer le dossier à Patricia qui fera vérifier la comptabilité. « Un avocat ! se récrie-t-il. Elle va te plumer. — C'est une amie. — Je me méfie de l'amitié des avocats. Si tu le dis… Je veux bien, oui. J'en ai marre de ces paperasses. » Sans faire le moindre commentaire, Patricia accepte de confier le dossier à ses services comptables. Son amitié n'ergote pas ; elle s'incline devant mon aveuglement.

Tout au long de ces mois, elle m'apporte son appui. Nous déjeunons ou dînons souvent ensemble. Parce qu'elle vient du même milieu, elle s'interroge avec moi. Derrière la personne du *pauvre Michel*, c'est toute une société que nous explorons. Non pas dans sa composition sociologique, moins encore dans sa psychologie dans son opacité fascinante. Comment peut-on traverser la vie sans ressentir la moindre émotion ? Si mon géniteur n'a pas commis des crimes plus vastes, c'est seulement que l'occasion lui a manqué. Il aurait *débarrassé* sans états d'âme. Son mépris universel, sa vindicte l'auraient délivré des scrupules. « Délivré ? reprend Patricia. Tu as du mal, Miguel, à imaginer que certains hommes n'éprouvent tout simplement *pas* de scrupules ou de remords. » J'ai peine à l'admettre, c'est vrai. Je devrais être blindé pourtant. Les yeux de Patricia me fixent avec une expression de compréhension grave. « Je le regarde, je l'écoute, dis-je, et je m'interroge : quel lien de lui à moi ? — Aucun, tranche-t-elle. Il n'est ton père que dans ton esprit. — Je n'en suis pas si sûr, finis-je par lâcher. Quand j'ai accepté de le revoir, je ne croyais pas que cette rencontre m'atteindrait. Après chaque entrevue, l'accablement pourtant me pénètre. Je pense : il n'ira pas jusque-là. Or, il dépasse chaque fois la limite. Sa bouche ne s'ouvre que pour lâcher des insanités. Tout ce qu'il touche, il le salit. »

Nous nous rencontrons dans son quartier, rue Saint-Placide. Je la raccompagne à son domicile et marche ensuite jusqu'au boulevard Raspail. Je regarde la façade de l'hôtel Lutétia : ces deux-là, me dis-je, n'auraient jamais dû se rencontrer. Je suis là pourtant, seul dans la nuit. Je continue d'explorer ce territoire marécageux. Seulement le mien ? Si mes questions rencontrent un écho chez Patricia, c'est que, comme moi, elle doute : qu'aurions-nous fait ? De quoi aurions-nous été capables ? Ce n'est pas la politique qui est en jeu, c'est quelque chose de plus profond : ce qui fonde l'humanité et que nous ne savons pas nommer. Plus qu'une morale, le squelette du caractère. Aurions-nous su, elle et moi, nous maintenir debout et sur quoi nous serions-nous appuyés ? Nous ne nous considérons pas innocents de cette déroute ; nous la portons en nous.

Bien entendu, le diagnostic des comptables confirme mon intuition ; les chiffres du syndic sont exacts. Patricia lui téléphone alors pour trouver un accommodement ; elle découvre un homme, non seulement honnête, mais compréhensif qui, loin de s'acharner contre le *pauvre Michel*, fait preuve de patience, ému de son grand âge, de ses infirmités. Il ne me reste qu'à payer les arriérés. Mon géniteur bondit : « Ah non, par exemple ! Il serait trop content d'empocher, cet escroc ! Je suis sûr de mon fait : les comptes sont truqués. — La comptabilité les a vérifiés. — C'est possible... Quoi qu'il en soit, je ne veux pas qu'il soit question d'argent entre nous. Je souhaite te voir de la manière dont nous nous rencontrons, pour le plaisir d'être ensemble... Si tu insistes pourtant... » Il a baissé la tête, ressemblant soudain à ses photos de jeunesse ; ses yeux me décochent un regard matois. Je le dévisage : où le conduisent ses manœuvres alors que la mort sculpte déjà son masque ? Je règle la facture, j'en réglerai bien d'autres, soulevant chaque fois des protestations, de moins en moins convaincues, il est vrai. Je le veux bien, non ? « Je te laisse faire. » Pas un merci cependant : et de quoi ?

Guéri de ma grippe, j'ai repris le chemin de la villa Niel. Je l'invite à déjeuner à La Closerie des Lilas. C'est encore un dimanche et il fait toujours soleil, à croire que la météorologie veut, elle aussi, m'embrouiller. Nous mangeons dehors, sur la terrasse : le *pauvre Michel* semble enchanté, remuant des souvenirs avec Martine, ressuscitant le Montparnasse de ses vingt ans. J'ai demandé au chauffeur de suivre les Champs-Élysées, la Concorde, le boulevard Saint-Germain, tout le quartier de son enfance. En me désignant l'immeuble du doigt, quai Branly, il a paru ému. Je l'écoute à présent avec une attention distraite. « Pourquoi je n'ai pas été repris chez Michelin à mon retour d'Espagne, en 1943 ? Les gens se détournent de quelqu'un qui sort de prison... Bien sûr, j'y étais allé mandaté par eux, mais enfin, j'avais échoué, n'est-ce pas ? De plus, la guerre tournait mal, chacun souhaitait se refaire une virginité... Figure-toi que le consul de France à

Madrid a profité d'un congé du général commandant la région militaire de Madrid pour obtenir ma libération. On m'a mis dans le train, juste la chemise que j'avais sur moi, un peu d'argent de poche ; je suis passé par Canfranc, jusqu'à Pau d'où j'ai téléphoné à François. Il m'a envoyé de l'argent et m'a procuré le nom et l'adresse d'un de ses amis qui habitait une superbe maison, entourée d'un grand parc. J'avais bien besoin de me retaper. Les prisons espagnoles, à cette époque, tu n'imagines pas... » Non, bien sûr, je n'imagine pas.

Ses explications me semblent, à la réflexion, courtes. Il parlait l'espagnol : rien de plus naturel que la direction de Michelin ait songé à l'envoyer à Madrid. Clair aussi que la police secrète espagnole ait été intriguée par les agissements du *pauvre Michel*. Sa mission eût-elle été, ainsi qu'il le prétend, de négocier avec les Alliés, je m'explique mal que Michelin ait refusé de le reprendre à son retour d'Espagne. En 1943, ce double jeu avec les représentants des Alliés ne pouvait que servir les intérêts de la firme. Quelque chose ne colle pas dans la version de mon géniteur, qui d'ailleurs glisse sans insister sur cet épisode. Le ton de sa voix trahit son amertume. Une fois de plus, le *pauvre Michel* n'avait pas eu de chance ; il s'était embarqué dans une aventure douteuse que ses supérieurs avaient condamnée après l'avoir encouragée. En partant pour l'Espagne, savait-il lui-même dans quel camp il se trouvait ? Ce sont ses initiatives malencontreuses que Michelin a dû sanctionner. Un ratage de plus.

« Le destin… reprend-il avec un vague sourire. Mon hôte était un grand mondain, rougeaud, sans une pensée dans le crâne : la chasse à courre, le golf, le bar surtout, et des discours fumeux, ponctués de gestes amples. Il s'écoutait parler mais, comme il ne disait rien, il n'entendait que du vide… Ça t'amuse, hein ? Je ne manquais pas d'esprit, à ton âge, je faisais volontiers rire, surtout les femmes… Anoff était lasse, elle aussi, de l'entendre mouliner de l'air. Nous nous sommes plu, nous nous sommes aimés. Un jour, le mari est entré à l'improviste, nous a surpris. Il m'a chassé, toujours ses grands airs : Dehors ! Sortez tout de suite de ma maison ! Ce qu'il n'avait pas prévu, c'est que sa femme prendrait ses cliques et ses claques et me suivrait. Il en est resté comme deux ronds de flan… Nous avons un moment habité Vichy, puis nous avons gagné Paris où nous nous sommes mariés civilement, en 1943. Par un cousin, directeur d'une compagnie d'assurances, j'ai pu obtenir un appartement avenue Victor-Hugo, à deux pas de la place… Un endroit superbe. Nous donnions des réceptions, des fêtes magnifiques. En 1945, quand les Juifs sont rentrés… » Je pense : pas ça, tout de même pas ça ! Pourquoi pas *ça*, au fait ? « L'immeuble appartenait soi-disant à l'un d'eux, revenu d'Allemagne. Naturellement, il a fini par avoir gain de cause ; j'ai dû *lâcher* mon logement pour déménager dans la villa Niel. » *Fini* ? Il y a donc eu procès ? « La Compagnie s'est défendue, bien entendu, rétorque-t-il. L'affaire a traîné jusqu'en 1952. » Je m'interroge : quand, dans sa vie, y a-t-il eu quelque chose de propre ? Je garde mon immobilité, je grimace un sourire fatigué. Ni tristesse ni dégoût : c'est plus sournois, plus physique. Il radote son ignominie ; il profère des horreurs d'un ton paisible. Le mot qui le peint le mieux ne serait-il pas le plus simple : *raté* ?

Nous mangions au restaurant, Cándida et moi. D'un ton distrait, elle m'avait demandé de ses nouvelles ; je lui répondis que je ne l'avais pas revu depuis 1954. Après un bref silence, elle voulut savoir s'il avait eu des enfants avec sa deuxième femme. « Non, lui dis-je, Mathilde et Pierre sont du premier lit d'Anoff. » Soudain, jetant sa tête en arrière, elle avait éclaté d'un rire joyeux : « Ah, le con, s'étouffait-elle. Il n'a pas été fichu de s'occuper de son fils et il s'encombre de... Pardonne-moi, c'est trop drôle ! » Elle ne parlait guère de lui, y faisait rarement allusion ; dans une de ses lettres, j'avais relevé cette phrase : « Il était juste assez méchant pour que je m'intéresse alors à lui. », allusion aux rengaines masochistes dont sa jeunesse fut bercée. La folle ne témoignait d'aucune complaisance envers ses vingt ans. « Des idiotes », tranchait-elle, parlant des femmes de sa génération. Avec la guerre, sa vie avait basculé ; elle avait appris à travailler ; elle s'était pliée à la discipline des horaires, à l'atmosphère du bureau. Au fil des ans, elle avait perdu de vue celle qu'elle avait été, futile et munificente. Elle condamnait son insouciance passée avec une sorte de rage. Elle conservait certes des tics, des habitudes de luxe, mais elle y mettait une certaine hauteur. Lui n'était pas capable de ce recul. La défaite et l'Occupation avaient glissé sur lui sans entamer sa superbe. En l'écoutant évoquer ces années d'humiliation, je me demande : il se proclame nationaliste, chauvin même, comment le plus élémentaire sentiment patriotique ne l'a-t-il pas arrêté ? Il ne cesse de célébrer la France, de se lamenter sur sa grandeur évanouie, mais de l'invasion de ses terres par une armée étrangère, de la dureté d'une occupation, pas un mot. On dirait qu'aucun Allemand n'a croisé sa route de 1940 à 1944. Peut-être n'a-t-il aperçu ni les drapeaux nazis sur les monuments, ni les panneaux en allemand aux carrefours des rues, ni les uniformes sur les trottoirs ? Peut-être n'a-t-il rien vu que sa rancune enfin satisfaite ? Il se marie à la mairie du XVIe en 1943, et s'installe avenue Victor-Hugo dans un bel appartement rendu vacant. Il y donne des fêtes et des réceptions. Il ne redoute pas d'être envoyé au STO puisque son usine du Pré-Saint-Gervais travaille pour l'occupant. Il se concilie par ailleurs les bonnes grâces de militants communistes à qui il laisse entendre que son emprisonnement dans l'Espagne franquiste... Il a été *presque* résistant, non ? N'abrite-t-il pas des réfractaires au STO dans ses ateliers ? Pas plus que dans son enfance ou sa jeunesse, le *pauvre Michel* ne fait, en la circonstance, montre d'originalité. Il louvoie, flaire le vent, navigue entre les écueils. Michel demeure enraciné dans le vichysme, son terreau. Il se persuade qu'en 1945 une affreuse injustice a été accomplie. « Je suis allé sur les Champs-Élysées pour applaudir le général de Gaulle, lors de la Libération. Derrière lui, des milliers de Rouges défilaient, brandissant le poing fermé. Un spectacle désolant ! D'ailleurs, c'est de Gaulle qui a ramené les communistes dans son bagage. » Je ne proteste pas. Tel je l'ai découvert en 1953, tel je le retrouve en 1995.

Je continue de promener le vieil enfant. Longeant la Seine en taxi, il m'a confié qu'il n'était jamais monté à bord d'un bateau-mouche. « Ça doit être beau, la Seine, les palais, Notre-Dame. » Le dimanche suivant, je réserve une table pour deux. Croisière merveilleusement absurde : je savoure l'ironie de la situation. Des armées de Japonais mitraillent le paysage avec des exclamations rauques ; les serveurs circulent entre les tables au son d'une musique d'aéroport. Nous sommes assis face à face, le père et le fils, avec, sur nos lèvres, un sourire conciliant. Je n'étais, moi non plus, jamais monté sur un bateau-mouche, je trouve tout à fait naturel, dans la logique folle de ma vie, de le faire aujourd'hui en compagnie du *pauvre Michel* qui, enchanté, écarquille les yeux, me montre tel ou tel coin. Il mange de bon appétit, apprécie le vin, grimace en regardant les étrangers. « Quand je pense au chemin que tu as fait depuis la rue Castelló ! soupire-t-il tout à coup. En lisant tes livres, ceux surtout que tu as consacrés à l'Espagne, je reste saisi. Ibères, Celtibères, Wisigoths, Almoravides, tu te meus là-dedans ! Tu tiens de ta mère, naturellement : c'était une femme intelligente. Je ne suis pas bête non plus, remarque. De son côté à elle, tu as des ancêtres ; ma famille n'est pas non plus vulgaire... Je sais gré à Stéphane d'avoir continué ce que j'avais commencé. — Rita m'a beaucoup aidé, dis-je. — Rita, lâche-t-il, dans un souffle de mépris, Rita, c'est rien, un zéro ! » Je ne me cherche pas des excuses ; je ne m'accorde aucune justification : je ne l'ai pas tué. Le souffle coupé, je le contemple. Noyé de haine, l'œil noir écrase, piétine. Il devait avoir ce regard-là le jour où il est entré dans le commissariat de Clermont. Soulevé, emporté par une vague de fureur meurtrière. « Une bonniche », crache-t-il. De quel fond remontent ces vomissements de fiel ?

Le souvenir me revient. C'était après la mort de Stéphane.

Une semaine avant les fêtes de Noël, nous l'avions transporté de Paris à ma maison du Gard. Rita avait fait le voyage dans l'ambulance, tenant sa main, l'aidant à boire, essuyant son front. Elle ne vivait plus depuis des semaines, hébétée. Elle ne comprenait pas ce qui lui arrivait, elle ne cherchait d'ailleurs pas à comprendre ; elle s'en remettait à moi du soin de penser et d'organiser. Ils étaient arrivés tard le soir, après un voyage exténuant de plus de dix heures. En voyant l'état du malade, le médecin crut qu'il ne survivrait pas trois jours. Il tint plus de deux mois, avec des moments de bonheur : les repas de fête, les vins. Très droit dans sa chaise roulante, un foulard de soie autour du cou, il gardait son regard d'enfant pour lorgner le foie gras ou le gigot ; il souriait, béat, en dégustant un bourgogne. Nous lui avions installé une sonnette reliée au couloir de nos chambres ; quand la douleur dépassait le seuil du supportable, il appelait ; Jérôme lui faisait sa piqûre de morphine. Il remerciait avec un sourire : « Mon bienfaiteur », disait-il à Jérôme en lui tapotant la main. Il restait tel qu'il avait été toute sa vie : réservé, paisible, courtois. Pas une plainte. Mais la honte de se montrer nu devant nous, d'avoir besoin de notre aide pour ses commodités. Au début de janvier, ses appels devinrent plus fréquents ; ses mains caressaient son ventre. Une expression de désarroi se peignit dans son regard. « C'est un cancer, Mike ? » Que désirait-il entendre ? « Absolument pas, dis-je. Un très mauvais ulcère. Bientôt, tu seras debout. » Il me prit la main, la serra : « J'ai confiance en toi, Mike. »

Le matin, nous roulions sa chaise sur la terrasse, nous l'installions dans un recoin à l'abri du vent, au soleil. Agenouillé, j'enterrais les oignons de tulipes et il m'observait avec un léger sourire ; il comprenait les gestes humbles.

J'hésitais à me rendre à Bordeaux ; le médecin me conseilla de ne rien changer à mes activités. Cela pouvait durer un mois ou deux jours, impossible de prévoir. En rentrant de ma conférence, le soir, Jérôme me téléphona à mon hôtel, me conseillant de revenir ; je sautai dans le premier train, roulai toute la nuit, arrivai à la maison au petit jour. Stéphane ouvrit les yeux : « Tu es rentré ? Je suis content de te revoir. » Je pris ses mains : « Tu veux quelque chose ? » Il ferma les paupières, parut réfléchir : « S'il t'en reste, je boirais volontiers une goutte de champagne. » J'allai chercher deux coupes, les remplis, retournai près de son lit. Nous trinquâmes. « C'est bon ? » Il cligna des yeux : « Très bon. Je te remercie de tout, Mike. Sois gentil, prends soin de ta tante. » Je fis oui de la tête. « Mon père aussi est mort d'un cancer à l'estomac, murmura-t-il. C'est de famille. » Je ne le détrompai pas. « Va te coucher, Mike : tu dois être épuisé. Je suis content de t'avoir revu. » Trois heures plus tard, Jérôme me réveillait : « C'est fini. Il vient de mourir. » Je descendis l'escalier, entrai dans la chambre ; je posai ma main sur l'épaule de ma tante qui hoquetait, incrédule. Le visage de Stéphane conservait une expression de souffrance ; sa bouche faisait un pli d'amertume.

Dans les jours qui suivirent le décès, Michel téléphona. Il effectuait des démarches, nous envoya des documents et des attestations. Il s'occupa de l'ouverture du caveau, des formalités pour l'enterrement, et il assista à la mise en terre. Je lui sus gré de ses prévenances. Quand Rita insista pour faire paraître une annonce dans *Le Figaro*, j'y consentis sans réfléchir. Cela n'avait, à mes yeux, aucun sens. Elle y tenait cependant à cause de sa famille allemande, tout comme elle s'obstinait à ce que figurât la mention : « Membre du Racing », qui, pour elle, devait être une distinction honorifique. Quelques jours après, je dus téléphoner au *pauvre Michel* pour obtenir un renseignement : je ne compris d'abord rien à ses propos ; des cris, des hurlements, des insultes se déversaient dans l'écouteur. Il vitupérait, éructait, criait que cette bonniche allemande le couvrait de ridicule, qu'il se sentait *déshonoré*... Je compris, enfin, et je raccrochai. Le même homme, capable de dénoncer en pleine guerre une femme qu'il avait aimée, de l'expédier dans un camp, le même homme se sentait *déshonoré* par un manquement aux usages.

En descendant du bateau, place de l'Alma, Michel est à peine capable de traverser le quai. Il s'agrippe à mon bras. La sueur mouille son front, sa bouche s'ouvre pour aspirer l'air ; il n'arrive pas à parler, répond par signes à mes questions. Je l'aide à s'asseoir sur un banc, au soleil. En m'éloignant pour chercher un taxi, je me retourne : il se tient penché en avant, ses mains nouées autour de sa canne, le chapeau sur le front.

Dans la voiture, il continue de suffoquer. Plus sévère que la précédente, la crise dure aussi plus longtemps. Il appuie sa main droite sur sa poitrine : « Tu ne veux pas que j'appelle un médecin ? — J'ai ce qu'il faut là-haut. » Je lui offre le bras pour sortir du taxi. Il s'avance vers le porche à petits pas, courbé. Ses mains tremblent, je dois taper le code à sa place. Instinctivement, je vérifie que la vieille est toujours au même endroit. En croisant mon regard, elle hoche la tête avec un sourire. Elle n'a pas l'air inquiète ; elle paraît sûre que sa fille va rentrer d'un moment à l'autre. Je m'enfonce dans le vestibule, respire, une fois de plus, cette odeur rance. Qui, de la femme en canadienne rouge ou de moi, est le plus fou ?

Je m'apprête à rentrer dans ma maison pour les fêtes de Noël et, prenant congé de Michel, je m'interroge : le reverrai-je ? Patrice, mon cousin, les a invités, Rita et lui, à réveillonner chez lui, dans sa famille. Il ne passera donc pas Noël seul dans son appartement. Mon départ n'a pas l'air de l'affecter. Du moins n'en fait-il rien paraître : il a eu toute la vie pour s'habituer à mon absence. De mon côté, je me sens soulagé d'échapper à cette atmosphère. Toujours plongé dans ses comptes, persuadé que le syndic m'a roulé et que mon avocate s'est montrée naïve, il ne doute pas de mettre au jour l'escroquerie. Il continue aussi de rédiger le dossier à mon intention, y range des documents, des photos. Encore choisit-il les pièces, déchirant les lettres que la folle lui avait envoyées du camp. « Des lettres d'amour, trop intimes, explique-t-il avec son air matois, je ne pense pas qu'elles t'intéressent. » En réalité, il craint ma réaction : ne serai-je pas indigné qu'il ait laissé sans réponse ces appels de détresse ? Il a oublié qu'il me les avait montrées en 1954. En quoi sa lâcheté me fâcherait-elle davantage que son infamie ? Il ne cherche pas à reconstituer sa vie : il y apporte des retouches, essayant de rendre sa copie présentable. Il adoucit les faits, les diminue. Il me fait penser à un écolier à la veille de passer un examen. N'est-ce pas d'ailleurs une épreuve, la plus décisive, qu'il se prépare à affronter ? Il range, trie, met de l'ordre dans son passé. Il le fait sous mes yeux, troublé par mon regard qu'il ne parvient pas à déchiffrer. Souvent, je le surprends qui m'observe avec une expression de perplexité : que pense-t-il vraiment, disent ses pupilles noires, que cache cet air impassible ? Je comprends son inquiétude ; pas plus que lui je ne pénètre mes réactions ; j'assiste, étranger à moi-même, aux préparatifs de la mort. Je l'imagine seul la nuit dans cet appartement aux fastes délabrés, courbé au-dessus de ses papiers, égaré dans des comptes hallucinés, pris et repris par une maniaquerie sénile. À la pauvre lumière d'une unique ampoule, il se débat, cerné d'ombres, avec ses souvenirs. Il enrage contre lui-même, se chamaille avec un syndic fantomatique. Sa manie de l'ordre, sa fureur chicanière ajoutent à la confusion. Tout est simple, mais, parce qu'il refuse l'évidence, il complique, il obscurcit. Ses comptes, même un naïf de mon espèce les débrouille en un instant ; sa retraite suffit tout juste à payer le loyer ; il lui manque de quoi régler tous les autres frais ; il ne peut donc garder ce logement, et c'est ce qui le panique. Je sais ce que déménager signifie à son âge. J'ai connu le désarroi de Rita quand elle a dû abandonner l'appartement du quatrième pour s'installer au sixième, dans son deux pièces. Ce ne sont pas tant les souvenirs qui attachent le *pauvre Michel* à la villa Niel : c'est le maigre souffle de vie qui lui reste. On ne change pas, à son âge et dans son état, de domicile ; on se résigne, en partant, à mourir. Il se rebiffe, s'invente des complots. Il se cramponne à moi également. En travaillant au dossier qu'il me destine, il voudrait me persuader qu'il a *souhaité* être mon père ; il se heurte pourtant à l'implacable réalité : il a toujours été absent, il a fui toutes ses responsabilités. Ce qui l'épouvante, c'est que je publie des livres, que les journaux citent mon nom, que ma voix résonne sur les ondes, que mon visage apparaît de temps à autre sur les écrans. « Qui aurait cru... ? », chuchote-t-il, la tête inclinée sur sa poitrine. Poursuivant sa méditation, il lâche d'un ton de perplexité : « Tu as des manières, de la distinction, je me demande de qui tu les tiens. » Il ne conçoit pas qu'un autre que lui ait ce qu'il appelle de l'éducation, surtout pas son aîné qu'Anoff et lui ont toujours tenu pour un benêt. Je le laisse divaguer sans réagir. Au bout d'un instant, il retourne à son dossier, se demande comment cette débandade a pu se produire. Surtout, il souffre dans sa vanité. Notre séparation l'a privé des retombées d'une notoriété qu'il imagine flatteuse. Qu'il aurait donc aimé parader dans les salons en glissant, mine de rien : « C'est mon fils. » Une fois de plus, il se sent floué. Avec hargne, il mesure sa solitude. Personne auprès de lui que ce fils qu'il a trahi, laissé mourir. Avec Anoff, ils ont tricoté une existence de fiel et de clabauderies, de calculs et de ruses. Ils n'ont pas eu d'amis : mais comment auraient-ils pu en avoir ? « C'était dur, tu sais, ces dix dernières années, j'ai dû m'occuper d'elle jour et nuit. Pierre, qui ne m'aimait pas beaucoup parce que je lui avais pris sa mère et l'avais séparée de son père, Pierre a fini par se rendre compte de tout ce que je faisais pour elle. Il a changé d'attitude à mon endroit. À la fin, j'étais vanné, à bout de forces. Elle se montrait exigeante, elle n'arrêtait pas de m'appeler, de demander ceci ou cela, sans égard pour ma santé. Tout l'argent que j'avais mis de côté pour ma vieillesse est parti en soins, en médicaments, en garde-malades, en infirmières. — Elle touchait une bonne retraite, non ? — Penses-tu ! Chez Dior, elle gagnait une misère.. Elle n'a jamais eu d'argent. Quand je l'ai rencontrée, sa fortune était fortement entamée, l'hôtel particulier de Neuilly hypothéqué et à moitié mangé... Du vent ! » Il a son ricanement des mauvais jours. Même sa chimère du *beau parti* a tourné à la déconfiture. « Remarque, c'était une vraie femme du monde ; dans un salon, au bout de quelques minutes, on aurait cru que c'était elle qui recevait ! De l'allure, le meilleur ton. J'ai toujours été attiré par les femmes magnifiques. Mathilde a souffert toute sa vie de la comparaison avec sa mère. Il suffisait à Anoff de paraître pour qu'on ne la voie plus. Courte, boulotte, le genre province endimanchée, tu vois ? » Il ne peut ouvrir la bouche sans médire. « Entre 1943 et 1947, j'ai gagné pas mal d'argent. Des années fastes ; mon affaire tournait bien. » Je n'en doute pas. « Nous aurions pu vivre sans soucis jusqu'à la fin de nos jours. Mais Anoff était un panier percé, comme ta mère... Elle était habituée à la grande vie... Nous avons profité, nous avons connu des années magnifiques. Quand j'ai *lâché* l'avenue Victor-Hugo, je pensais que je ne resterais pas dans ce quartier. Et puis, on se fait à tout... » Mine de rien, il me sonde : à quoi ressemble ma maison ? Est-elle grande ? Combien de chambres ? Je le vois venir avec un écœurement triste : est-il possible qu'il ait voulu me revoir avec l'arrière-pensée... ? Au moment de prendre congé, sa main flasque glisse entre mes doigts, s'échappe.

Dans le taxi, je pense à la mort de ma folle, cloîtrée dans son appartement, rivée à son fauteuil, son chien sur les genoux, le téléphone à portée de la main, lucide jusqu'au bout, férocement lucide. Elle ne m'a pas appelé, elle n'a pas voulu que je la voie. Monstrueuse, réduite à l'impotence, elle a livré seule la dernière bataille. Pas un gémissement, pas une plainte ; une tyrannie inflexible exercée contre le malheureux Félix, son esclave. Aucun calcul cependant, nulle tentative pour m'apitoyer. Une attitude d'orgueil dans une atmosphère de désolation, irrespirable. Chez le *pauvre Michel*, le délabrement du décor garde un caractère étriqué. Il règne partout un ordre triste. Ses colonnes de chiffres traduisent sa seule préoccupation, de sa jeunesse à sa vieillesse : toute sa vie, il s'est trompé dans ses comptes. Je suis né d'une erreur de calcul.

Devançant mon appel, Michel me téléphone pour me souhaiter une bonne année. C'est la première fois en quarante ans que nous échangeons des vœux. Il a l'air tout heureux d'avoir pu composer mon numéro. Il me raconte son réveillon chez Patrice, entre Louise et leurs trois filles ; après le dîner, mon cousin les a promenés, Rita et lui, dans Paris pour leur faire admirer les illuminations. « C'était magnifique, me dit-il. Il y a des années que je n'avais pas vu Paris la nuit, avec les décorations, les guirlandes. » Je pense : que reste-t-il à la vieillesse, sinon des éblouissements d'enfance ? « Quand reviens-tu ? J'espère être encore là à ton retour… »

Il sera là, oui, mais à Foch, dans le service de médecine interne. Je prends le train à Saint-Lazare. Je le retrouve dans une chambre à deux lits qui domine Paris, en contrebas. Un voile de brume nimbe la Seine, estompe la ville. Assis dans son lit, Michel me tend la main avec un coup d'œil en coin vers son voisin, un petit homme squelettique, veillé par une matrone coiffée d'un énorme chignon. « Vous venez voir le Papé ? me demande-t-elle avec un fort accent méridional. Peuchère, il s'ennuie... — Vous êtes du Midi ? — De Tarascon, oui. — J'habite Nîmes. — Ma sœur vit à Anduze, je connais bien la région... Eh bien, lance-t-elle, tournée vers le *pauvre Michel*, qui la foudroie des yeux, on est heureux de voir le fiston, pas vrai ? — Que veux-tu ? chuchote-t-il en espagnol, il faut supporter cette *gentuza* (racaille). » Il n'a pas le regard traqué de son frère. Dans ses prunelles on discerne la méfiance et le refus de la mort. Il me raconte que, pris d'un malaise, il est tombé chez lui ; les pompiers l'ont transporté à Foch où il a déjà effectué plusieurs séjours : « On voulait me conduire à Ambroise-Paré, j'ai rouspété, j'ai montré ma carte. Ils ont fini par céder... Impossible de rien tirer des médecins. Ils paraissent compétents, remarque. Mais ils ne vous disent rien. Ils me font toutes sortes d'examens, ils cherchent quelque chose dans ma gorge. J'aimerais savoir combien de temps ils veulent me garder ici. Ce n'est pas que je sois mal, non. Mais... — J'irai leur parler. — À toi, ils répondront sûrement. Tâche de savoir ce que j'ai. » Le chef de service ne fait aucune difficulté pour me renseigner : l'état cardiaque de Michel se complique de son insuffisance respiratoire ; les chutes sont probablement dues à des troubles de l'équilibre d'origine neurologique ; par ailleurs, une exploration a fait apparaître un nodule au larynx, qui explique ses enrouements, ses extinctions de voix. « S'il souhaite rentrer chez lui, lâche le médecin, petit homme rond et jovial, je n'y vois pas d'inconvénient. De toute manière, nous ne pouvons pas le garder ici. Il est exclu, vu l'état de son cœur et son âge, que nous opérions sa gorge. J'ai consulté son dossier ; ça fait trois ans qu'il est en sursis. » J'ai compris : « Vous ne l'admettrez plus dans vos services, c'est bien ça ? — Sa place est désormais en gériatrie, il dépend de l'hôpital de secteur. Nous ne traitons ici que les états aigus, non les chroniques. Or, votre père... » Je marche dans le couloir en me demandant comment présenter la chose à Michel qui attend avec impatience mon retour. Il ne se fait aucune illusion, comment le pourrait-il ? mais il refuse l'échéance. « Deux, six mois, ne cesse-t-il de dire, c'est toujours ça de pris. » Je choisis de ne lui avouer que la part optimiste du diagnostic : il est libre de rentrer. La nouvelle le comble ; il me demande de prendre dans la poche de son veston les clés de l'appartement, de lui apporter des vêtements propres. « Lucy a dû déposer le linge sur la table de la cuisine. S'il n'y est pas, va chez elle. Elle habite à deux pas, rue Pierre-Demours. » Ces gestes, en apparence naturels, me causent une impression pénible. Au moment de glisser ma main dans la poche de la veste, j'hésite, je retire les clés avec appréhension. Je me retourne, mon regard rencontre le sien ; comment discuter avec un cadavre ? Ce malade n'est ni mon géniteur ni le *pauvre Michel.* Il n'a plus figure humaine. Pourtant, les yeux épient mes gestes ; la prudence aiguise sa lucidité ; « Pierre est venu te voir ? — Une fois ou deux, en passant. Tu le rencontreras peut-être. Anoff ne l'aimait guère. Il ressemble à son père, haut, massif, les traits bouffis. Il se donne de l'importance, brasse du vent, fait des phrases à n'en plus finir. Il joue au golf, passe ses journées au bar, toujours entre deux verres. Il est bête surtout. Pas mauvais, non : borné. La tête, c'est Mathilde, sa sœur. Je lui en ai voulu de partir en me laissant seul. Je pensais qu'elle avait de l'affection pour moi. Je ne dis rien pourtant ; je ne peux rien dire. »

Deux jours plus tard, je rencontre Pierre, qui est bien tel que mon géniteur l'a décrit. Sa politesse l'embarrasse autant que son physique. « Serrez-vous la main, dit mon géniteur d'une voix mouillée. Je voudrais que vous vous entendiez bien entre vous. » Je pense : nous voilà repartis dans l'imagerie biblique. Je n'ai aucune raison de me montrer agréable ou désagréable vis-à-vis de Pierre. Il a sa vie qui, si j'ai bien compris, tourne autour du golf et d'une *compagne*, Michel a souligné le mot à mon intention. « Une minuscule femme, une naine. Elle était infirmière ou quelque chose de ce genre, a-t-il jeté avec son air dédaigneux. » De son lit d'hôpital, il poursuit son entraînement du mépris.

Nous sortons ensemble de Foch, Pierre et moi, et, tout en marchant, j'écoute ses remerciements, ses excuses, ses explications. Je le rassure : ce ne sont pas ses interventions qui m'ont décidé à revenir voir Michel. C'est quoi, au fait ? Il insiste pour me raccompagner en voiture, il me déposera à la Muette où je prendrai un taxi. C'est déjà le printemps. Bas et gris, le ciel déverse des averses capricieuses. Tout en conduisant, Pierre s'inquiète ; Michel n'est plus en état de vivre seul dans son appartement ; ses ressources ne le lui permettent d'ailleurs pas. Pour s'assurer du paiement des loyers dus, le syndic ne risque-t-il pas de procéder à une saisie conservatoire des meubles ? « Moi, je ne veux rien, se hâte-t-il de préciser. J'aimerais juste récupérer une vitrine de style hollandais qui appartenait à mon père et que j'ai toujours vue dans mon enfance. Elle n'a pas grande valeur mais c'est un souvenir. » Il y a aussi, dans l'appartement, deux ou trois pièces qui appartiennent à sa sœur. Je comprends, dis-je, alors que j'entends à peine. « Je n'aimais pas beaucoup Michel, dit-il. Mon père l'avait accueilli chez lui à son retour d'Espagne, en janvier 1943. Il lui avait offert l'hospitalité, l'avait dépanné.

J'aimais mon père et j'ai trouvé que la conduite de Michel... Je suis resté plusieurs années sans revoir ma mère à cause de lui. J'ai fini par me rendre villa Niel parce qu'elle semblait malheureuse de notre éloignement. » Nous traversons le bois de Boulogne, je regarde les arbres qui commencent à verdir, rien qu'une nuance, le débourrement des bourgeons. « Mathilde, elle, était en admiration devant Michel. Elle les a suivis à Paris cependant que je restais avec mon père. » Dans son ton perce le ressentiment de l'adolescent qu'il était alors, et ce frémissement me le rendrait presque sympathique. « Toutes deux étaient amoureuses de lui. Il leur paraissait auréolé de prestige parce qu'il avait été en prison. Il laissait entendre... Il n'affirmait pas, non, c'était vague. À la veille de la Libération, il y avait tout un mythe autour des combattants de l'ombre, des résistants. Il a créé son usine avec l'argent de ma mère, il a tout perdu. Dans sa vie, il n'a pas réussi grand-chose ; elle disait toujours le *pauvre Michel*. Je dois reconnaître qu'il s'est très bien occupé d'elle à la fin de sa vie. Ç'a été très dur pour lui, d'autant qu'il était lui-même en piteux état. Maintenant, il est au bout du rouleau. Pendant votre absence, il a encore fait deux ou trois chutes. La chance a voulu que je sois à Paris, j'ai pu venir chez lui et l'aider à se relever. Mais je ne suis pas toujours là, vous, vous avez vos occupations ; il pourrait agoniser par terre sans que personne s'en aperçoive. » En me déposant à la station de taxis, il me demande si j'accepterais de dîner chez lui, rue du Ranelagh, à la fortune du pot. Je dis oui sans réfléchir : au point où j'en suis…

« C'est fou ce que vous lui ressemblez ! » Courte et robuste, les cheveux blonds, l'œil bleu, Lucy m'examine. « Entrez, je vous prie... J'ai travaillé plus de vingt ans chez eux, je me suis occupée de Madame jusqu'à sa fin. Elle n'acceptait que moi pour la lever, la mettre dans son fauteuil, la coucher le soir. Si quelqu'un d'autre la touchait, elle hurlait. Tout ce temps, je n'ai *pas une fois* entendu parler de vous, j'ignorais votre existence. Il y a trois ans, quand ils remplissaient leurs dossiers pour la maison de retraite... Mme Mathilde a dit : "Il n'y a qu'à signaler l'existence de ton fils, il paraît qu'il possède une propriété dans le Midi : il peut quand même payer !" J'ai alors posé la question à M. Pierre : "M. Michel a un fils, c'est vrai ?" Il a fait un geste vague : "Oh, on ne sait même pas si c'est son fils." » Les propos de Lucy me montrent, de l'intérieur, les calculs, les manœuvres. Je ne suis pas surpris ; peiné ? Toujours cette vague nausée. J'ai appris à connaître mon géniteur... C'est alors qu'il m'a envoyé une première lettre, m'annonçant qu'il avait dû... qu'il tenait à m'en informer lui-même. Je me revois Aux Ministères, face à Patricia dont j'entends encore la réaction : « C'est assez répugnant, oui. » Dans le même temps, le *pauvre Michel* téléphonait à Rita. Il poursuivait une offensive de charme, il... À quoi bon, je pense, se demander quelle part de sincérité il y a dans son attitude ? Plus misérable que retors, me dis-je tout en bavardant avec Lucy et Manuel. Comment ai-je pu imaginer... ? La folle aussi avait eu affaire à trop forte partie. Je retrouve également Mathilde, telle que Joaquín la découvrait en 1955, avec son assurance et son cynisme. Je repense à ses coups de fil larmoyants. Elle n'a pas lâché prise : il n'était pas difficile de me berner, il est vrai. Je crois l'entendre : « J'en ai assez fait pour Michel, c'est tout de même son fils, non ? » Plus court d'esprit, son frère reprend le mot d'accueil du *pauvre Michel*, gare d'Austerlitz. En quarante ans, rien n'a changé ; vieillis, les personnages restent tels qu'ils étaient. Au fond, mon géniteur a rencontré la femme qui lui convenait. « Vous aussi, dit avec un sourire entendu Manuel, le mari de Lucy, un gaillard haut et large, vous avez eu des difficultés avec votre père ? J'ai vécu la même chose. » J'acquiesce, échange un sourire avec lui. Je conclus un arrangement avec Lucy : elle continuera de passer villa Niel matin et soir, de préparer les repas du *pauvre Michel.* « On peut dire, lâche-t-elle avec des rires, qu'ils étaient des bourgeois, Mme Anoff et votre père ! Racistes, ils détestaient les Noirs surtout. C'est elle qui portait la culotte, il filait doux... Elle jouait au bridge avec des amis, rue Pierre-Demours. Lui chassait en Sologne. Ils allaient au golf avec M. Pierre. Elle ne l'appréciait pas beaucoup, son fils, madame ; elle l'accusait de boire. Il ne les aidait pas, disait qu'il n'avait pas d'argent... Moi, je l'aimais bien, Madame. Ça ne prenait pas avec moi, ses grands airs... Depuis des années, ils passaient leur temps à faire des comptes, ils empruntaient à droite et à gauche, ils vendaient des meubles, des bibelots. Ils étaient là, assis devant la cheminée, deux petits vieux ratatinés, en train de calculer. Ça faisait peine à voir... — Ça ne me fait aucune peine, à moi, lâche Manuel, renfrogné. Tu t'imagines qu'ils ont eu pitié des autres, eux ? Regarde monsieur : tu dis toi-même qu'ils n'ont pas une fois mentionné son existence. Et maintenant qu'il a besoin de lui... Vous avez du mérite à vous occuper de lui, ricane-t-il en me fixant. Moi, je n'ai jamais voulu revoir mon père... Je n'ai aucune pitié pour des gens comme ça, crache-t-il, tourné vers sa femme. — C'est pas leur faute, soupire Lucy en haussant les épaules. Ils ont toujours eu de l'argent, ils ne savent pas ce que c'est d'en manquer. La grande vie, ça marque, forcément. — Ce n'est pas une raison pour les plaindre. Tu crois qu'ils t'auraient aidée, toi, si tu avais eu besoin d'eux ? — Ils m'ont toujours payée. — Il ne manquait plus qu'ils ne te paient pas ! ricane Manuel. — Elle était égoïste, Mme Anoff, mais égoïste ! Il n'y avait qu'elle, et son Michel : elle ne le lâchait pas. S'il descendait acheter son journal, elle l'engueulait parce qu'il tardait à rentrer. »

Je monte dans l'appartement prendre quelques objets dont mon géniteur a besoin. Je passe par la cuisine, un cagibi étroit, avec une fenêtre minuscule, flanqué d'un réduit qui sert d'office. Je n'ai pas allumé la lumière. J'erre dans le salon, dans la chambre, sans oser toucher le moindre objet. Craindrais-je une contamination ? Le décor n'est pas sale pourtant ; défraîchi, certes, mais rangé. Mon recul n'est pas dû aux meubles ni aux bibelots, mais à leur implacable froideur. Je prends les lunettes, le foulard, et je me hâte de fuir ces lieux.

Revenu chez lui, l'état de Michel se dégrade vite. Il n'a plus la force de sortir et nous mangeons dans l'appartement. Nous nous retrouvons dans le décor et à la place exacte où nous étions il y a quarante ans. L'unique photo que je possède de nous deux, prise par Pierre au cours d'un dîner, en 1953, nous montre assis côte à côte, nos visages tournés vers l'objectif ; le *pauvre Michel* arbore un sourire satisfait, j'ai ma tête des mauvais jours, deux plis d'amertume aux coins de la bouche. Il s'agit moins d'un portrait que d'un document. Il y a longtemps que je considère ma vie avec une curiosité détachée. C'est sans doute ce qui trouble mon géniteur. Nous bavardons de choses et d'autres ; le cœur n'y est pas : comment pourrait-il y être ? Je réponds aux questions, je m'efforce de sourire ; je suis à mille lieues de ce décor défraîchi. Où ? Dans un livre qui se compose dans ma tête, dans mes entrailles, et dont je cherche le titre. « Dommage, lâche Rémi de son ton le plus ironique, que *La Nausée* soit pris. » Il n'y a pas que l'écœurement pourtant.

« Tiens, dit mon géniteur avec un geste désabusé, pour te donner une idée de la manière dont j'ai été élevé : je devais avoir dix-neuf ans, j'avais rendez-vous avec un ami, j'ai oublié son nom ; auprès de ma mère se trouvait son frère, le père de Maxime, que tu as connu. Je le revois, redingote, col dur cassé, gilet d'ivoire, le lorgnon vissé. Je prends congé, il me demande : "De qui la mère de ton ami est-elle née ?" Je bafouille que je n'en sais rien. Je vois alors le monocle jaillir de l'orbite, cependant qu'une expression ahurie se peint dans l'œil de mon oncle : "Vous avez entendu, Claire ? Votre fils ne sait pas de qui est née la mère de son ami !" Tu te rends compte ? » De quoi devrais-je me rendre compte ? Que tente-t-il de me faire comprendre ? Qu'il revient de loin ? Son oncle s'appelait Robert Boulanger ; c'est un très beau nom, mais je ne suis pas sûr que le *pauvre Michel* ait conscience du ridicule de l'anecdote.

Mon géniteur tente en vain d'atténuer son infamie, que nous n'évoquons d'ailleurs pas. Sa conscience ne lui reproche rien : une tache sur le revers de sa veste. Il l'a cent fois brossée, il a essayé mille produits : elle s'étale, indélébile. Il s'aperçoit que je ne vois qu'elle, et il s'impatiente. À quel moment il a compris qu'il ne s'en débarrasserait pas, je ne saurais le dire. Sur le bateau-mouche peut-être, quand il s'est répandu en insultes contre Rita, ou, qui sait, avant. Il y a eu un instant où, s'asseyant après sa plaidoirie, il a compris que la sentence serait non seulement confirmée, mais très probablement aggravée. Plus de recours. Il ne connaît rien à l'écriture, il ignore comment les livres naissent, de quelle manière ils s'élaborent, mais il entend, un mot après l'autre, celui-ci se faire sous ses yeux. Il s'écrit depuis plus de soixante ans et, s'il n'a pas vu le jour avant, c'est qu'il y manquait son témoignage à lui. Il a alors tenté de le corriger, d'en modifier l'éclairage, d'échapper à la dureté des phrases. En se défendant, il s'aperçoit qu'il s'enfonce un peu plus. Une lueur d'incrédulité s'allume parfois dans ses yeux. Sa tête se tourne vers le dossier posé sur la table de bridge. Il a eu tort de le rouvrir, il a fait une erreur de calcul, une fois de plus. Aurait-il plaidé coupable, la cause était entendue ; il y avait prescription. Mais il a voulu finasser et, cédant à sa pente, louvoyer. Un pressentiment le prend à la gorge ; l'aveu du crime existe désormais, noir sur blanc, rédigé de sa main. Trop tard pour l'effacer, trop tard pour revenir en arrière. Baissant la nuque, il glisse vers moi ce regard sournois qu'il avait à sept, huit ans. Un soupçon traverse son esprit : c'est bien lui qui, depuis des mois, écrit ce livre qu'il entend, qu'il voit. Il cherche à déchiffrer mon expression. Aussi vide que le papier sur lequel il écrit : chacune de ses paroles s'enregistre, la moindre de ses attitudes.

Dans la pièce, toujours cette pénombre et, derrière les rideaux défraîchis, la pluie qui griffe les carreaux. Il est assis sur le canapé, tel que je l'ai retrouvé après quarante ans de séparation. D'un œil morne, il regarde droit devant lui. J'écoute son souffle. Je reste immobile.

Je continue pourtant de marcher.

Michel passe ses jours vautré dans le fauteuil, près de la cheminée. Lucy m'apprend qu'elle doit, le matin, l'aider à se lever, l'accompagner aux toilettes. Il néglige de se raser, il reste en robe de chambre, le front entre les mains. Il ne mange presque plus. L'intelligence cependant demeure : « Bientôt, je ne pourrai plus rester ici, chuchote-t-il. Lucy se plaint qu'elle n'a pas la force de me porter. Je me demande... Chez toi, tu n'aurais pas une petite place pour ton vieux père ? Je plaisante, bien sûr. » J'y ai pensé un moment, je l'avoue. J'ignore comment pareille idée a pu me traverser ; les sentiments, quand on les couche sur le papier, se rangent en ordre, s'enchaînent et se suivent. Dans la réalité, ils se mêlent. Jérôme a explosé : « Ah, non, par exemple. Ton oncle, ta tante, c'est naturel. Tu le leur dois. Mais lui, comment peux-tu seulement imaginer ? ... » Je n'étais pas très convaincu, c'est ma seule excuse. Quant à Rémi, il s'étouffe : « À quoi joues-tu ? Tu te prends pour le docteur Schweitzer ? »

« J'ai demandé à Patrice de repeindre la chambre de bonne, qui est assez spacieuse et se trouve de l'autre côté du palier. Je pourrais la louer à un étudiant. », murmure Michel. Au pied du mur, il se demande comment obtenir un délai. J'interroge mon cousin : « Je fais repeindre la chambre, oui. Mais comment veux-tu qu'un étudiant accepte de louer chez un vieillard qui tombe dix fois par jour et qu'il faut relever, soutenir ? Les étudiants ne sont pas des infirmiers. Quant à la maison de retraite, outre que ça coûterait la peau des fesses, il faudrait des mois avant d'obtenir une place. D'ailleurs, ce n'est pas d'une maison de retraite qu'il a besoin, mais d'un centre médicalisé. Tu l'as vu, Mike ? Il approche de la fin. — Où le mettre ? — Mon vieux Mike, je vais te dire : je regrette d'avoir insisté pour que tu le revoies. J'ai sincèrement cru qu'il avait des remords. Maintenant, je me demande… Écoute, quand tu étais sur le point de mourir de faim, après la guerre, s'est-il soucié de l'endroit où tu finirais tes jours ? Pardonne-moi de te parler brutalement : nous sommes en France, il existe des lois. Il ne mourra pas dans la rue. Tout ce qu'il risque, c'est de se retrouver à l'hôpital. L'autre, la belle-fille, avec ses jérémiades et ses grands sentiments, toujours dans le Midi, hein ? Elle a laissé le vieux et elle a filé ! » J'entends le rire nerveux de Patrice.

Je viens le voir deux ou trois fois par semaine, je lui apporte des livres, des friandises. « En 1953, chuchote-t-il, quand j'ai reçu ton télégramme, tu n'imagines pas quel choc ç'a été pour moi… J'avais un grand dîner ce soir-là, je m'en souviens. Je me suis éclipsé avant le dessert. Heureusement, Maxime était là et il a insisté pour m'accompagner. C'était une situation très, très violente pour un père. » Et pour le fils, y pense-t-il ? « Il y avait eu tes lettres que j'avais laissées sans réponse. Les flics ont même débarqué chez moi, avenue Victor-Hugo… Au fait, pourquoi ne m'as-tu pas téléphoné ? Mon nom et mon adresse figuraient à l'annuaire, je t'aurais parlé… » Je me fige : se moque-t-il ? A-t-il conscience de l'énormité de son propos ? Il n'est pas sot, loin de là. Il lui arrive pourtant de proférer des âneries stupéfiantes. En fait, il voudrait se persuader que, s'il m'a laissé choir, c'est parce que je m'y suis mal pris. Il n'est pas convaincu toutefois, il ébauche un geste pour dire : « Je sais bien que ça n'aurait rien changé. » Il en revient toujours à l'Espagne, avec une nostalgie furieuse : on dirait qu'il se reproche d'avoir aussi raté ça, sans qu'il sache lui-même ce que *ça* aurait pu être. Une autre vie peut-être ? Non avec la folle, leur amour était de toute manière condamné : la passion peut-être, la violence de vivre. « Avec Anoff, dit-il du même ton de murmure, ça n'a pas été toujours drôle... »

Son humeur s'assombrit de jour en jour, sa voix s'étouffe, sa toux se fait plus sèche. Il se plaint de sa gorge. Je dois l'accompagner aux toilettes, il marche à pas courts, en titubant. Il se moque pourtant de sa faiblesse, il plaisante, ricane.

Je lui ai téléphoné, ainsi que je le fais quand je ne peux pas aller le voir ; je reconnais à peine sa voix : une imploration rauque. « Viens vite... — Qu'est-ce qui se passe ? Tu ne te sens pas bien ? — Je suis tombé. » J'appelle un taxi, je me précipite villa Niel ; je le découvre par terre, devant la cheminée, couché sur le flanc, la joue sur le siège du fauteuil. Sa robe de chambre bâille sur un pyjama rayé, une barbe de plusieurs jours obscurcit ses joues ; ses rares cheveux se dressent en désordre au-dessus de son crâne ; il respire mal, à bout de souffle. J'imagine ses efforts pour se relever. Je m'agenouille, prends sa tête qu'il laisse retomber sur ma poitrine. L'après-midi touche à sa fin, la pénombre enveloppe le salon. L'absurdité du tableau me saute à la gorge. « Tu t'es fait mal ? — Non. J'ai appris à tomber sans me blesser. Si tu veux bien m'aider ? » Il passe le bras droit autour de mon cou. Je contemple la scène : le vieux père enlaçant le fils, se cramponnant à lui. Quel père et quel fils, pourtant ? « Tu crois que tu y arriveras ? — Accroche-toi bien, ça ira. — Sans ça, dit-il, va chercher de l'aide au café d'en face. Il y a toujours deux ou trois gars costauds, au bar. C'est ce que fait Pierre. » Je devine son appréhension ; ses deux mains s'agrippent autour de mon cou. Je prends mon élan, le soulève, l'assieds dans le fauteuil où il se laisse tomber, livide. « Merci, murmure-t-il. Tu es gentil d'être venu. »

Nous restons un instant silencieux, face à face. Il a posé sa joue contre sa paume, il appuie son coude au bras du fauteuil et il regarde droit devant lui. « En attendant de trouver une place dans une maison de retraite, il faudrait peut-être aller à l'hôpital, dis-je. — Tu le sais aussi bien que moi : à Foch, ils ne veulent plus de moi. Nulle part on n'acceptera un vieux machin ; un mouroir peut-être, et encore ! » Il baisse les yeux, fixe le parquet avec une expression farouche. Sa bouche se tord en une grimace d'amertume. « Et l'autre, là-bas, avec son Juif... Elle a vécu vingt ans dans mon foyer... » Il ressasse son mépris, il en veut à l'univers entier. « Elle me téléphone d'une voix doucereuse. Je dois me retenir pour ne pas lui crier... Tiens, passe-moi le dossier, sur la table ; je n'aurai plus la force de le terminer. Emporte-le, je ne veux pas que Mathilde ou Pierre y fourrent leur nez. Ça ne les regarde pas. »

C'est un gros dossier renfermant une dizaine de chemises ; la première porte la mention manuscrite : *Brouillon*. « Je souhaitais le mettre au propre, dit-il en le feuilletant. Tu trouveras tout, les dates, des lettres. Tiens, regarde ! » Il me tend une feuille jaunie : la note d'honoraires d'un médecin de Vichy, appelé à mon chevet en 1939. Je la saisis du bout des doigts, la déplie sans rien dire. Serions-nous dans une de ces maisons de province où l'on conserve tout, où les paperasses s'entassent dans les greniers, je ne serais pas surpris. Mais il n'a gardé qu'une trentaine de documents, soigneusement triés. Se rend-il compte de la bassesse de son geste ? Pense-t-il en être quitte avec son fils parce qu'une fois dans sa vie il a payé un médecin ? Je garde les yeux baissés, j'évite de le regarder. « Tu avais une pneumonie, j'ai fait venir le meilleur médecin. » Il a l'air fier de sa munificence. Absorbé dans la lecture d'un document, il hoche la tête : « Je t'ai écrit cette lettre à

Cuverville. Elle est dure, elle me fait mal. J'espère que je ne l'ai pas envoyée. » Il finit par la ranger dans le dossier dont il extrait une autre pièce : la facture d'un grand couturier pour un manteau commandé par ma mère, en 1930. « Elle choisissait toujours ce qu'il y avait de plus cher. Évidemment, elle avait des habitudes de luxe. Elle portait bien la toilette, avec arrogance. Au fait, tu sais ce qu'est devenue la fortune de ses tantes paternelles ? — Elles l'ont laissée à leur paroisse, pour les indigents. — Elle en parlait, ta mère, de ses tantes et de leurs millions ! Nous sommes allés les voir à Grenade, j'ai même connu la propriété de ton grand-père, dans la Vega. "La Mona", la Jolie, n'est-ce pas ? Trois récoltes par an, je n'avais jamais vu ça ! J'ai connu tout le monde... » Je lui rends ses attestations qu'il glisse dans le dossier avec précaution. « Elle a fini par épouser un électricien, paraît-il. » Il secoue la tête, ébauche une grimace : « Une femme pareille, avec les atouts qu'elle avait !... Il y a eu la guerre, bien sûr. Elle aurait pu se tenir à l'écart, attendre... » Je ne fais pas le moindre commentaire.

« Tu ne me laisseras pas tomber, hein ? » Il se penche, me serre la main, très fort, me fixe, implorant. Il fait un effort pour se relever, chancelle, parvient à se redresser « Viens, qu'on s'embrasse une fois dans la vie ! » Je me rapproche de lui, m'incline, lui donne l'accolade. Heureusement, il ne distingue pas mon visage.

Je ne marche plus : je cours.

Au restaurant, Rémi me dit avec une expression de colère : « Tu penses continuer longtemps comme ça ? — Il n'en a plus pour longtemps. — Tu veux que je te dise ? Qu'il crève ! Regarde un peu la tête que tu as ! — La pitié t'étouffe, mon bon. — Ce qui me reste de pitié, je le garde pour moi ! », claironne-t-il en imitant Feuillère, son idole. Il a gagné, j'éclate de rire. « Sérieusement, reprend-il, je trouve ton attitude pitoyable. C'est un assassin. Et tu lui donnes l'accolade ? Pourquoi ne pas l'embrasser sur la bouche tant que tu y es ? — Je ne suis pas nécrophile. — Je me le demande, figure-toi. » Au dessert, son ton change : « Tu pourrais téléphoner à Parey, dit-il. Il dirige un service de gériatrie, à Saint-Denis. — Tu crois qu'il le prendrait ? — Par amitié pour toi, oui. Mais il n'accepte dans son service que les malades qu'un autre médecin lui adresse. — On tourne en rond. — C'est bien Franchey, le cardiologue de ton père ? » J'acquiesce. « C'est aussi celui de Cécile et de Maurice, son cabinet particulier se trouve boulevard Malesherbes. Un type bien. Puisqu'il soigne ton père depuis des années, il acceptera sûrement de remplir son dossier. » Je souris : « Tu es futé. — Oh, là, là, c'est rien de le dire. »

Je cours sur le boulevard Malesherbes. Humide et chaud, le temps ajoute à ma fatigue. Je voudrais me cacher dans un coin et pleurer, pleurer à m'en abrutir. Je n'en peux plus de traîner ma honte. Je m'assieds sur un banc, j'essuie mon front. Je pense : c'est grotesque. Tout, depuis le premier jour, est ridicule. Je m'écroule à la terrasse d'un café, bois un demi. A-t-on vu une victime s'épuiser pour secourir son assassin ? Je regarde la foule sur le trottoir, je respire l'air tiède.

Malgré l'épouvante qui me saisit, mon affolement est sincère : le *pauvre Michel* a le droit de mourir décemment. C'est *malgré tout* mon père, non ? Depuis des semaines, je suis assailli de toutes parts ; Pierre me harcèle au téléphone et, d'un ton de plus en plus anxieux, me répète que Michel ne peut pas rester chez lui ; la concierge, quand je passe prendre son courrier, répète : « Il faut qu'il parte ! Il n'arrête pas de tomber, il risque de mourir seul, abandonné. » Lucy se plaint qu'elle n'a pas la force de le porter. « Je l'ai fait pour Madame, je ne suis plus jeune. » On dirait que tous se sont donné le mot. Je devine qu'on souhaite que je prenne l'initiative d'un placement devenu inéluctable. Pour quels motifs, je ne le discerne pas. On me fait marcher, une fois de plus.

L'été approche : Pierre se prépare à quitter Paris ; moi-même, je devrai emmener Rita dans ma maison. Le *pauvre Michel* est dans l'incapacité de vivre seul. Quant à Mathilde, elle ne bronche pas, se contentant de surveiller de loin. Je m'aperçois que personne n'aime mon géniteur. Pas un parent, pas un ami. Tous veulent qu'il débarrasse le plancher. Le seul à le visiter, à l'assister et à l'aider, c'est Patrice, mon cousin. On ne peut pourtant pas dire que le *pauvre Michel* se soit beaucoup occupé de son neveu. Durant toute son enfance et son adolescence, pas une invitation, aucun repas de famille. J'en reviens toujours au constat horrifié de Joaquín et de Rita : l'avarice du cœur.

Le docteur Franchey me fait asseoir ; il m'observe un instant avec, dans ses yeux bleus, une lueur d'ironie bienveillante. « Voyons, que puis-je faire pour vous ? » Je pense : je dois avoir l'air d'un fou. J'ai surtout l'air de ce que je suis : un gosse perdu. Je parle un langage d'adulte, je tiens des propos raisonnables, mais mon expression est celle d'un enfant paniqué, qui ne comprend ni ce qu'il vit ni ce qu'il fait. Les yeux du docteur Franchey ne me quittent pas, ses lèvres me sourient. Mon regard ne rencontre pas un médecin mais un homme, attentif, compatissant. A-t-il deviné ma détresse ? « Soyez sans inquiétude. Je soigne votre père depuis plus de huit ans, je vais téléphoner à Parey qui est un ami, je lui faxerai un certificat... » Il décroche son appareil : en une minute, l'affaire est réglée. « Voilà, vous pouvez être tranquille, dit-il en raccrochant le combiné. Parey est un excellent médecin : votre père sera entre de bonnes mains... » Je bafouille un merci. Il me sourit : « Lors de sa dernière hospitalisation, à Foch, il m'a parlé de vous, je me souviens, sans citer votre nom ; il m'a raconté qu'il avait retrouvé son fils dont il avait été séparé pendant des années. Il semblait heureux. » Je pense : il était sans doute sincère, les hommes sont toujours moins simples qu'on ne le croit. Il avait d'ailleurs toutes les raisons de se montrer satisfait : sa stratégie avait réussi. « J'ai été surpris de le trouver en vie. Il y a deux ans, assis dans la salle d'attente, ici même, j'ai pensé qu'il ne lui restait pas huit jours à vivre. Je l'ai opéré il y a déjà huit ans et son cœur était en très mauvais état... Il a une résistance stupéfiante. » Je lui résume l'histoire, il dit avec le même sourire : « Je suis issu du même milieu ; j'avais un oncle que je vénérais, cultivé, généreux : eh bien, le racisme, l'antisémitisme, toute sa génération les affichaient de l'air le plus tranquille. Ils avaient respiré ça depuis l'enfance. Votre père, bien sûr... Mon oncle n'aurait pas pu faire ce qu'il a fait. Je trouve votre conduite admirable. » Je voudrais protester : il n'y a rien à admirer dans mon attitude, au contraire. Je méprise ma veulerie. Je garde pourtant le silence. Lorsque je veux régler la consultation, le docteur Franchey refuse. « Dédicacez plutôt, me dit-il, un livre au nom de mon fils, Laurent. Je tiens à ce qu'il sache un peu ce qu'a été la guerre. » J'ai envie de répliquer que la guerre, je ne l'ai pas vécue, seulement subie. Je renonce.

Une fois dehors, sur le trottoir, je ressens un bizarre picotement derrière les paupières.

« Ce n'est pas un mouroir, au moins ? » Michel m'observe, une lueur de ruse et de méfiance dans la prunelle. Il tient le bulletin d'admission dans sa main. Je sais ce qui le chiffonne : l'adresse, à Saint-Denis, banlieue sinistre, habitée par la *gentuza* — la racaille. Comment pourrait-il exister un hôpital digne de ce nom, digne surtout d'un homme de sa classe dans un pareil endroit ? J'ai honte, une fois de plus. Je tourne mon visage vers la fenêtre. C'est le début de l'après-midi, l'heure où un rayon de soleil parvient à traverser les voilages et à déposer une tache blonde sur le tapis. « Tu ne sais rien de moi, tu ignores tout de mon caractère, dis-je d'un ton paisible. Le docteur Parey est un formidable médecin, je le connais depuis bientôt trente ans, il me soigne, moi et mes amis. Maintenant, tu fais ce que tu veux. Demande à Pierre de se renseigner et de se rendre sur les lieux. Pour moi, je ne souhaite pas me mêler davantage à tout cela. » Il se tortille sur son siège. « Ne te fâche pas, dit-il. Mets-toi à ma place. Quitter mes meubles, mes souvenirs. — Rien ne t'oblige à les abandonner. — Tu sais bien que je ne tiens pas debout. Tout à l'heure encore... — Tu as le choix, tu es tout à fait lucide. » Il ne relève pas la tête, qui penche sur son épaule droite. Il me décoche de brefs regards. Je respire sa peur ; il redoute que je ne tire vengeance du vieillard impuissant qu'il est devenu. Il le pense parce que c'est ce qu'il ferait, lui, ce qu'il a déjà fait en s'acharnant sur une femme alors qu'elle se trouvait à sa merci. « Tu pars pour longtemps ? — Un mois. — Tu ne me lâches pas ? — Non. Je ne veux pas prendre une responsabilité qui t'incombe seul. — Saint-Denis, quand même ! Je me demande. Si ton médecin est si compétent que ça, comment se fait-il qu'il travaille dans ce... Enfin, ça manque de prestige tout de même !... — Si tu le rencontres, tu lui poseras la question. »

« Il faut insister, martèle Pierre. Il ne peut pas rester dans l'appartement. Les dettes continuent de s'accumuler. — J'en ai réglé une partie, mon avocate garde le contact avec le syndic. —

Bientôt, ce sera l'été. J'irai m'installer à Compiègne avec Christine. Comment voulez-vous qu'on le laisse seul dans l'état où il se trouve ? — Discutez-en avec lui. Je vous conseille de rendre visite au docteur Parey, dans son service. Vous jugerez par vous-même. — Mais c'est une chance inespérée ! Ma sœur lui a déjà téléphoné pour qu'il se montre raisonnable... De mon côté, je ferai mon possible. Je vous remercie pour tout. » La voix de Pierre trahit le soulagement. Une excitation bizarre aussi, dont la cause m'échappe.

« Tu vas encore à l'hôpital ? » me demande Rémi d'un ton agacé. Il trouve mon assiduité ridicule. Il ne me blâme plus : il me plaint. Je ne tente d'ailleurs pas de justifier ni d'expliquer ma conduite. Je me sens entraîné malgré moi. Je cours de plus en plus vite.

Le métro me dépose porte de Paris. J'arpente des couloirs, sors devant le terminus des autobus, traverse l'avenue. Dans sa cabine, le concierge hoche la tête en me voyant. C'est un bâtiment moderne, au fond d'un parc, avec des parterres anémiques et des arbres alignés, taillés sans pitié ; les branches ont l'air de moignons. Je franchis le hall tendu d'un vélum, gravis les marches. Assises sur des bancs, des malades m'observent en fumant. J'en reconnais une, ronde et placide, l'air débonnaire. Nous échangeons parfois quelques mots. Fumeuse impénitente, elle passe ses après-midi assise près du cendrier, dans ce vestibule étroit, coincé entre deux baies. J'évite de faire du bruit, je rase les murs, j'avance sur la pointe des pieds. Je crains de rencontrer les aides-soignantes ou les infirmières. Heureusement, le service est le plus souvent désert ; personne ne me remarque. J'ai honte, non de mon géniteur ni de moi : j'ai la honte tout court.

Claire, confortable, la chambre possède une large fenêtre qui donne sur une terrasse où des pigeons circulent en se dandinant. Assis dans son fauteuil, mon géniteur me tend la main, souriant et visiblement satisfait ; le décor lui convient. Il est seul et dispose d'une salle de bains. Il a l'air rassuré ; ce n'est pas le mouroir qu'il avait redouté. Les médecins ont ponctionné sa plèvre : soulagé, il respire mieux. Chaque jour, on lui fait des examens, on ajuste son traitement ; la routine des soins le réconforte. Je me tiens d'ailleurs au courant des explorations et des bilans. Parey m'a reçu deux fois : « Impossible de dire combien de temps il survivra. C'est une forte nature. Il a un caractère affirmé et il se bat avec acharnement. N'aurait-il pas fumé pendant tant d'années, il était bâti pour faire un centenaire. Récemment, j'ai lu une étude parue dans une revue scientifique américaine. Ceux qui vivent le plus vieux sont ceux qui ressentent le moins. Votre père n'est pas un sensible. » Je l'observe avec curiosité : même lui, qui ne le connaît guère, s'en est aperçu ? Quant à l'étude, je ne peux pas dire que ses conclusions me surprennent : pour vivre vieux, mieux vaut en effet être insensible. « Il convient de préparer une demande pour une maison de retraite, ce qui prendra du temps. Je ne pense pas qu'il vive jusque-là, mais on ne sait jamais. » Haut, massif, d'allure imposante, le docteur Parey, que je connais depuis ma jeunesse, est un médecin efficace. Outre sa compétence technique, il jouit d'un œil clinique remarquable. Rien ne lui échappe. « Ne vous faites pas de souci. Il semble bien s'acclimater au service. Mon interne et le cardiologue s'occupent d'établir un diagnostic précis. Nous allons tâcher de le requinquer. Bien sûr, le pronostic est connu. »

Je m'assieds sur une chaise, à sa droite, j'écoute ses récriminations : « Parey se donne des airs de pontife… mais il n'a pas le titre de professeur, n'est-ce pas ? » Il s'est renseigné auprès d'une infirmière, une petite blonde. « Je lui ai dit que je la trouvais jolie, ça lui fait plaisir. Ce n'est pas vrai, bien sûr : elle est moche et vulgaire. Du reste, il suffit de voir Parey pour deviner qu'il n'est pas professeur : les hommes vraiment importants se montrent modestes. Quant à l'interne, avec sa tête frisée et son teint basané, il porte un drôle de nom : algérien ou marocain ? Oui, oui, il a l'air compétent. Mais enfin, dans un hôpital français.. Tu ne me feras pas croire qu'il n'existe pas des médecins français qualifiés. Pourquoi faut-il ramener des Arabes et des Nègres ? C'est lamentable. »

Les journées deviennent moites ; entre deux

averses, le soleil éclabousse la chambre. Prostré sur ma chaise, je l'entends ruminer son aigreur. Je ne comprends toujours pas ce que je fais là. Je revois le sourire grinçant de Rémi. Je me demande : le *pauvre Michel* n'a occupé que des fonctions subalternes, de quoi aurait-il été capable s'il avait disposé d'un pouvoir sur d'autres hommes ?

Au seuil de la mort, il continue de fulminer. « Ce matin, une grande fille, une Noire, mais alors, vraiment noire, tu vois, elle m'a empoigné, m'a lavé partout, sans la moindre gêne. Je lui ai dit : merci, madame. Elle n'a pas saisi l'ironie, tu imagines bien. » Je pense avec placidité : qu'en sais-tu si elle ne se fiche pas de ta tête ? Question stupide : comment une Noire si noire pourrait-elle faire preuve d'ironie ? Il se penche, pose sa main sur mon bras : « Je me montre poli envers tout le monde. Ils ne sont pas habitués aux grandes manières, ça les épate. Je discute avec le moricaud. Ma conversation l'intéresse. Ici, il ne rencontre pas souvent des gens de mon espèce. Ça le change, tu comprends ? » Il joue de son charme, séduit par l'étalage de son expérience. Finaud, il lâche parfois des sottises qui me stupéfient. Il a pris en grippe Patrice, mon cousin, qui l'a aidé, soutenu, visité. Je tente de comprendre comment, après avoir sollicité son appui, il en est venu à le détester. D'un revers de la main, il écarte mes objections. « Un petit fonctionnaire, ce que je déteste le plus au monde. Il arrive ici avec ses vêtements étriqués. As-tu vu son sac à dos ? C'est grotesque. — Il circule à vélo. — Dans Paris ? Ça ne me surprend pas de lui. — Je prends bien le métro. — Ce n'est pas pareil. Même Pierre, tout balourd qu'il soit, en impose davantage. Un homme grand, ça a tout de même plus d'allure. » Je l'observe à la dérobée ; il parle sérieusement, il ne soupçonne pas la formidable ineptie de ses propos. Sa bêtise serait-elle constante, elle ne me choquerait pas. De la même manière, sa rancune ne me blesserait pas si son caractère n'était le plus souvent ferme, digne dans l'adversité. Malgré moi, j'admire sa résolution. « C'est pas mal du tout ici. Je suis bien soigné, la pièce est agréable, on me fait mon ménage, on m'apporte à manger. Ça me rappelle un hôtel où nous descendions, Anoff et moi, à Amsterdam. Pas le grand luxe, non, un bon confort. J'avoue que je ne m'attendais pas à trouver un endroit pareil dans ce quartier. Enfin, tu te rends compte ? la France offre des lieux comme ça à des Arabes, des Noirs. Il y en a plein dans les couloirs. — Ils ont travaillé toute leur vie en France, ils ont cotisé. — Si tu veux ! Tout de même, c'est du luxe pour eux, tu ne penses pas ? » Je ne pense rien. Cette résignation paisible, cette façon de découvrir dans les pires situations le bon côté des choses, cette manière d'être tout à l'instant et à ses joies, je les retrouve en moi pourtant. Je reconnais pareillement ce stoïcisme, ce refus des gémissements et des plaintes. Quelque chose nous lie l'un à l'autre, mais quoi et de quelle nature ? Je me dis : ce vieillard est mon géniteur, son hérédité fait la moitié de la mienne. Cette pensée me cause une sorte d'horreur.

Il n'a plus que des soucis terre à terre. Sa télévision, du linge, des gâteries.

Je cours les grands magasins, j'achète des pyjamas, une robe de chambre, des pantoufles. Anglais, bien entendu, puisque l'élégance ne saurait être qu'anglaise. Je me traîne jusqu'au Casino Géant, de l'autre côté de la porte de Paris, je reviens chargé de sacs, je range l'armoire, vérifie que rien ne manque. J'apporte le téléviseur, le branche : il pourra, le dimanche, regarder *7 sur 7*.

Je marche dans une touffeur moite, je dois m'arrêter pour souffler. En ferais-je davantage s'il s'agissait de mon fils ? De retour dans la chambre, je tombe à bout de forces sur la chaise, reste longtemps sans bouger. En sortant de l'hôpital, je longe les grilles vers la station de métro.

Tout à coup j'aperçois, entre les barreaux, une main tendue, paume ouverte. Je la contemple, fasciné ; je tente de deviner à quel visage elle appartient. Je devine une forme assise sur une chaise, derrière la clôture. La main ne fait pas le moindre mouvement. On dirait une prothèse, accrochée aux barreaux. Pourtant, il s'agit bien d'une main vivante, mais inerte. Je cherche dans mes poches, j'y glisse un billet. Aucune réaction, pas un mot. L'image me poursuit. Je continue de la voir, cette main figée. Chaque jour, je la retrouverai ; jamais je n'entendrai un merci. Mais, à mon approche, elle s'agitera de soubresauts. On dirait qu'elle me reconnaît ; on dirait qu'elle me parle : « Vite, vite. » N'y tenant plus, je finis par coller mon front contre le grillage : je distingue à peine le corps d'un homme, trapu, je discerne la lueur éteinte d'un regard. Pourquoi vient-il chaque jour mendier ? Pourquoi ne dit-il rien ? Dans mes rêves, je revois cette main. Elle se métamorphose en un visage, le mien. Assis derrière une grille, j'attends sans bouger. Je veux appeler, crier : aucun son ne s'échappe de ma gorge. Je me réveille en sursaut, le visage mouillé de larmes.

Patricia, qui m'a suivi tout au long de cet interminable voyage, me sent à bout de forces, elle craint que je ne tombe malade. Penchée vers moi, elle me dit dans un murmure d'affection : « Écoute, j'ai d'assez bons rapports avec le syndic. Il réussira, je pense, à obtenir des propriétaires une indemnisation pour récupérer leur appartement. Cela fera toujours une petite somme qui, jointe au produit de la vente du mobilier, permettrait de régler une maison de retraite. — Tu crois que ça peut marcher ? — J'en ai déjà touché un mot au syndic, il pense que oui. Les propriétaires sont pressés de retrouver la jouissance de leur bien. » J'opine de la tête, je remercie. « Ça ne me regarde pas, Miguel, mais tu es mon ami, je ne t'avais jamais vu dans un état pareil. Tâche de prendre de la distance. » Après l'avoir raccompagnée, je marche jusqu'au boulevard Raspail. Il fait une chaleur poisseuse. Je me dis : Patricia a raison, je dois absolument m'éloigner de ce vieillard.

« Tu crois que ton avocate réussira à obtenir une indemnité ? — Si elle le dit, c'est qu'elle pense y arriver. — Évidemment, ça arrangerait mes petites affaires. Il faudrait trouver une maison pas trop chère. — Je vais me renseigner dans ma région… — Je doute que les propriétaires acceptent la proposition. Je suis vieux, mourant : il leur suffit d'attendre. — Tu peux vivre un an ou deux encore. Il semblerait qu'ils soient pressés de relouer leur bien. — Ils font une bonne affaire, remarque… Je me méfie, lâche-t-il soudain en agitant sa tête. Je ne fais pas confiance aux avocats, elle va te plumer. — C'est une amie… — Hum, l'amitié d'un avocat, je n'y crois pas beaucoup. Tu es naïf. Moins on a affaire à ces gens-là, mieux on se porte. — C'est comme tu veux. De toute façon, s'il y avait quelque chose à régler, je m'en charge. — Je ne veux pas que tu dépenses ton argent pour moi… Combien dis-tu qu'elle pense obtenir ? — Cinquante mille francs. — Elle ne pourrait pas essayer, mettons, soixante-quinze mille ? Avec ces gens-là, il faut marchander. Des hobereaux auvergnats, près de leurs sous… »

Je préviens Patricia qui me dit que la négociation durera sûrement un certain temps. J'en avise Pierre qui se montre enchanté. Nous nous croisons parfois à l'hôpital où il vient en fin de semaine. Il a l'air toujours aussi inquiet pour ses meubles et ceux de sa sœur. « Prenez-les, dis-je. Vous savez bien que mon père ne retournera pas chez lui. — Je ne voudrais pas avoir l'air de me précipiter, je ne suis pas un rapace… — Vous m'avez dit que c'étaient des souvenirs, je comprends que vous y teniez. — Je vous remercie. Je vais prévenir un transporteur de mes amis. Si ça ne vous ennuie pas, il enlèvera en même temps les meubles de ma sœur. Nous éviterions un voyage. — Je vous en prie, faites. »

En sortant, je m'assure que la main est toujours à sa place, glissée entre les barreaux. Je traverse l'Ourcq ; sur le pont, je me retourne, regarde le clocher de la basilique.

Pierre venant visiter Michel le samedi et Patrice me relayant le dimanche après-midi, je m'accorde deux jours de répit. Je téléphone cependant à mon géniteur pour m'assurer qu'il n'a besoin de rien. « C'est pas la peine qu'on entende ce que je te dis », chuchote-t-il en espagnol. Sa prudence m'étonne, nos conversations n'ont rien de confidentiel. J'ai beau tenter de revenir au français, il poursuit en espagnol. Petit à petit, l'habitude s'est installée. J'ai d'abord cru qu'il se méfiait des infirmières. J'ai fini par m'apercevoir que sa mémoire s'obscurcit. Il me parle de ma mère alors qu'il évoque des épisodes vécus avec Anoff. Je restitue les faits, il ne réagit pas. Je m'amuse de ces amnésies : le voici, à l'approche de la mort, remarié avec Cándida. Peut-être s'imagine-t-il qu'il a aussi passé sa vie avec moi ? Je le laisse naviguer parmi les brumes de la sénescence. Bizarrement, il ne parle plus de ma mère avec fureur. Il y a dans son ton une étrange douceur, une complicité gaie. Il a oublié son ressentiment et ne se rappelle que les frasques. Pour rire, il met sa main devant sa bouche, l'air de dire : « Te rends-tu compte ? Nous étions fous. » Assis sur ma chaise, le visage tourné vers la fenêtre, je pense : il ne manquait plus que ça, tout le passé aboli, nous voici repartis à zéro. C'est assez d'une fois cependant, je le rends à Anoff, à l'épluchage du Bottin mondain.

Il me demande parfois de l'aider à se rendre dans la salle de bains. Je pousse le fauteuil, je lui tends le bras. La robe de chambre s'écarte et j'aperçois son sexe, flasque et fripé. Un choc d'une violence formidable. Pis qu'une gêne : une terreur obscure. J'ai l'impression de violer un mystère. Toute la nuit, je ne cesserai de revivre cette scène.

Pierre passe les deux premières semaines de juillet près de sa sœur, dans le Midi. Je ne quitterai Paris qu'à son retour. En son absence, je continue de faire les courses, je passe chercher le linge villa Niel, je bavarde avec Lucy et son mari. Je viens chaque jour à Saint-Denis, y reste l'après-midi installé sur la chaise. Les médecins ont pratiqué une biopsie du larynx : je connais d'avance le résultat. À Foch, l'interne m'a déjà annoncé le diagnostic. Dans un couloir, nous discutons un moment, Parey, ses assistants et moi. Ils prendront, je le sais, la meilleure décision. J'agis, je parle comme si c'était mon père. Comment leur expliquer et que comprendraient-ils ? Est-ce une histoire qu'on peut raconter ?

« Tu rentres chez toi ? » Il a, selon son habitude, baissé la tête, me regarde de biais, une lueur de mécontentement dans ses prunelles. « Tu emmènes Rita, bien sûr ? Ça doit paraître curieux, quand tu reçois des amis, cette potiche... Je me demande quelle conversation elle peut bien avoir. Enfin, elle aurait tort de ne pas en profiter. » J'encaisse sans broncher. Je pense : n'y aura-t-il pas une fois, une seule fois dans sa vie... ? Mais pourquoi y en aurait-il une ?

Rien de précis, une impression vague : j'ai senti chez Rita un affaissement de la volonté. Chaque soir, dès que la canicule tombe, je lui fais faire le tour du parc. Appuyée d'une main sur sa canne, accrochée de l'autre à mon bras, elle s'arrête pour regarder autour d'elle. « C'est beau, Mike. Je suis contente pour toi. Tu as beaucoup travaillé. Ça me rend heureuse de te savoir bien installé. — C'est à toi que je le dois. — Tu penses, Mike ? Tu penses vraiment ça ? C'est si doux, mon chéri. Tu sais comme je t'aime. Tu es tout pour moi... C'est dur, tu sais, de rentrer, de se retrouver seule. — Tu peux vivre ici si tu veux. — Je sais, mon chéri, je sais. Mais si je reste à ne rien faire, je me *laissera* sûrement aller. Je dois me montrer *courage*. — Ne pleure pas, ma puce. — Je pleure de joie. Parfois, tu grondes, tu te fâches. J'ai tant de peine ! Je fais pas exprès, Mike : c'est ma tête. — Je sais, ma puce. » Elle passe sa main sur son front comme pour en chasser un brouillard, elle serre mon bras, sourit aux chiens, aux arbres, aux fleurs, aux murs de la maison. Je pense tout à coup : elle prend congé. D'habitude, elle se montre contente de rentrer avec moi, de renouer avec ses habitudes. Pour la première fois, elle renâcle devant l'obstacle.

Deux jours après notre retour à Paris, une voisine me téléphone : Rita est tombée dans son appartement, elle est restée des heures étendue par terre ; en revenant de son travail, la voisine a entendu ses plaintes et a téléphoné aux pompiers. Je saute dans un taxi, j'arrive rue de Longchamp au moment où les pompiers quittent l'immeuble, portant le brancard. Je prends sa main, lui parle. Elle ouvre les yeux, me reconnaît : « Mike, mon chéri, c'est *merveilleuse*... J'ai tombé devant mon placard. » Elle sombre aussitôt dans un délire. Elle parle allemand, s'adresse à sa mère, à sa sœur. J'ai posé ma main gauche sur son front, serre la sienne dans ma main droite. « Je vais mourir, je vais mourir, Mike. — Mais non, ma puce. On va te soigner, je suis là. N'aie pas peur, ma chérie. » Derrière les stridences de l'ambulance, j'écoute ses implorations. Je me dis : je ne demande rien, je n'ai jamais rien demandé. J'espère seulement que mes forces ne m'abandonneront pas. Je désire tenir ta main jusqu'au bout, je ne veux pas que tu te sentes seule à l'heure du départ.

« Ne t'en fais pas, Mike, dit Patrice. J'irai voir Michel. Je le trouve bizarre depuis quelque temps. Je me suis même fâché avec lui, je lui ai dit que j'en avais marre de l'entendre déblatérer sur les uns et les autres. Il a l'air amer, il se plaint de toi. Mathilde et Pierre n'ont pas arrêté de le monter contre nous durant ton absence. Ils ont pris leurs meubles et maintenant... — De quoi se plaint-il donc ? — Tu sais, je regrette de plus en plus de t'avoir poussé à le revoir. J'ai l'idée qu'il... » Je ne lui demande pas de préciser son idée, je connais la cause de l'amertume de Michel ; je l'ai sentie au moment de mon départ. Il se sent floué, une fois de plus ; il estime que Rita usurpe sa place auprès de moi. N'est-il pas mon *véritable* père ?

Chaque jour, je me retrouve à Ambroise-Paré où Rita a été opérée du col du fémur. Le choc a ébranlé son esprit ; elle divague, elle a des hallucinations. Elle se jette dans mes bras, s'accroche à mon cou. On vient la nuit l'assassiner, on la menace d'un grand couteau, l'infirmier la frappe. Va-t-elle couler dans la démence ?

« Il ne te manquait plus que ça, murmure Patricia. Tu traverses une sale passe. Tâche de tenir le coup — C'est dans l'ordre naturel des choses. Ma tante aura quatre-vingt-douze ans cet été. La première ligne cède... C'est mon tour de monter au feu. » Il y a dans la voix de Patricia un ton de douceur qui me bouleverse. Je la regarde, je lui souris. « Dans les coups durs, je suis assez bon, dis-je. J'ai l'habitude. Ce sont les petites choses qui me désorientent. — À propos de petites choses : une bonne nouvelle, le syndic m'a téléphoné ; les propriétaires sont d'accord pour l'indemnité. Je t'ai préparé une lettre : ton père n'a plus qu'à signer. » Je la remercie.

Nous déambulons un long moment dans le quartier. C'est une soirée douce. Alors que nous contemplons la devanture d'un antiquaire, je m'entends murmurer : « Tu ne peux pas imaginer combien j'ai aimé cette femme. — Mais si, j'imagine. Tous ceux qui te connaissent savent ce qu'elle était pour toi. » Elle tend alors la main, prend la mienne et je colle mon front contre la vitrine pour admirer un secrétaire : « C'est une pièce superbe, tu ne trouves pas ? — Très belle, oui », chuchote-t-elle d'une voix chaude. Je pense : si je hurlais, si... Je ne crierai pas. J'ai appris dans mon enfance que les hurlements n'éveillent personne.

« Rita est à l'hôpital. Je ne pourrai pas venir te visiter tout de suite. Je me suis arrangé avec Patrice... — Ce n'est pas la peine. Je me demande d'ailleurs ce qu'il vient faire ici. — Il t'aide depuis des mois, il te... — Oh, il y trouvait son compte, ne t'en fais pas ! ... Et puis, je n'aime ni son allure ni ses raisonnements. Qu'est-ce qu'elle a donc, Rita ? — Fracture du col du fémur. Elle a été opérée. — Moi aussi, je suis mal en point, j'ai un cancer de la gorge... Au fait, tu n'as pas retiré de l'argent sur mon compte ? » Je reçois le choc en pleine poitrine, non pas la question, ni même l'accusation : la voix, sournoise, d'une hypocrisie soupçonneuse... Je pense : il ne va tout de même pas... J'arrête net ; il va toujours au-delà, il n'y a pas de limite. Je me raidis : « Tu sais combien d'argent tu avais sur ton compte ? — Ce n'est pas la peine de le prendre sur ce ton. — Tu avais un solde créditeur de quatre mille trois cent dix francs. Qu'aurais-je pu prélever là-dessus ? Tu crois que j'en suis réduit à ça ? Ton chéquier se trouve dans le tiroir de ta table et tu es le seul à avoir signé tous tes chèques. Tous, je dis bien ! — Ne te fâche pas ! J'ai parlé comme ça. — Tu ne parles jamais *comme ça*, tu parles de ton fond. Con et méchant tu as vécu, con et méchant tu mourras. »

J'ai raccroché. Dans mes oreilles, la voix continue de résonner. J'entends cogner à mes tempes : c'est ton père, tu es le fils de ce salaud.

« Qu'est-ce que tu espérais ? Ce type est une ordure. Tu t'en aperçois aujourd'hui ? » Rémi pose sur moi un regard dur.

J'ai quitté Boulogne tard dans la soirée, il fait sombre quand le taxi me dépose à Saint-Denis. Le concierge que je connais n'est plus dans sa loge, remplacé par un autre, plus jeune. Le hall est désert, personne non plus dans le vestibule, au premier ; comment la fumeuse s'arrange-t-elle la nuit ? Je ris presque de ma question. Du couloir, j'entends le son de la télévision : des patients sont rassemblés dans la salle, à droite. Le service paraît abandonné.

Assis dans son fauteuil, la joue contre sa paume, mon géniteur somnole ; l'écran du téléviseur éclaire seul la chambre. Je l'observe un instant. Sur la table, contre le mur, les dossiers que je lui ai apportés avant mon départ. Il passe ses jours à les compulser, étudiant l'inventaire de son mobilier, cochant les pièces qui lui appartiennent. Dans son pyjama bleu et sa robe de chambre écossaise, il a déjà l'air du cadavre qu'il sera, la bouche rentrée, les narines pincées. Soudain, il ouvre les yeux, me dévisage. « Ah, c'est toi. Je dormais. Assieds-toi. » Je m'installe sur la chaise. « Tu m'as posé une question sur ton compte. — J'ai dit ça comme ça, fait-il avec un geste de la main. — Tu as trouvé ton chéquier ? — Il est dans le tiroir, là où tu l'as laissé. » Je le sens mal à l'aise. « Tu es resté deux mois absent, tu m'as laissé seul. — J'ai pris un mois de vacances, après le retour de Pierre. — Un mois ? C'est possible, oui. Ici, le temps semble long. — Et parce que le temps t'a paru long, tu me soupçonnes de te voler ? — Je ne te soupçonne pas, je suis perdu dans mes comptes. Pierre ne s'y retrouve pas non plus. Évidemment, ce n'est pas une lumière. Il vient ici avec sa naine... » Un silence s'installe, tendu, qui écorche les nerfs Michel garde son air matois, la tête inclinée. « Patricia a eu la réponse du syndic, dis-je d'une voix découragée. Les propriétaires sont d'accord. Elle a préparé la lettre. Malheureusement, elle n'a pu obtenir davantage. — Ce n'est pas vrai », crache-t-il. Je reste une seconde abasourdi, je le fixe ; dans ses yeux, une étincelle haineuse. « Qu'est-ce qui n'est pas vrai ? — Le syndic n'a rien accepté, je ne le crois pas ; quant à l'avocate... » Sa bouche dessine un rictus, j'entends ses pensées. Sa défiance et son mépris viennent du fait que le patronyme de Patricia a une consonance juive. Il imagine je ne sais quelle manœuvre louche. Je reprends mon souffle, hoche la tête, me lève. « Comme tu voudras », dis-je. La nuque courbée, il fixe le carrelage. Je vais pour replier la lettre-accord ; dans une détente subite, sa main m'arrache le papier ; il tente de le glisser dans la poche de sa robe de chambre. Tout s'est passé si vite que je reste une seconde figé, me demandant ce qu'il fait, ce qu'il veut. Je me penche, je prends son poignet, le serre ; je plonge mes yeux dans les siens : « Pas ça, dis-je, pas ça. » Ses doigts se referment sur la feuille. J'entends le froissement de la feuille. Je me dis : jamais, jamais de ma vie je n'ai rencontré... Nos visages se touchent presque. Dans le silence de la chambre le son de ma voix me surprend ; d'une douceur redoutable. Je répète : « Pas ça ! » Il desserre les doigts, lâche le papier ; il tourne la tête. Je reste debout, les yeux baissés sur lui. « Tu as osé porter la main sur ton père, tu as osé... » Je m'incline, je ne perds pas son regard qui tente d'échapper au mien. « Je n'aurais jamais dû accepter de t'approcher. — Parle moins fort, ce n'est pas la peine qu'on nous entende. Inutile de nous disputer. Faisons un *gentlemen's agreement.* » Je hausse les épaules, vais à pas lents jusqu'à la porte : « Range tes conneries britanniques au vestiaire. *Gentleman* ! il t'aurait suffi d'être un homme. » De fureur, il s'agite dans son fauteuil, trépigne. « Ah, si je n'étais pas cloué ! — Que ferais-tu ? Courir au commissariat ? Demander qu'on te débarrasse ? C'est bien ton mot, non ? Débarrasser ! » La tête tout à fait penchée, il me foudroie : « Tu as osé frapper ton père ! Tu as... Quand je pense que tu as vécu quarante ans dans notre famille », crache-t-il soudain. J'étais déjà dans le couloir, je me retourne, je rebrousse chemin. Je marche vers lui. Affolé, il recule vers la salle de bains, se coince entre le lavabo et la cuvette des W.-C. Je me sens soudain calme, d'un sang-froid redoutable. « Je vais appeler à l'aide », susurre-t-il avec des regards apeurés. Et, dans un toussotement rauque, avec une jubilation féroce : « Je dirai que tu m'as frappé. Tu as porté la main sur ton père ! — Tu peux crier, la porte est ouverte. » J'avance toujours, je fixe son visage tordu de haine : « Tu as parlé de famille, c'est bien ça ? » J'entends son halètement, je respire son haleine. « Fais très attention à toi. Ne touche pas à ton frère. Ne touche pas à Stéphane. » Les yeux remplis d'une fureur meurtrière, il continue de se trémousser. Tout à coup, je m'aperçois que je suis en train de basculer ; il suffirait d'un mot, d'un geste ; je ne vois plus l'octogénaire cloué dans son fauteuil, amaigri par la maladie. Je vois le délateur, le meurtrier. Je me redresse. Dans la glace, au-dessus du lavabo, j'aperçois mon image.

Une fois dehors, je m'assieds sur un banc, je lève les yeux. Où m'a-t-il entraîné ? Comment s'y est-il pris pour m'attirer dans ce marécage ? Je tente de reconstituer la scène ; je n'ai toujours pas compris, je ne comprendrai jamais. Je repasse tout le film dans ma mémoire, ses calculs, ses stratagèmes. Et, soudain, cette fureur dévastatrice. Ce cri stupide et rusé : « Tu as osé porter la main sur ton père ! » Pourquoi s'est-il jeté sur ce papier ? Qu'est-ce qui a bien pu causer sa rage ? Plus d'une heure, je reste assis sur ce banc, devant les autobus. Je voudrais crier, hurler ; j'ai la gorge et les yeux secs. Je me sens anéanti. Nadia et Rémi avaient raison, jusque dans la mort, cet homme conserve le pouvoir de détruire. Il n'a pas changé. Il reste tel qu'il a toujours été : malin, certes, pervers, surtout. Mon assassin.

Les médecins m'annoncent que Rita ne retrouvera sans doute pas sa lucidité. Elle promène autour d'elle un regard de bête traquée. Elle ne s'exprime plus guère qu'en allemand, si bien que les infirmières ne comprennent pas ce qu'elle leur dit. Elle ne sait pas très bien où elle est, croit parfois qu'elle est rue de Longchamp, dans son appartement. Assis auprès d'elle, je lui caresse la main, contemple, derrière la fenêtre, les arbres secoués par le vent.

Alors que j'avais perdu tout espoir, elle recouvre petit à petit la raison. Elle recommence à parler d'un ton paisible, à sourire, à plaisanter même. Elle envisage avec optimisme sa rééducation. Je ne sais à quoi attribuer ce miracle ; l'interne m'apprend qu'on lui administre du Prozac. La drogue me rend celle que j'ai connue, naïve, émerveillée, bavarde et presque gaie. À Issy-les-Moulineaux, dans un pavillon pourtant vieillot, au décor vétuste, parmi des vieilles femmes repliées sur leurs hallucinations, Rita a l'air heureux, détendu. Elle distribue mes ouvrages aux médecins, aux infirmières, aux aides-soignantes, elle me demande de les leur dédicacer. Elle se sent importante et, dès que je parais, elle dit à voix haute : « C'est mon neveu ! » Le personnel l'entoure de petites prévenances qui, en la flattant, la rassurent. Elle ne se trompe d'ailleurs pas sur sa stratégie : « Ils sont tous gentils avec moi, Mike. C'est à cause de toi. Tu penses, la tante de l'écrivain. » Je me prête de bonne grâce à ses stratagèmes : je ne veux qu'une chose, la sentir aussi heureuse qu'on peut l'être dans sa situation.

Chaque jour, elle se rend à la rééducation. Je la croise dans les couloirs, accrochée au bras de son kiné. Elle marche bravement, un pas après l'autre, luttant pour résister au déséquilibre qui propulse son corps en arrière. Je l'encourage, la félicite. Je sais pourtant que ces progrès ne sont qu'un répit : le chef de service m'a informé qu'elle ne pourra plus vivre seule. J'organise déjà sa « convalescence », ainsi que je l'avais fait pour Stéphane.

Le soir, rentrant d'Ambroise-Paré, je m'écroule de fatigue, je m'allonge sur le dos. Je reste une heure ou deux à contempler le plafond. Au-dehors, je ne montre rien ; j'ai l'air impavide que j'avais dans mon enfance. Le visage de Rita ne quitte pas mon esprit. Depuis que la dépression l'a lâchée, elle est redevenue une petite fille, ravie des babioles qu'elle me demande : ses gâteaux au chocolat, ses jus d'abricot, ses livres — elle appelle ainsi les hebdos qu'elle feuillette —, ses crèmes et ses fards, son parfum, surtout. Heureuse à l'idée de revenir dans ma maison, de retrouver les bêtes familières, elle compte les jours. Se doute-t-elle qu'il s'agit d'un voyage sans retour ? Avec la complicité des médecins, je lui répète que la convalescence sera longue, qu'il lui faudra de la patience et du courage. « Tu me connais, Mike, je suis très *volonté*, je fais très *sérieuse* tout ce qu'on me dit de faire. Pour toi, je *vas* essayer de vivre encore. » Je lui souris, je baise sa main. Je la *taquine*, encore un mot à elle, et mes plaisanteries, après une seconde de perplexité, la font rire. Scandalisée parce qu'elle croit avoir vu des soignants faire l'amour dans le couloir, la nuit, je lui dis : « Tu as de la chance, toi ! Tu as le porno à domicile. — Mais, Mike, je ne connais pas ça, *la* porno ! Ça n'existait pas, de mon temps. C'est *dégoûtante* ! Tous ensemble. — C'est mieux que chacun tout seul, non ? » Elle fait mine de me gifler, finit par s'esclaffer.

Un ciel bas et gris pèse sur la ville, distille une lumière jaunâtre. « Comment va Michel ? » me demande-t-elle d'une voix indifférente. Je lui réponds la vérité : mal ; il a eu un nouvel infarctus, massif ; on l'a transféré en cardiologie où il s'enfonce dans le coma. Elle lève la main, ébauche un geste imperceptible. « Qu'est-ce qu'il espérait ? dit-elle d'un ton sec. Il t'écrit quand il a besoin de toi. Il n'a jamais rien fait... Tu sais, Mike, Stéphane était le seul à avoir du cœur, c'était le meilleur de tous. » Je hoche la tête. Je ne le sais que trop. Tant qu'il a vécu, une complicité tendre et confiante nous liait l'un à l'autre. Je ne suis toujours pas consolé de son absence.

Je repense à mes conversations avec Patrice, qui me téléphone tous les soirs. « C'est effrayant, mon pauvre Mike. Des tuyaux partout. Il ne me reconnaît plus. Hier, il m'a parlé une heure en espagnol ; c'était drôle, il voulait partir en Amérique latine, me décrivait la Colombie. Je me demande pourquoi les médecins ne le laissent pas mourir en paix. Ça fait des années qu'il se traîne... — Tu as parlé aux infirmières ? — C'est la fin, mais dans combien de temps ? Si tu veux qu'on l'enterre dans le caveau de famille, j'ai les papiers. Je puis m'en occuper. En ce moment, tu as autre chose en tête que ces formalités. Demande aux deux autres ce qu'ils envisagent. »

J'ai encore vu mon géniteur deux fois : la tête enfoncée dans l'oreiller, il râlait. Je suis resté une minute debout au pied du lit. Je n'ai pas ressenti la moindre émotion. Il m'a cependant téléphoné : il souhaitait, m'a-t-il dit, s'expliquer. Je lui ai répondu que je repasserais puisque l'état de Rita semblait s'améliorer. « Je suis content pour toi. Embrasse-la de ma part. Moi, je m'accroche. » Il y a un an, jour pour jour ou presque, j'allais le retrouver à la villa Niel. J'ai l'impression que ce voyage a duré un siècle. J'évite de me rappeler les étapes. Tout s'estompe dans le brouillard. Je ne distingue nettement que le visage de Rita, son sourire quand elle m'aperçoit dans le couloir. Elle fut au commencement, je la retrouve à la fin.

« Savez-vous si mon père a prévu quelque chose pour son enterrement ? — Justement, j'allais vous appeler. Il nous a dit, je suis désolé, n'est-ce pas, je vais peut-être vous faire de la peine, mais il faut que je vous annonce quelque chose de désagréable ; votre père nous a dit. "Je ne veux plus rien avoir à faire avec ce garçon. Videz tous les meubles." Nous avons préparé un papier avec ma sœur… Ça vous ennuie ? » Comment rendre ce ton patelin, cette cupidité matoise et fiévreuse ? Prudent aussi : il voudrait connaître ma réaction. Je ne bronche pas. « Il était fâché que vous l'ayez laissé deux mois sans nouvelles, cet été. — Un mois. Vous êtes parti le premier, début juillet. Nous étions convenus de nous relayer. Par ailleurs, je lui ai téléphoné. — Oui, c'est peut-être un mois. Enfin, il était de mauvaise humeur… — Il a refusé l'accord rédigé par mon avocate. » J'entends le silence au bout du fil. « Il n'y aurait pas moyen de rattraper ça ? souffle la voix, tout à coup en éveil. — Je ne le pense pas, non. — Il croyait qu'il s'agissait d'une procuration. Il n'a pas compris… Et puis, il y a eu cette altercation avec vous. — Vous êtes conscient, dis-je, que mon père est dans le coma depuis plusieurs jours et qu'il est incapable de rien signer ? — On verra bien, on verra bien s'il peut signer. Si vous souhaitez conserver un souvenir… » Les bras m'en tombent. Une stratégie oblique, digne d'un roman de Mauriac. Ce qui m'humilie, c'est de me trouver mêlé à *ça*. « Mais enfin, tranche Rémi, qu'est-ce que tu imaginais ? Comment as-tu pu te laisser prendre... ? Ils puent tous. »

« Ils n'oseront pas », finis-je par lâcher en tournant la tête. Je sens sur moi le regard de Patricia. Mes yeux captent la couleur grise dominante de ce bistrot de la rue Saint-Placide où nous avons pris l'habitude de nous retrouver. « Jamais de ma vie je n'ai éprouvé une telle impression de salissure. Je ne sais pas comment te dire. — Tu ne pensais quand même pas que la fin serait différente du commencement ? C'est le même homme, d'un bout à l'autre. — Lui, soit, mais *eux* ? » Elle lève les mains : « Ne me dis pas que tu ne voyais pas où ils voulaient en venir. Depuis le premier jour, quand nous avons déjeuné Aux Ministères, le calcul était limpide. Il s'agissait de t'attirer dans le piège. — Tu m'avais prévenu, c'est vrai. — Je sentais que tu avais besoin de descendre au fond. — Mais il n'y a rien, Patricia ! — Rien, c'est encore quelque chose pour des gens de cette espèce. J'ai vu des enfants se battre pour une salière. Tu n'imagines pas ce qu'on voit à l'occasion d'un décès. » Je garde un instant le silence. Dehors, la pluie tombe à verse. « Je ne t'ai pas remerciée, Patricia. Tu ne m'as pas lâché, tu m'as suivi pas à pas... J'étais perdu, stupide. — Stupide, certainement pas. Tu as regardé l'horreur en face. Les hommes comme ton père, on ne les comprend pas. Toutes les explications tombent à plat. On finit toujours par se heurter au noyau dur. Ils jouissent de faire mal et ça nous désarme. Ce ne sont pas des hommes, pas non plus des monstres : des créatures hybrides. Le plus inquiétant est qu'ils sont partout, autour de nous... — C'est une étrange aventure, tu ne trouves pas ? — Le fantastique est là, sous nos yeux. J'ai appris ça de toi : à fixer la banalité, à la dépouiller de ses apparences rassurantes. Je suis curieuse, lâche-t-elle en riant, de lire le bouquin que tu vas tirer de tout ça. — Je ne l'écrirai peut-être pas. — Bien sûr que si, tu l'écriras ! Tu l'écriras pour survivre, une fois de plus... — Tu parles comme Jean-Marc. Lui aussi prétend que tel que je suis fait, je ne pouvais pas ne pas aller au bout. — Il te connaît de l'intérieur, d'écrivain à écrivain. Il te suit à la trace depuis des années. Moi aussi, j'étais sûre que tu retournerais voir ton père, que tu l'aiderais, que tu l'accompagnerais. — Par curiosité ? — Non, le besoin de fixer, de toucher... Tiens, la pluie a cessé. Faisons un tour dans le quartier, veux-tu ? » Elle se lève, écarte sa chaise, me considère avec gravité : « Tu sais ce qui m'étonne en toi ? Que tu tiennes, tout simplement. On te voit : on t'imagine doux, paisible. À l'intérieur, tu fais peur, Miguel. C'est ça, la rage de ton père, sa haine : il a compris trop tard qu'il s'était trompé sur ton compte. Il n'a jamais deviné quel fils il avait. Tu t'es vengé de la manière la plus terrible : tu lui as pardonné et tu n'as rien oublié. La haine, il aurait compris, c'est sa langue ; mais la mémoire tranquille, impassible, qui rappelle chaque détail et qui empêche de fuir : ça, il ne le supportait pas... »

« Rien, mon vieux Mike, rien ; ils n'ont pas laissé un clou. Ils ont tout emporté. Une nuée de sauterelles. C'est indécent. » La voix de Patrice tremble de colère au téléphone. C'était un mardi, mon géniteur allait expirer le vendredi.

Les obsèques religieuses ont lieu à l'église Saint-Pierre de Neuilly : le *pauvre Michel* en aurait certainement été flatté. Il n'aurait pas remarqué le ridicule de la cérémonie devant une assistance composée d'une dizaine de personnes, Mathilde et Pierre, leurs mari et compagne, quelques-uns de leurs parents. Sans doute prévenu par Mathilde, le curé, un vieillard rond, débonnaire, s'assied sur une chaise, ses mains potelées croisées sur son ventre. D'un ton bonhomme, il raconte les travaux de restauration de son église. Une causerie au coin du feu ; il égrène des souvenirs, enfile des anecdotes. Pas un mot sur le défunt, dont il oublie même de citer le prénom. Pas un regard non plus vers le cercueil. Que pourrait-il dire sur le mort ? Bon époux, bon père ? Alors que le curé évoque la cérémonie de l'inauguration, alors que les têtes se lèvent pour contempler les fresques, plus drôles que laides, on entend la voix ferme et satisfaite de Mathilde : « J'ai été baptisée ici. » Je me retourne ; mon regard croise celui de Rémi qui a du mal à contenir son rire. C'est d'un comique ubuesque. Pas trace d'une émotion. « Quel prénom voulez-vous que je fasse graver sur la pierre du caveau ? me demande Mathilde, impavide. Michel ou Gabriel ? — Ça m'est égal, dis-je en l'observant. — Gabriel était son véritable prénom, non ? » Dans un manteau à col de fourrure, elle a l'élégance discrète d'une bonne dame de province. On la sent sûre d'elle-même, aucunement gênée, l'air narquois, telle que Joaquín, en 1954, la découvrait. Parlant de Michel, je l'entends chuchoter : « Il m'a dit : tu es belle aujourd'hui. » Au moral aussi, elle doit se trouver resplendissante. Elle a soutiré une signature à un agonisant, raflé le mobilier. Elle me regarde dans les yeux, s'adresse à moi, imperturbable. Persuadée d'être dans son bon droit. Du reste, elle est née dans son bon droit. « Quelle tête horrible, me glisse Rémi alors que nous sortons de l'église. — C'est une bonne catholique pourtant. — Arrête. Tu vas me dégoûter de la religion. »

Assis derrière mon bureau, j'ouvre le carton d'archives, j'extrais une à une les chemises, je les étale devant moi. Je n'éprouve aucune appréhension : je sais ce qu'elles renferment. J'ai laissé ces papiers dormir près de deux mois, je les touche sans curiosité. Je me demande seulement comment le *pauvre Michel* a ficelé son affaire. Tandis que je classe les chemises par ordre chronologique, je guette, dans la chambre voisine, les chuchotements. Je vis l'oreille aux aguets, je me lève au moindre bruit, m'avance dans le couloir, regarde à travers la porte entrebâillée. La tête sur l'épaule, Rita remue les lèvres ; ses doigts n'arrêtent pas de froisser et de tordre le drap. Elle parle allemand, s'adresse à sa mère, à sa sœur, toutes deux mortes depuis plus de quarante ans. Elle leur murmure qu'elle n'a rien fait de mal dans sa vie : pourquoi Dieu la punit-Il ? Le châtiment, c'est la mort, qu'un jour elle accepte pour la rejeter le lendemain. Elle ne comprend pas ce qui lui arrive, elle n'a jamais songé qu'elle devrait mourir, sauf de manière vague. Elle refuse l'horreur ; elle gémit, sanglote. Je m'approche du lit, pose ma main sur son front. Sans un mot, elle lève ses bras décharnés, les passe autour de mon cou. Je lui tends son verre, soutiens sa nuque : elle boit avec avidité. « Il est quelle heure, Mike ? —Trois heures du matin — Je t'ai réveillé ? Je suis désolée, Mike. — Je ne dormais pas. — Je suis triste de te donner tant de mal. — Tu ne me donnes aucun mal : ça me fait plaisir. — C'est vrai ? Embrasse-moi. » Je dépose un baiser sur sa joue, m'écarte : ses mains continuent de s'agiter ; elles tordent, déchirent.

Les trois premiers mois, Rita rayonnait de bonheur. À table, elle n'arrêtait pas de bavarder, égrenant ses souvenirs et contant des anecdotes que nous connaissions par cœur. Pour un oui, pour un non, elle partait d'un rire joyeux. Avec le kiné, elle faisait chaque matin le tour du premier étage. Accrochée à mon bras, elle m'accompagnait sur la terrasse, contemplait le jardin : « J'aimerais vivre assez pour voir le printemps. » Elle s'installait ensuite dans mon bureau, inspectait les bibliothèques, me regardait travailler, silencieuse. L'après-midi, elle suivait, assise dans un fauteuil, des films d'action à la télévision : « Mon vieux, ça barde ! » se réjouissait-elle, l'œil espiègle. Vers cinq heures, je lui monte son thé, dispose le plateau sur la table roulante. Pour ouvrir ses paquets de gâteaux, elle a toujours les mêmes gestes fébriles. Elle boit à petites gorgées, lève les yeux sur la photo agrandie qui la montre, à trente-cinq ans, tenant un enfant de six ans dans ses bras. Sombre de peau, la chevelure ondulée, il affiche un air boudeur cependant qu'elle sourit, épanouie. Un moment, elle semble pensive : « Nous sommes toujours là », lâche-t-elle enfin. Je prends sa main, la baise : « Oui, ma puce. Nous sommes toujours là. » Je pense : plus pour longtemps. La mort arrive à pas lents. J'en écoute les psalmodies ; j'en observe les gestes machinaux et insensés. La nuit, je ne dors guère ; dix fois, je retourne à sa chambre. Les heures de lucidité alternent avec les accès de délire. Nous restons parfois à bavarder, nos têtes penchées l'une vers l'autre. C'est une fin d'un autre temps, en accord avec sa vie. Je suis heureux qu'elle parte ainsi, accompagnée et comme bercée. La douleur viendra plus tard. Pour l'instant, il ne s'agit que de tenir.

J'ai repris ma place derrière mon bureau ; je trie les documents. Le premier, je n'en suis pas étonné, se présente sous l'aspect d'une comptabilité à double colonne :

Vu mon fils** : du 2 août 1933 (naissance) au 16 avril 1934, soit 8 mois – 6 mars 1939 (arrivée à Marseille) – 6 janvier 1940 (rupture), soit 10 mois – 23 octobre 1953 (arrivée Austerlitz) – mai 1954* *(part chez Stéphane), 8 mois – soit au total :* ***39 mois. Le dernier total souligné deux fois.

Sur la colonne de droite (l'actif ou le passif ?) : ***Sans nouvelles***. Je saute les additions pour arriver au total, souligné doublement, ainsi que celui de gauche : *Soit au total :* ***56 ans***.

Cette manie des chiffres me semble proprement fantastique. Lui a-t-il fallu attendre quatre-vingt-sept ans pour découvrir qu'il n'a jamais vu son fils ? Bien entendu, les calculs sont faux. Il manque dix-huit mois à la colonne de gauche : il s'est toujours trompé dans ses comptes.

La chemise, de couleur rose, porte : *Première période, 1929-1939.*

Je passe sur sa rencontre avec la folle, j'écarte les factures. Un seul point suscite ma curiosité : quand exactement a-t-il quitté l'Espagne ? En avril 1934, a-t-il toujours prétendu, avec d'ailleurs une insistance suspecte. Je devine la raison de son opiniâtreté. Plus son retour en France se situe tôt, plus sa responsabilité en paraîtra diminuée. Il n'a pas abandonné Cándida en pleine guerre civile, puisque leur séparation a eu lieu plus de deux ans auparavant. J'entends son raisonnement, clair, imparable, ainsi qu'il aimait à le dire. « Je pense en ingénieur », déclarait-il d'un ton sec, lui qui n'avait pas son bac. La sottise, énigmatique, ruine pourtant son argumentation. Il a laissé dans le dossier une lettre de ma mère, non datée, ce qu'il ne manque pas de relever. Elle doit être, écrit-il dans la marge, de 1934 puisque Miguel était déjà né : *Combien j'ai mal de savoir que tu souffres de ces déplacements incessants, loin de ton foyer, loin de ta petite famille.* Il travaille déjà chez Michelin en tant que représentant de commerce et la rupture n'est, de toute évidence, pas encore intervenue. Cándida se considère toujours comme « sa petite femme ». Est-il possible de dater la lettre, même de manière approximative ? Un indice : *Il a suffi que je m'absente une demi-heure pour que tu m'appelles. Je regrette tellement de n'avoir pas pu t'entendre ni te parler ! Le petit, lui, rayonnait, il m'a dit que son « joli papa » l'avait appelé au « tétéphone » et lui avait dit qu'il viendrait bientôt le voir, et qu'il lui apporterait un « aloplane ». Dis-moi si cette histoire d'aéroplane est vraie : il est tellement coquin qu'il a pu inventer cette histoire pour que tu le lui apportes.* J'allume une cigarette, j'écarte mon fauteuil. À quel âge un enfant, fût-il génial, est-il capable de décrocher le téléphone, de bavarder avec son « joli papa », de rapporter leur conversation et, peut-être, d'inventer la promesse d'un cadeau dont il rêve ? Huit mois, ainsi que le *pauvre Michel* l'avance ? Je souris : comment mon géniteur a-t-il pu laisser passer une pareille bourde ? Deux ans et demi, trois ans : ça situe la lettre début 36. Un second indice conforte mon impression : une photo de moi, à lui dédicacée, qui me représente les cheveux longs et bouclés, assis sur un tabouret. J'ai, au minimum, quatre ans. Rien, dans la dédicace de Cándida, et je connais assez la femme, ne laisse deviner que la séparation se soit produite, tout au contraire. Si je rassemble mes souvenirs, j'en arrive à la conclusion que la scène à Madrid, avec le *sereno*, cette scène n'a jamais eu lieu. Mon géniteur n'invente pas ; il ne fait qu'avancer de deux ans la rupture. Il ruse, finasse, bricole — mal : il n'a jamais été doué. L'a-t-il fait de manière délibérée ? S'agit-il d'une confusion ? Je lui accorde le bénéfice du doute ; il se sera trompé dans ses chiffres, une fois de plus. Je relève enfin, dans la lettre de Cándida, ce passage : *ces pauvres billets... parce qu'ils témoignent du souci que tu te fais pour nous et, plus encore, de tes efforts, m'ont plus émue que tous les billets de mille qui ont passé entre nos mains (et ils ont été un sacré tas, pas vrai ?)*. À la veille de la guerre civile, il écrit, il téléphone, il bavarde avec le petit, il envoie un peu d'argent ; la lettre de la folle se termine : *Que cette pensée vive gravée dans ton cerveau pour te rendre moins dures les heures qui nous séparent encore*. La réalité est plus proche de ce que j'ai, enfant, vu et ressenti : au début de la guerre civile, la folle n'avait pas encore deviné ; au moment de partir en exil, elle croyait toujours... Au premier coup de canon, le *pauvre Michel* s'est évanoui ; il a agi avec elle comme il agira avec moi.

Deuxième période, 6 janvier 1940 à juin 1954 : La dénonciation, bien sûr. Je n'en cherche pas les preuves, elles surabondent. Il ne nie d'ailleurs pas. Aussi, la seule question que je me pose est : comment tente-t-il de se justifier à ses propres yeux ?

Clermont était une petite ville où j'étais très connu — étant donné que :

— j'avais un poste important dans l'usine (30 000 ouvriers) ;

— du fait que j'avais fait partie de la Délégation patronale qui avait discuté les conventions collectives de 1936 ;

— que j'avais été personnellement chargé d'affecter le personnel employé — suivant le poste qu'il occupait dans l'usine dans les diverses catégories mentionnées dans la convention collective.

Il était donc vital, pour pouvoir conserver ma situation, que Cándida ne puisse pas rentrer en contact avec un Clermontois.

J'ai donc exposé mes craintes à la police et lui ai demandé d'évincer Cándida de Clermont...

L'écriture étroite, anguleuse, la disposition du texte, chaque paragraphe détaché, bien à la ligne ; je contemple ce papier avec consternation. Dans le silence de la nuit, je m'interroge : ce dossier a été préparé à mon intention, mon géniteur a-t-il, en le rédigeant, mesuré son idiotie grandiose ? Ce texte ne lui a pas échappé ; réfléchi, au contraire, il en existe trois variantes, chacune avec un terme différent : *débarrasser, évincer, éliminer*. Aucune allusion à l'enfant, bien sûr. Rien ne compte que la griserie de sa situation, sa peur de la voir compromise par les agitations de la folle. C'était en mai 1940, et les autorités évinçaient en effet ; elles débarrassaient. Sa main trace ces phrases en 1995, sans un remords, sans un regret.

Je quitte mon bureau, je m'arrête devant la porte de la chambre ; la joue droite sur l'épaule, Rita dort enfin, la bouche grande ouverte. Je reste une seconde à la contempler. Je pense : que serais-je devenu si tu ne m'avais pas ouvert tes bras ? Je n'imagine pas ce qu'un pareil homme aurait fait de moi. J'éprouve soudain une peur rétrospective. L'esprit qui a couché ces phrases sur le papier possède une force de contamination pernicieuse. Par-delà la mort, j'entends l'écho de sa voix, et je ressens une vague terreur. Ce n'était pas un bourreau, rien qu'un assassin paisible, tout à fait ordinaire.

Je suis descendu à la cuisine, j'ai avalé deux aspirines. J'attends que ma migraine se calme. L'aube point ; le printemps éclabousse le jardin d'arbustes d'un jaune lumineux. Loulou, le berger, me fixe en poussant de longs et pathétiques soupirs. Je caresse sa tête, gravis les marches ; dans son sommeil, Rita a repris ses marmonnements ; ses mains froissent et défroissent le drap.

Où en était-il, mon géniteur, avec cette femme qu'il dénonce pour assurer sa tranquillité ? Elle lui écrit encore au début de 1940, sur papier à en-tête du casino de Vichy, en espagnol, qui semble avoir été la langue de leur intimité : *Je ne te parle pas de notre fils — à quoi bon ? —, j'ai tant été dans ta vie, j'ai fait tant de choses pour toi, des choses grandes, belles et insensées, que je me sens assez d'autorité morale pour te demander, aujourd'hui que je me trouve seule, sans ressources et loin des miens, de ne pas m'oublier, de ne pas m'abandonner. Tire-moi d'ici, tire-moi du cauchemar angoissant que je suis en train de vivre. C'est le moins que tu me doives et te doives à toi-même. Plus tard, quand le temps aura passé, il te sera possible de penser à moi sans ressentir la brûlure de ta conscience. Et je pourrai penser à toi sans rancune, peut-être avec une affection sereine et un sentiment digne. Je penserai que nous nous sommes séparés parce qu'il était écrit que nous ne finirions pas notre vie ensemble. Mais non à cause de quelque chose d'aussi triste et aussi inconcevable…* Je traduis dans ma tête, avec lenteur, épousant le rythme solennel de la prosodie castillane. Je connais assez la femme pour sentir qu'à cet instant où elle s'épanche, elle est d'une entière sincérité. Affolée, désespérée, l'exilée tente de comprendre cet homme qu'elle a aimé. Elle demande une avance sur sa mensualité de septembre, plaide qu'elle fait des prodiges avec les maigres ressources qu'il lui alloue. Elle lui rappelle les fortunes qu'elle a joyeusement dilapidées avec lui, elle additionne des chiffres d'une mesquinerie cruelle : huit cents francs par-ci, mille deux cents par-là. *Le moins que tu me doives aujourd'hui*, lui écrit-elle, *c'est la liberté. Tu me l'as offerte et j'espère sereinement que tu me la rendes.* En 1940, elle garde un vague espoir. Dans le dossier, une dizaine de factures prouvent l'indécision de la situation : Michel règle les loyers des meublés où il nous installe et où il vient la rejoindre en fin de semaine. C'est donc à Vichy, en pleine guerre, que la rupture intervient. Une autre lettre de Cándida, celle-ci en français et datée du 6 janvier 1940, confirme mon intuition : *Tu me demandes à nouveau, Michel, de renoncer à mon fils et de te laisser le soin de te charger de son éducation. Tu m'assures que tu en feras un homme — et je le crois. Mais à ceci je te réponds encore une fois : jamais. Et si tu cherches à me le retirer, je saurai me défendre contre tous. Au point de vue pension alimentaire, tu n'as rien à craindre...* Je n'ai aucune peine à imaginer sa fureur ; je peux deviner sa réaction : se rendre à Clermont, faire du tapage. Elle ne pouvait pas imaginer qu'il irait jusqu'à... Avec le *pauvre Michel*, on se cogne toujours à la même évidence : chaque fois, il va au-delà.

Comment n'être pas frappé par la différence de ton entre la folle et le *pauvre Michel* ? Malgré tout ce que je sais d'elle, il arrive que Cándida me touche. Non seulement à cause de sa situation, mais par le frémissement de la voix, par une tournure de dignité. Je sais, bien sûr, que ses élans ne durent guère. Elle n'est ni meilleure ni plus morale que lui ; plus intelligente, mieux douée, elle sait se montrer plus persuasive ;

plus ferme, son éloquence entraîne et séduit. Je reste sur mes gardes toutefois. Après les nobles déclamations et les postures magnifiques : *Tu as bien voulu — vu ma mauvaise situation économique — me verser en une seule fois la somme que tu aurais pu avoir à me verser jusqu'à la majorité du petit. Que cette lettre puisse te servir de reçu définitif en même temps que parfait accord à ce sujet. Jamais et sous aucun prétexte, je ne te réclamerai rien, ni pour moi ni pour mon fils...* Après cette belle attitude : *Je te demande de faire un dernier effort et de me donner le nécessaire pour que je puisse attendre dans un coin tranquille... Tu es vraiment bon, Michel, de bien vouloir m'aider encore une fois, en contractant, même, une nouvelle et aussi grosse dette envers tes frères.* Il s'agit bien de la même lettre. Pas besoin d'une grande imagination pour concevoir l'exaspération de mon géniteur.

Ce ne serait qu'une affaire de famille, sordide, si la guerre ne jetait sur les personnages une ombre de plus en plus menaçante. Lui n'est pas qu'un amant se débattant contre une femme à l'esprit d'intrigue et de mensonge ; il occupe, dans l'un des groupes industriels les plus influents du pays, un poste important. En 1940, il a de solides atouts dans sa main. De son côté, elle est une journaliste républicaine exilée, soumise à l'arbitraire d'une administration toute-puissante.

Les événements du reste se précipitent , arrêtée le 6 juin 1940 au matin, à l'hôtel Terminus de Clermont, elle est expédiée le jour même au camp de Rieucros, en Lozère. L'ordre d'internement, classé aux archives départementales de la Lozère et recopié pour moi par Nadia, reproduit presque mot à mot, les termes dont mon géniteur se sert : *Préfecture du Puy-de-Dôme 1re Division — 2e Bureau — Étrangers indésirables — del Castillo, Cándida — (...) Elle n'a exercé en France aucune profession. Il n'a pas été possible de déterminer de façon exacte les ressources dont elle dispose mais celles-ci pourraient bien être de provenance suspecte. En effet, il est démontré qu'elle n'a pas de famille en France et ne reçoit rien d'Espagne*... J'entends les cris de la folle dans les locaux du commissariat de Clermont : Comment ça, des ressources de provenance suspecte ? Elle a touché une assez belle somme pour la pension alimentaire de son fils, qui est français, fils d'un Français. Fine mouche, elle devine d'où est parti le coup. Garderait-elle un doute que l'énumération des motifs les lui ôterait : *Elle n'est nullement disposée à travailler... Elle irait même jusqu'à accepter de se compromettre avec n'importe qui pour assouvir sa passion du luxe.* Putain, crachait mon géniteur en 1953, alors que nous déjeunions au sous-sol du Colisée. Le mot lui revenait de loin, il remontait de ce passé nauséeux.

Cándida est maintenant *évincée*, réduite à l'impuissance derrière des fils de fer, ensevelie dans l'oubli ; du fond de sa prison, elle s'agite, écrit, supplie ; Michel ne l'entend pas, trop content de s'en être *débarrassé*. Il reste le petit, qui attend chez des fermiers de Puy-Guillaume. De plus en plus anxieuse, Rita fonce sur les routes encombrées de réfugiés, elle se dirige vers Clermont où, devine-t-elle, tout va se jouer. Elle tremble pour cet enfant de six ans, déjà malade, aux nerfs ébranlés, qu'aucun de ses deux parents n'aime. Elle débarque chez son beau-frère, s'attarde trois jours, fouine, interroge : Michel la rabroue, il ignore, dit-il, où se trouve le petit, il ne veut plus entendre parler, ni de lui ni de sa mère. Le cœur serré, Rita repart vers Paris où Stéphane doit la rejoindre. Le *pauvre Michel* fait plus que détourner le regard : il cache son infamie. À cet instant, il tient le sort de son fils entre ses mains ; il lui suffit de dire un mot. Il est tout à son lâche soulagement : il garde le silence. Treize ans plus tard, la victime pourtant débarquera dans sa vie, le dévisagera d'un air tranquille, l'écoutera sans broncher.

Quant à Cándida, elle n'est certes pas de celles qui se défilent ; internée le 7, elle écrit le lendemain, de sa plus belle plume : ... *Internée depuis hier soir au camp de Rieucros, je me trouve devant un horrible problème d'ordre sentimental* (sic) *et c'est avec la plus grande confiance dans vos sentiments humanitaires que je viens me mettre à genoux devant vous pour vous demander, Monsieur le Préfet, pitié pour une mère qui n'a pas d'autre bien que son enfant.* On voudrait pleurer.

C'est la débâcle, le pays est sens dessus dessous, les troupes allemandes continuent d'avancer. Elle ne veut pas que Michel s'empare du gosse, on peut la comprendre ; elle a cependant le choix, le faire rapatrier ou bien prévenir Rita qui, à cet instant même, le cherche. Non, elle souhaite récupérer son seul bien, le mot convient. *Mon petit a six ans et se trouve en nourrice près de Puy-Guillaume. Il est venu avec moi, qu'il n'a jamais quittée, réfugié de la guerre d'Espagne, et je veux avoir la certitude de l'avoir dans mes bras...*

Le crime est désormais élucidé dans ses moindres détails. Michel a porté le premier coup, elle achèvera la besogne. L'enfant, lui, sanglote en retrouvant sa mère. Elle l'adore, n'est-il pas vrai ? La preuve : elle est venue le rechercher, elle le serre dans ses bras, elle le conduit vers le camp où, dans moins d'un mois, une commission allemande pénétrera...

J'aime l'heure du petit déjeuner, quand je me retrouve seul dans la salle à manger, buvant mon café tout en prêtant une oreille distraite aux voix qui s'échappent du transistor. Dehors, la lumière éclabousse le jardin où le berger danse la gigue autour de la chow-chow qui, de volupté, se roule sur les pavés de la cour. Il règne dans la maison un silence recueilli, à peine troublé par la respiration lourde de Rita. Je pense : qu'il est donc dur de mourir ! Depuis trois jours, elle glisse dans une somnolence léthargique. Je me rappelle le jour de notre départ, à Paris ; je la revois assise dans le compartiment, vêtue d'un ensemble gris et rosé fané, très droite, bavardant avec Rémi, qui avait tenu à nous accompagner. Il n'a pas souhaité la revoir, voulant, m'a-t-il expliqué, conserver d'elle cette dernière image d'élégance et de bonheur.

En entendant les pas de l'infirmière dans le vestibule, je quitte la table, gravis les marches. Chaque matin, j'aide à retourner Rita pour sa toilette. Elle tend ses bras amaigris dans un geste de confiance pathétique, les passe autour de mon cou, cache sa figure dans le creux de mon épaule. Je murmure : « Ça sera vite fini, ma puce. Tu te sentiras mieux. » Du fond de son demi-sommeil, ses lèvres se gonflent pour me donner un baiser ; là où elle se trouve, ni la mort ni tout à fait la vie, un état indécis, brumeux, elle réagit encore au son de ma voix.

J'accompagne sa tête, la pose doucement sur les oreillers ; mon regard croise celui de l'infirmière qui la soigne depuis bientôt six mois et qui la contemple d'un air grave. Nous sortons ensemble dans le couloir. « C'est la fin, n'est-ce pas ? — J'ai l'impression, oui. C'est difficile à dire. » Je téléphone au médecin qui arrive au bout d'un quart d'heure, l'examine, se tourne vers moi. J'ai compris, d'ailleurs, je m'y attendais. « Faites-lui de la morphine, dit-il à l'infirmière. Si ça ne suffit pas, faites une deuxième piqûre dans une heure ou deux. » Toute la matinée, j'entends, du salon où je me trouve avec un ami, le souffle de plus en plus lent, de plus en plus pénible. Je continue de travailler, de réfléchir, de discuter. Plusieurs fois, affolé par ce râle, Dominique s'interrompt, me dévisage. Il me trouve peut-être insensible.

Je suis passé plusieurs fois la voir, j'ai humecté ses lèvres. Elle a fait un geste pour me montrer les portraits sur la commode, ceux de sa mère et de sa sœur ; dans un effort, elle tente de se relever : « Tu veux la photo de ta mère ? » Elle ne peut plus parler, son regard n'exprime rien. Elle reste ainsi tendue, fixant les portraits. Je la recouche, m'incline, colle ma bouche contre son oreille : « Je t'aime, ma puce, je t'aime... » Et ses lèvres se gonflent, font mine d'embrasser. « Je reviens tout de suite, je descends déjeuner. »

Quand Félicité arrive, je la rejoins dans la cuisine : « C'est la fin, Félicité. » Elle détourne la tête avec brusquerie. « C'est fait, monsieur Miguel, à l'instant. » Je téléphone aux infirmières pour les prévenir, je monte dans la chambre. Espagnole, Félicité connaît le rituel de la mort ; elle a fermé les volets, tiré les rideaux, allumé la lampe sur la commode, installé un cierge sur la table de chevet. Je referme doucement la porte derrière moi ; Rita n'a pas changé de position depuis que je l'ai quittée, couchée sur le côté, la tête sur son épaule. Je marche vers le placard, j'inspecte ses robes. Je les connais toutes, je sais celles qu'elle préférait, je les touche du bout des doigts pour choisir celle dont les infirmières vont la revêtir. Je respire son parfum. Alors, dans un bruit indécent, une explosion retentit en moi et, le visage enfoui dans une robe bleue assortie à la couleur de ses yeux, j'entends avec rage mes sanglots.

Je reviens quand tout est fini. Rita est maintenant bien morte, la bouche grande ouverte, le visage pourtant reposé, sans la grimace de souffrance qui donnait à Stéphane cet air d'amertume. Je m'assieds près du lit, je touche son front, sa joue. Je suis compliqué, ma puce, tu avais raison : j'ai mille regrets de n'avoir pas su te montrer ce que tu étais pour moi, mille remords de t'avoir, dans ta vieillesse, mêlée à mes tumultes. Je ne te demande pas de me pardonner : avec toi, je l'ai toujours été. Peu de gens savent ce que tu représentais pour moi. Alors même que je me fâchais et m'emportais, je ressentais la force de ce lien. Dans mon ancienne maison, je venais à l'insu de tous te retrouver dans ta chambre, au rez-de-chaussée ; je m'asseyais sur ton lit, je te parlais. Je te disais ce que je n'ai jamais su dire à personne. Tu prenais ma main : « Viens te coucher près de moi », murmurais-tu, et je m'allongeais à tes côtés. Nous pouvions rester une heure sans prononcer une parole, absorbés dans cette intimité. Ma puce, je ne suis pas fier de ma vie, ni de ce que je suis. Ma seule excuse est que j'ai dû disputer la partie avec des cartes truquées. Je me suis défendu de mon mieux. Nous bavardons pour la dernière fois. Désormais, il n'y aura plus personne vers qui je pourrai me tourner. C'est mon tour d'habiter ce grand silence où tu as vécu ces dernières années. J'aurais voulu, tu le sais, te garder auprès de moi. Tu refusais. Il y avait en toi un magnifique courage, et prenant congé de toi, rue de Longchamp, te regardant une dernière fois, debout dans l'entrée, m'envoyant des baisers alors que j'étais déjà dans l'ascenseur, j'ai dû souvent contenir mes larmes. *Bonniche allemande*, crachait Michel ; de l'Allemagne, tu tenais, c'est vrai, ta ténacité, ton sens de l'ordre, ton esprit de rigueur et de méthode. À travers toi, j'ai appris aussi à aimer ton pays. Tout ce que tu as souhaité, je l'accomplirai avec cette ponctualité que tu m'as enseignée par l'exemple ; le pasteur célébrera le culte en ta mémoire, je porterai tes cendres jusqu'à Biarritz, je les disperserai sur cette plage de la Chambre d'Amour que tu as tant aimée parce que nous y avons connu le bonheur. Tu ne savais pas nager, tu trempais tes jambes en relevant ta jupe au-dessus des genoux, et je te revois ainsi, parmi les vagues, l'air apeuré et ravi. Je finirai ce livre dont je t'ai parlé, je le terminerai parce que tu n'admettrais pas qu'on laisse la besogne inachevée. Aucun, tu le sais, ne m'a autant coûté, ni plongé dans une tristesse plus affreuse. Avec ton intuition, tu l'avais flairé, tu me disais : « Ne tombe pas malade, Mike. » Tu passais ta main sur mon front. Je baisais ta paume. Tu me rappelais souvent ce jour lointain où, debout sur la plate-forme de l'autobus, je t'avais dit que je voulais mourir. Tu t'étais récriée : « Il ne faut pas parler comme ça, Mike. Tu auras une vie magnifique. » Grâce à Stéphane, grâce à toi, elle aura du moins été claire. Tes yeux ont illuminé mes ténèbres. Où que je regarde en arrière, tu te tiens debout, avec ton sourire. Merci pour ça, merci pour tout. Tu as été la plus tendre, la plus douce des mères. Aujourd'hui, je peux bien te l'avouer : je suis fatigué, ma puce — c'était ton mot, le mot que tu répétais avec une expression d'inquiétude et d'anxiété. Si fatigué.

Verte, la chemise cartonnée porte la mention : *Troisième période, 1950-1954*

Le dossier couvre les années où, à bout de forces, je luttais pour échapper à la mort ; des chemises souples contiennent mes lettres, les démarches entreprises par les uns et les autres. Chacune se conclut par la phrase : *Je ne réponds pas*. Une unique surprise amène sur mes lèvres un sourire ; une lettre de moi, écrite à Úbeda en 1950, à l'âge de dix-sept ans donc, dans un français macaronique, un jargon de métèque, irrésistible. Je n'en rougis pas ; dans mon berceau je n'ai rien trouvé, pas même une langue. Le peu que je possède, je l'ai arraché au néant. Au fond, je ne me trompais guère en choisissant comme nom de plume le patronyme espagnol de ma mère ; je ne suis de nulle part, un émigré, un marginal.

Une fois encore, je me heurte à sa bêtise ; elle lui fait écrire cette perle dont j'aurais pu penser qu'elle lui avait échappé et que je retrouve noir sur blanc : *Si mon Fils* (sic) *désire me voir, ou a besoin de Moi* (re-sic), *il lui est facile d'ouvrir l'annuaire du téléphone de Paris où il trouvera mon nom, adresse et téléphone. — Et s'il me téléphone, Je* (re-sic) *ne manquerai pas de lui répondre courtoisement. — Je décide d'appliquer le* wait and see. Je pense : il n'y a rien à ajouter. Il n'a rien compris à rien.

Avec la sottise, la méchanceté s'étale : *Le Q.I. de mon Frère* (sic) *et de sa Femme était asymptote de zéro... Sa Femme* (re-sic) *ne s'intéressait qu'aux choses et particulièrement, en bonne Allemande, à la nourriture, via la cuisine... Quant à mon Frère* (re-sic), *c'était un Joueur* — que signifient toutes ces majuscules ? — *et il avait organisé toute sa vie en fonction du Jeu...* » Ce morceau d'anthologie figure sous la rubrique : *Raisons pour lesquelles mon Fils est parti de chez moi pour habiter chez mon Frère.*

Il s'interroge : *Pendant de longues années, j'ai cherché à savoir, à comprendre surtout, les raisons qui ont déterminé mon fils à quitter ma maison en 1954... Entre mon frère et mon fils, il n'y avait aucun passé, aucun contentieux, aucune rancœur, il n'y avait qu'une grande affection sans aucun nuage, un sentiment presque instinctif, sans aucune interférence* (sic) *intellectuelle, mon frère étant totalement inculte... Je m'étonne tout de même que mon fils m'ait quitté pour des raisons matérielles, agréables certes, mais enfin, des questions spirituelles, intellectuelles devraient jouer chez ce garçon qui ne vit que par et pour la littérature.*

J'écoute le silence, définitif. Je pense : l'ironie serait facile ; j'y renonce. Je continue de feuilleter distraitement le dossier, prenant une pièce, la reposant. Il n'y a pas que l'imbécillité : *Stéphane non seulement comprenait les amitiés que nouait Miguel, mais les favorisait, et je dirais presque en profitait.* Je repose vite la feuille, je détourne la tête avec une grimace d'écœurement. Je me dis : l'homme qui a pu tracer ces mots, qui les a pensés, cet homme est vraiment capable de tout.

Je remets tous les documents dans le carton, je le glisse à sa place, sur les rayonnages de la bibliothèque. Je me dis : ce dossier résume la vie d'un homme, d'un Français de bonne et solide bourgeoisie, entouré depuis l'enfance de gouvernantes et d'institutrices, élevé dans le catholicisme le plus strict, éduqué dans les meilleurs établissements, sûr de son exceptionnelle intelligence, persuadé de sa droiture, imbu de son importance, orgueilleux de son éducation et de ses manières, assuré de sa supériorité sur toutes les autres races, tranchant de tout avec arrogance, dissertant avec la majesté des augures. Un cas ou un type ? Je ne m'illusionne pas : on rencontre dans tous les milieux la même bassesse, la même vulgarité, une identique cruauté. Seul le style diffère, sentencieux, *distingué*, hautain et vindicatif.

Mes notices biographiques débutent par ces mots : De père français.

DU MÊME AUTEUR

Aux Éditions Gallimard

RUE DES ARCHIVES, 1994, prix Maurice-Genevoix (Folio n° 2834)

TANGUY, nouvelle édition revue et corrigée, 1995 (Folio n° 2872)

Aux Éditions du Seuil

LA NUIT DU DÉCRET, 1981, prix Renaudot 1981 (Points-roman n° 88)

GÉRARDO LAÏN (Points-roman n° 82)

LA GLOIRE DE DINA, 1984 (Points-roman n° 223)

LA GUITARE (Points-roman n° 168)

LE VENT DE LA NUIT, 1973, prix des Libraires et prix des Deux-Magots (Points-roman n° 184)

LE COLLEUR D'AFFICHE (Points-roman n° 200)

LE MANÈGE ESPAGNOL (Points-roman n° 303)

LE DÉMON DE L'OUBLI, 1987 (Points-roman n° 337)

TARA (Points-roman n° 405)

ANDALOUSIE, 1991 (Points-Planète)

LES CYPRÈS MEURENT EN ITALIE (Points-roman n° 472)

LE SILENCE DES PIERRES, prix Chateaubriand 1975 (Points-roman n° 552)

UNE FEMME EN SOI, 1991, prix du Levant (Points-roman n° 609)

LE CRIME DES PÈRES, 1993, Grand Prix R.T.L. – LIRE

Au Mercure de France

MORT D'UN POÈTE, 1989, prix de la R.T.L.B. (Folio n° 2265)

Aux Éditions Fayard

MON FRÈRE L'IDIOT, 1995 (Folio nº 2991)
LE SORTILÈGE ESPAGNOL, 1996 (Folio nº 3105)
LA TUNIQUE D'INFAMIE, 1997 (Folio nº 3116)
DE PÈRE FRANÇAIS, 1998

Aux Éditions Stock

COLETTE, UNE CERTAINE FRANCE, 1999
LES ÉTOILES FROIDES, 2001

Composition Nord Compo.
Impression Société Nouvelle Firmin-Didot
à Mesnil-sur-l'Estrée, le 10 janvier 2002.
Dépôt légal : janvier 2002.
1er dépôt légal : janvier 2000.
Numéro d'imprimeur : 58200.
ISBN 2-07-040630-X/Imprimé en France.

11456